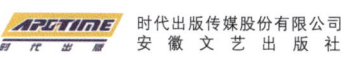

WU TAICHANG JI
YI WEN YI HUA

吴 泰 昌 集
艺文轶话

时代出版传媒股份有限公司
安徽文艺出版社

吴泰昌◎著

吴泰昌，安徽省马鞍山市当涂县人，1938年生。中国当代著名的散文家、文学评论家。1955年由当涂中学考入北京大学中文系，1964年北大研究生毕业后，长期从事文艺报刊编辑工作。1984年—1998年任《文艺报》副总编，第一副总编，编审，后为报社顾问，1992年起为享受国务院特殊津贴专家。1979年9月加入中国作家协会，现为中国作家协会名誉委员，兼任中国散文学会、冰心研究会名誉会长，中国报告文学学会顾问，《儿童文学》编委等。

现已出版散文、评论集30余部，代表作有《艺文轶话》《文苑随笔》《有星和无星的夜》《梦里沧桑》和近年陆续出版的吴泰昌亲历大家系列5种：《我亲历的巴金往事》《我认识的朱光潜》《我知道的冰心》《我了解的叶圣陶》《我认识的钱锺书》等。1983年出版的《艺文轶话》获中国作家协会主办的新时期全国优秀散文集奖。主编有《中国新文学大系(1976—2000)散文卷》等多种图书。

WU TAICHANG JI
YI WEN YI HUA

吴泰昌集

艺文轶话

吴泰昌 ◎ 著

时代出版传媒股份有限公司
安徽文艺出版社

图书在版编目（CIP）数据

艺文轶话/吴泰昌著.—合肥：安徽文艺出版社，2019.9
（吴泰昌集）
ISBN 978-7-5396-6330-2

Ⅰ．①艺… Ⅱ．①吴… Ⅲ．①文艺评论－世界－文集 Ⅳ．①I106-53

中国版本图书馆 CIP 数据核字(2018)第 063415 号

出 版 人：段晓静
策　　划：朱寒冬　　　　　　　统　　筹：宋潇婧
责任编辑：韩　露　　　　　　　装帧设计：张诚鑫
....
出版发行：时代出版传媒股份有限公司　www.press-mart.com
　　　　　安徽文艺出版社　www.awpub.com
地　　址：合肥市翡翠路 1118 号　　邮政编码：230071
营 销 部：(0551)63533889
印　　制：安徽新华印刷股份有限公司　　(0551)65859551
....
开本：710×1010　1/16　印张：19　字数：300 千字
版次：2019 年 9 月第 1 版　2019 年 9 月第 1 次印刷
定价：58.00 元
....
（如发现印装质量问题，影响阅读，请与出版社联系调换）
版权所有，侵权必究

目录 MU LU

代序（孙犁）/ 001

周恩来与第一次文代会 / 001

黄遵宪与《红楼梦》/ 004

《西行漫画》的流传 / 007

《女神》的一个修改本 / 012

钱杏邨与《二心集》/ 016

且说《上海事变与报告文学》/ 020

蒋光慈的原名、改名及其他 / 022

郁达夫与太阳社 / 025

《阿英文集》编后的话 / 029

《郁达夫著作编目》补遗 / 032

齐燕铭遗札 / 034

"五四"文学革命中的陈独秀 / 038

一次突然的消失 / 062

忆"五四"，访叶老 / 065

活跃的沪版《救亡日报》文艺副刊 / 070

作家的可贵友谊 / 076

沈尹默和新诗 / 079

李自成在我国文艺上的反映 / 081

关于《红楼梦戏曲集》/ 083

"孤岛"文坛上的一现昙花 / 091

《倪焕之》与侯绍裘 / 093

蒋光慈与《失业以后》 / 095

从郑振铎、叶圣陶没有参加"左联"谈起 / 097

漫话《抗战八年木刻选集》 / 100

关于瞿秋白文学遗著的刊印 / 103

文人赞咏中的民间铁画 / 105

《红楼梦》在日本的新镜头 / 107

《小说年鉴》 / 109

《秦牧杂文》 / 111

殷夫的成长说明了什么？ / 113

田汉的散文 / 116

《边鼓集》 / 118

张闻天早年的文学译著 / 120

《怀旧》的雪泥鸿爪 / 123

文学研究会宣言的起草者 / 125

业余佳作 / 128

叶灵凤与麦绥莱勒木刻连环故事集 / 130

《沈尹默书曼殊上人诗稿》 / 132

《王贵与李香香》诗名的由来 / 134

巴金第一部长篇《灭亡》的问世 / 136

郁达夫的早期代表作《沉沦》 / 138

初版《鲁迅全集》话絮 / 140

我国第一份"诗刊" / 142

"诗人的欢喜" / 144

"湖畔"诗人 / 146

《大观园名媛百花诗》/ 148

徐玉诺与散文诗 / 150

郁达夫的自序 / 152

包天笑与鸳鸯蝴蝶派 / 154

当年的《赛金花》/ 157

元戎兼诗人的黄兴 / 159

茅盾与"ABC" / 161

孙中山的诗作与诗论 / 163

引进西方艺术的第一人——李叔同 / 165

曾朴佚诗《燕都小吟》/ 170

《茶花女》的中译和演出 / 175

跛少年的译作 / 178

漫话《野草》/ 180

文艺作品中的秋瑾 / 183

宣传《猛回头》被杀一乡民 / 186

陈天华、秋瑾、朱执信的三篇小说 / 188

不以诗人自居的马君武 / 192

周瘦鹃与花花草草 / 197

屠格涅夫的散文诗 / 200

《郁达夫诗词抄》晚出之谜 / 202

朱自清的欧游二记 / 205

孙犁的《书林秋草》/ 207

开卷有益 / 209

最早评论《子夜》的文字 / 211

读《东海渔歌》李一氓钞配本随记 / 213

冯宪章发表于《东山学生》的诗 / 222

蒋光慈谈新诗的一篇序文 / 226

《抗战独幕剧选》及田汉的序 / 229

阿英有关晚清文学的三本书 / 232

朱光潜与对话体 / 236

老师的书 / 239

吴组缃的《山洪》 / 243

阿英的日记 / 246

《诗论》重版漫忆 / 250

不该忽略的文坛老人 / 256

《李一氓藏画选》跋 / 258

毛泽东："我们欢迎你们" / 260

《鲁滨孙漂流记》最早的中译本 / 262

由章太炎、邹容想起刘三 / 265

最早的秋瑾诗词集 / 268

近代纺织诗歌一瞥 / 272

柳亚子的诗词 / 276

徐锡麟和吴禄贞的诗 / 284

《越社丛刊》第一期 / 286

且说东京版《域外小说集》 / 288

代序

孙　犁

我和泰昌同志,认识的时间,不算太长,接触得也不是太多。在一些文字工作的交往中,我发现他是一位很干练的编辑,很合格的编辑。他在工作上,非常谦虚。当今之世,不合格的编辑并不少,有的人甚至不辨之无,而这些人,架子却很大,很不谦虚。

今年春天,泰昌同志对我进行了一次采访,就是登在本年六七月份《文艺报》上的那次谈话。我是很不善谈的,特别不习惯于录音。泰昌同志带来一台录音机,放在我们对面坐的方桌上。我对他说:

"不要录音。你记录吧,要不然,你们两位记。"

当时在座的还有百花文艺出版社的一位同志。

泰昌同志不说话,微笑着,把录音机往后拉了拉。等我一开讲,他就慢慢往前推一推。这样反复几次,我也就习惯了,他也终于完成了任务。当然,他能够完成任务,还因为在同我接触中,他表现出来的真诚和虚心的工作态度。

编辑必须有学问,有阅历,有见解,有独到之处。观我国文化史,有许多例子证明,编辑工作和学术之间,有一条互通之路。有许多作家学者,在撰述之暇,从事书刊编纂;也有因编辑工作之年积月累,终于成为学者或作家。凡是严肃从事一种工作的人,他的收获总不会是单一的,而是多种的。

泰昌同志在繁重的编辑工作之外,还不断写些文章,其中有不少部分,是带有学术性和研究性的文章。我是很喜欢读这类文章的。我觉得,我们很多年,太缺乏治学的空气了。

治学之道,当然不外学识与方法。然学与识实系两种功夫。不博学当然无识力,而无识力,则常常能废博学之功。识力与博学,是互相促进、相辅相成的。认真求实的精神,是提高识力的重要因素。

现在,国内的学术空气,渐渐浓厚。但是脱离实际,空大之风,似尚未完全刹住。有些大块文章,人们看到,它摆开的架子那么大,里面有那么多经典,有那么多议论,便称之为学院派。贬抑之中,有尊畏之意。其实学院派的文章,总得有些新的研究成果,如果并没有什么新的成果,而只是引经据典,人云亦云,读者就不如去自翻经典。或作者虽系一人,而论点时常随形势变化,那么,缺乏自信的文章,于他人能有何益呢?所以说,这种文章,是连学院派也够不上的。

这就涉及治学方法的问题。现在,各个学术领域,都标榜用的是唯物辩证的方法。但如果牵强附会,或只是一种皮毛,甚至皮毛之内,反其道而行之,其收效就可想而知了。

学术不能用政治及立场观点来代替。学术研究的是客观存在。学术是朴素的,过去叫作朴学。

用新的方法,不得其要领,只是赶时髦,求得通过,对于学术,实际是没有什么好处的。因为学术,是要积蓄材料,记述史实,一砖一瓦,成为著作。是靠作者的真才实学,真知灼见,并不单纯是方法问题。过去我国的学术,用的都是旧方法,而其成果赫然自在。正像刀耕火种,我们的祖先也能生产粮食一样。

泰昌同志的文章,短小精悍,文字流畅,考订详明,耐人寻味。读者用很少时间,能得到很大收益。写文章,不尚高远,选择一些小题目。这种办法很可取。小题目认真去做,做到能以自信,并能取信于人,取信于后世,取信于科学,题目再小,也是有价值的。

当他的《艺文轶话》就要付印的时候,泰昌愿意我在书前写几句话。我把平日的一点感想写出,与泰昌同志共勉。

一九八〇年九月二十四日

(本文为1981年安徽人民出版社《艺文轶话》序;1991年中国工人出版社《艺文轶话》亦用此序。)

周恩来与第一次文代会

最近翻阅阿英同志遗留下来的关于第一次文代会时期的几则日记,发现其中记载了一些有关周恩来的感人材料。

第一次文代会于一九四九年七月在北平召开。这是长期被迫分离的解放区和国统区两支文艺大军的隆重会师。毛泽东主席、周恩来副主席、朱德总司令莅临大会,并作了重要讲话,使这次大会成为我国现代文艺运动史上重要的一页。

从阿英同志的日记中可以知道,在三个月的大会筹备期间,周副主席曾多次找文艺界一些同志谈话,其中有两次几乎是通宵达旦。五月十三日日记:"今晚约谈话。八时,去中南海。潘汉年、夏衍、许涤新、周扬、沙可夫、胡愈之、萨空了、茅盾、何其芳,亦先后至。十时恩来同志来。首先谈文代会问题,次新闻纸问题,又次上海文化工作。第二部分谈完后,夜饭,旋继续谈至三时半。"显然,这是周副主席为了开好大会安排的一次重要的了解情况会。从参加的成员看,包括各解放区、国统区及刚从港澳、海外归来的文艺界知名人士。谈了近五小时,内容相当广泛,中心自然是文代会问题。所谓"上海文化工作",据有些与会同志回忆说,是指周副主席关心地询问起有关三十年代左翼文艺运动的事。"新闻纸问题",是指研究了今后出版书刊用纸如何解决的问题。另一次是在大会正式揭幕前几天。六月二十四、二十五日两天日记记载,文代会党组曾长时间讨论了大会的各项筹备工作。六月二十六日,周副主席及时听取了党组的汇报,该天日记载:"晚九时,与周扬同志等去中南海,向周副主席汇报,至晨四时许完。"这次汇报近七小时,可见汇报是何等详尽,周副主席听得何等仔细,指示又是何等具体。

从日记中得知,在会议前后,周副主席还亲自过问处理了文化界一些重大的带有政策性的事情。例如,郑振铎同志和阿英同志曾谈起,当时一些珍贵的文物无人管理,有散佚和被盗、被损坏的危险,希望能成立一个全国性的机构来管理这方面的事,他们将这个建议向周副主席汇报,很快就得到了周副主席的支持。五月二十七日日记:"与振铎同志谈散佚文物事,拟成立组织整顿之。请彼计划,再找周副主席研究。"五月三十一日日记记载郑振铎来找阿英,阿英当即"写信给周副主席"。六月三日日记:"晚饭后,得周副主席电话,云十一时来访。候周副主席至夜四时,未见来。"六月四日日记说明周副主席昨夜临时有事未来。六月七日日记:"周副主席约下午五时谈话。到中南海,与副主席洽谈了文物管理组织等等问题,至七时。与颖超同志、李琳同志同回北京饭店。晚访振铎同志。"周副主席从党的统战政策出发,对文艺界一些名人的安排,也做了重要指示。例如我国著名京剧表演艺术家梅兰芳从上海来北京参加会议,会后是回上海还是调北京,周副主席都亲自指示。七月三十日日记:"齐燕铭同志来电话,谈梅先生问题,周副主席要其留下。"

这几则日记,虽然简略,但可看出周恩来对革命文艺事业的亲切关怀,但因相隔时久,已为一般人所不知道。由此,也使我想到几十年来无产阶级文艺运动经历了不少曲折复杂的斗争历程,当事的同志现在还有不少健在,如果他们能将这些往事尽可能详细地回忆记录下来,这对研究当代文艺发展史,将是具有重要意义的。"四人帮"颠倒黑白,把毛主席、周副主席等领导关怀的文艺战线诬蔑成"黑线专政",把周副主席亲自倡议成立的文联各协会打成"黑组织"。介绍这几则日记,重温周副主席的教诲,也是对"文艺黑线专政"论的一个生动批判。

一九七八年二月

黄遵宪与《红楼梦》

《红楼梦》原书何时输入日本？《黄遵宪为日本友人笔谈遗稿》①的出版，使中日"红学家"关心的这个问题，又增添了一则材料。

黄遵宪于光绪四年（一八七八年）出使日本，任公使馆参赞。他在住日四年期间，曾和旧高崎藩主大河内辉声②有过多次笔谈。所谓笔谈，就是彼此都用纸片，一问一答，笔谈进行时，如果有人出入，桂阁用日文写下他们的动态。笔谈自然不限于他们两人。例如，《戊寅笔话》第十八卷记载，戊寅（光绪四年）六月二十一日桂阁给何如璋公使的信：

> 子峨慈爹③大人阁下：儿前日虔呈寸楮，具陈奉借《红楼梦》一书之事，谁图爹不在家，小价空归了。伏冀现时切请公度④兄而贷焉。如不贷，则照前日所陈之罚法而处焉。
>
> 团扇（二柄）奉呈

---

① 郑子瑜、实滕惠秀编校，早稻田大学东洋文学研究所出版。
② 别号源桂阁。明治以后，他住在东京浅草今户町墨江畔，以作汉文汉诗为乐。
③ 何如璋，字子峨，源桂阁称子峨为"慈爹"。
④ 黄遵宪，字公度。

子峨、鲁生①两公使

……

黄遵宪代何如璋的回信：

团扇，鸥灯均收到，当以转呈两公使。《红楼梦》送备清览。即请桂阁贤侯大安

六月二十一日黄遵宪顿首。

大河内辉声交游很广，可以想见，黄遵宪转送去的这部《红楼梦》，经他的手又会很快结交许多朋友。果然，不久，一次涉及《红楼梦》的笔谈开始了。

鸿斋②：民间小说传敝邦者甚尟，《水浒传》《三国志》《金瓶梅》《西游记》《肉蒲团》数种而已。

公度：《红楼梦》乃开天辟地、从古到今第一部好小说，当与日月争光，万古不磨者。恨贵邦人不通中语，不能尽得其妙也。（这时候，棼园③来了。）

棼园：《红楼梦》写尽闺阁儿女性情，而才人之能事尽矣。读之可以悟道，可以参禅；至世情之变幻，人事之盛衰，皆形容至于其极。欲谈经济者，于（此）可领略于其中。

公度：论其文章，直与《左》《国》《史》《汉》并妙。

桂阁：敝邦呼《源氏物语》者，其作意能相似。他说荣国府、宁国府闺

---

① 副公使张斯桂，字鲁生。
② 日本文人石川鸿斋。
③ 即王棼园。

闻,我写九重禁庭之情,其作者亦系才女子紫式部者,于此一事而使曹氏惊悸。

鸿斋:此文古语,虽国人解之者亦少。

公度:《源氏物语》,亦恨不通日本语,未能读之。

今坊间流行小说,女儿手执一本者,仆谓亦必有妙处。

这次笔话是在一八七八年九月六日,距今整整一百年了。黄遵宪对《红楼梦》推崇备至,且能从反映社会着眼充分肯定其价值。这种见地,较之其时国内反动封建文人对《红楼梦》的诋毁,较之旧红学家对其社会意义的认识不足,实在是空谷足音。

《红楼梦》问世才二百多年,而它在日本的流传已有一个世纪以上的历史了。黄遵宪在中日文化交流史上无意留下的这珍贵的一笔,我们是乐于传布的。

一九七八年二月

《西行漫画》的流传

一九三四至一九三六年间,党领导的工农红军进行二万五千里长征,北上抗日,是震惊世界的伟大壮举,也是革命文艺应该描绘和讴歌的重大主题。但是,诞生于长征途中,直接反映长征斗争生活的美术作品,《长征画集》却是硕果仅存的一部。画的作者在长征途中,利用行军和作战的间隙,拿起画笔,把感触较深的景物抢画下来。当时绘画条件很差,连毛笔也难找到,所谓画笔,有时就是用麻扎起来的代用品;墨要自己做,用老百姓家锅底或烟筒里的黑灰调制;纸则随手找到了什么就用什么,往往十几张画就使用好几种不同的碎纸。这些简陋的绘画工具,放在随身的背包里,行军背着走,一有空就拿出来画,走到哪里画到哪里,一路上画了许多,随时张贴,起到了一定的宣传鼓动作用。

这部画集能够得以保存并较快地出版,本身就是一个曲折动人的故事。

长征胜利结束后第三年,一束反映红军长征生活的写生画的照相原稿,几经辗转,从遥远的陕北被带到沦陷了的上海。参加过长征的刘少文同志将它交给了阿英同志。那时,阿英正坚守在上海抗日文艺战线上,主持风雨书屋,主编《文献》月刊,时时受到日本侵略者、汉奸和国民党特务组织的威胁、迫害。他见到这束画稿的照片,异常激动、喜悦。虽然,这束画的作者是谁,收集的人是谁,照相的人又是谁,都不清楚,但是考虑到这些画的历史价值和对国内外宣传长征的巨大意义,他和几位同志商定,要不惜一切代价,尽快地、完整地把它编印出来。

一九三八年十月,《长征画集》初版本问世了。那时美国记者斯诺访问延安的专著《西行漫记》中译本刚发行不久,书中有叙长征的专章。画集采用《西行漫画》题名,既便于避免敌伪的特殊注意,又容易使读者联想到它的内容。编者还特意将《夜行军中的老英雄》作为首幅,集前加印了长征地图、照片、文字纪事。至于画的作者,因阿英听说画是经肖华同志之手从山东根据地转来上海的,而肖华本人又是参加过长征的,所以他就在初版本上署了作者肖华的名字。

阿英对《西行漫画》做了热情的推荐、高度的评价。他在《题记》中写道:"在中国的漫画中,请问有谁表现过这样伟大的内容,又有谁表现了这样韧性的战斗? 刻苦,耐劳,为着民族的解放,愉快地忍受着一切,这是怎样地一种惊天地、'动'鬼神的意志,非常现实、乐观地在绘画中,把这种意志表达出来",它将"伴着那二万五千里长征历史的伟大行程永恒存在","把它印行出来,也正是要向全世界有正义感的人,提供一项中国抗战必然胜利的历史见证"。初版本精印了两千册,很快就销售一空,绝大部分流传在上海和江苏、安徽等新四军活动的地区。此后不久,风雨书屋被查抄,有的人员遭到逮捕,这本画册也就没有机会能够再版了。

二十年后,已经是新中国成立后第九个年头,一个热心的读者偶然在北京图书馆发现了这本画集。他认为这是重要的历史见证,是革命传统教育的好材料,建议重新出版。人民美术出版社接受这个建议,在同年十二月,借用阿英珍藏的底本,重印了三千册,并请当时任中国人民解放军总政治部副主任的肖华同志写了序。肖华同志否认这本画集是他所作,但不知出自谁手,因而这一次出版没有署作者名字。

阿英在上海出版《西行漫画》后,一直在探询画的作者究竟是谁。早在一九四一年,他从上海到江苏北部新四军根据地后,从一些参加过长征的老同志那里,得知画集作者署名可能有误。后来,一九四三年六月二十五日,阿英又在日记中写道:"得悉肖华同志不会画,前在沪,余所刊《西行漫画》,实为中央红军宣传部人所画。"究竟是哪一位同志呢?解放以后,阿英多次同好友李克农同志谈起此事,请他留心打听。直到一九六一年这个谜才终于揭开。那时担任中国驻印度尼西亚大使的黄镇同志从国外归来,李克农同志向他提到这本画集,开始引起他的回忆,后经人民美术出版社的同志拿着原印本去访问他,才证实了这就是他在长征途中,用各种各样大小不等随手拾来的杂色纸所作的那一束画。但这束画的原稿和初版时所用的照相原稿至今还不知去向。

一九六二年,为纪念毛泽东同志《在延安文艺座谈会上的讲话》发表二十周年和中国人民解放军建军三十五周年,人民美术出版社再次精印这本画集。正式定名《长征画集》,第一次署上了原作者黄镇同志的名字。肖华同志修改了一九五八年本序言。另一位参加过长征的魏传统同志,就各幅画意回忆,题了诗。阿英同志还专为此书的编印经过,写了《〈长征画集〉纪事》。

一九七五年,正值长征四十周年,由于"四人帮"妄图打倒参加过长征的一大批革命老干部,百般阻挠破坏纪念长征的活动,《长征画集》自然也得不到宣传。直至粉碎"四人帮"之后,一九七七年八月《长征画集》才得以重印。这次画面印得比任何一版都精美。朱红色的封面,象征着革命先烈的鲜血。

《中国建设》杂志去年第十二期选发了《长征画集》中的四幅,本期又选发了十三幅。现在简要地谈谈其中的几幅。

《夜行军中的老英雄》,作者谈道,长征初期,离开江西革命根据地不久,就遭到数十万敌军包围堵截,敌机整天骚扰。我们多在夜间行军。有时大雨滂沱,泥泞路滑,有时翻山越岭,十分辛劳。由于白天睡不好觉,夜行军时,有的同志边走边睡着了,有的同志边走边碰在前面同志的背上,有的同志被后面的同志轻轻推醒,继续前进。在这样艰苦的情况下,年已五六十的林伯渠、董必武、徐特立等几位老同志处处以身作则。像林老,白发如银,又是近视眼。但他非常乐观,总是婉谢别人对他的照顾,戴着眼镜,手提马灯,眼望前方,器宇轩昂地前进。作者怀着深厚的敬爱之情画下这幅画,塑造了老一辈无产阶级革命家的崇高形象。

一九三五年遵义会议上,党中央胜利地结束了"左"倾机会主义路线对全党的统治,确立了毛泽东同志在全党的领导地位。《遵义大捷》这幅画,记录了遵义战役的伟大胜利。这次战役歼灭国民党中央军主力和杂牌部队共二十个团,轰动全国。作者在题记中说:"遵义的伟大胜利,俘获敌官兵数千,吃饭前的情况。"画的左边,红军在台上讲,着墨不多,但昂扬的气概跃然可见;台下是一群俘虏,正在谛听红军宣讲优待俘虏政策,情绪兴奋。关于这幅画,作者还谈道,许多俘虏兵经过阶级教育,了解到国民党反动派对他们的欺骗和压迫,积极报名参加红军,有的还很快成为英勇的战士。这正好说明,党的军事思想和政策威力大,反动派不得人心,必然失败。

作者回忆创作《贵州苗家女》和《川滇边干人之家》时的情景说,红军路过少数民族地区时,给他留下了很深的印象。后一幅画强调红军对老百姓也要做宣传工作。年轻的作者走进一家干人家(干人家就是穷人家),看见大姑娘没穿衣服,老头诉苦说国民党反动派怎样欺压他们,封建部落主怎样压迫他们。作者画这幅画,借以进行生动的阶级教育。

安顺场和泸定桥是长征路上发生两次著名战役的地方。安顺场是濒大渡河南岸的一个河谷地带,两侧高山连绵数百里。在这样的深沟中,极易为敌人伏击包围消灭。反动派曾得意地叫嚷,红军将像当年太平天国的石达开一样在此全军覆灭。但红军以无比的英勇冲过河去,占领了渡口,随后夹河而上,又以神速的行军和勇猛的战斗飞夺泸定桥。《安顺场》一幅,作者以酣畅淋漓的笔墨,画出了十八勇士渡河突击的关键性时刻的情景。画面上乱云低压,浪涛汹涌,一叶轻舟正无畏地冲向敌人扼守的对岸,令人想见当年红军志吞山河的气概。《泸定桥》一幅,许多同志称赞说:"这张好,这个桥用几笔就把气概画出来了!"

《老林之夜》表现红军在原始森林里过夜的情景。作者说,这幅画的意境他很熟悉,西北风紧,无处住宿,又冷又饿,彻夜难眠,只好坐在那里,等待胜利的黎明。作者还风趣地说:"记得我也坐在那里,怀里揣着一支画笔,那时能找到这样一个林子避风就算不错了;到了草地,连这样的林子也找不到了。"这幅画和《草叶代烟》,看了给人以激励、鼓舞。

《下雪山》是写红军翻越雪山之巅,在一片冰雪世界中大步下山。胜利在望,而风暴冰雹的威胁依然存在,所以战士们既紧张又兴奋,有的跑,有的连人带雪地滚了下来。

《草地行军》表现红军的艰苦卓绝和高昂的革命乐观主义精神。作者说,草地的环境难以想象地险恶,但从来听不到有同志叫苦。有的同志陷进泥潭里,爬不起来,非但不呼喊别人救,反而勇敢地对同志们说:"你们走吧!"这些场面是极感人的。正是这些英勇无畏的战士,有铁的意志,在党的领导下,才能战胜人类历史上罕见的困难,取得长征的胜利。

《长征画集》中的画充满着作者强烈的无产阶级感情,洋溢着浓郁的战斗生活气息。由于这些画都是在戎马倥偬中赶出来的,没有条件精描细绘,而是用奔放有力的笔触,一挥而成。虽然如此,各幅画在表现方法上的特点,作者在艺术上的探索是显然的。例如,有些画在技法上受西洋画影响较大,而《翻夹金山》一幅,又保有中国传统山水画风味。总之,《长征画集》既是长征的片断记录,又是有特色的艺术品。

一九七八年四月

《女神》的一个修改本

抗战初期,郭沫若同志曾修改过《女神》中的个别篇章,准备出版。后来没有刊出。

那是一九三七年秋天。郭老从日本回到上海不久,全面抗战的隆隆炮声使他匆匆投入这场民族自卫战的伟大斗争。他领导了上海文化界救亡协会,创办了《救亡日报》。他积极宣传文艺要为抗战服务,要求其内容和形式适应新的斗争形势需要。顿时,《救亡日报》上宣传抗日的墙头小说、街头短剧、报告文学、速写、短诗百花争艳。郭老在繁忙的行政工作之余,也不闲笔。他写了一些有鼓动性的战斗诗篇(后来收入《战声》集中),写了《前线归来》《在轰炸中来去》等报告文学。他同时探索如何使历史剧为现实斗争服务。当时沸腾的生活使他不能安下心来进行鸿篇巨制。他选取了《女神》中短小的诗剧《棠棣之花》作为尝试。

比较一下早先的《女神》,可以发现作者对《棠棣之花》的改动是不小的。至少有两点值得注意:一、适当地顺理成章地强调了团结抗日的思想。二、暗中批评了蒋介石打内战的不得人心。

如聂政的一段台词,原文是:

> 战争不息,生命底泉水只好日就消咀。这几年来,今日合纵,明日连

衡,今日征燕,明日伐楚,争城者杀人盈城,争地者杀人盈野,我不知道他们究竟为的是甚。近来虽有人高唱弭兵,高唱非战,然而唱者自唱,争者自争。不久之间,连唱的人也自行争执起来。

修改后是:

这几年来常常闹着内战,今日合纵,明日连衡,今日征燕,明日伐楚,我不知道他们究竟为的是么。其实我们的敌人不在中国内部,是在中国外部的。我们中国人把外部的敌人丢掉,时常自相屠杀,将来怕只好同归于尽吧。

又如,剧末姊弟二人满腔热情的对话,原文是:

聂政:(起立)姐姐,你这么悲抑,使我烈火一样的雄心,好像化为了冰冷。姐姐我不愿去了呀!(挥泪)

聂嫈:二弟呀,这不是你所说的话呀!我所以不免有些悲抑之处,不是不忍别离,只是自恨身非男子。……二弟,我也不悲抑了,你也别流泪罢!我们的眼泪切莫洒向此时,你明朝途中如遇着些灾民流黎,骷髅骶骨,请你替我多多洒祭些罢!我们贫民没有金钱粮食去救济同胞,有的只是生命和眼泪。……二弟,我不久留你了,你快努力前去!莫辜负你磊落心怀,莫辜负姐满腔勖望,莫辜负天下苍生,莫辜负严仲子知遇,你努力前去罢!我再唱曲歌儿来壮你的行色。

改后的文字是:

聂政:不,我倒想不走了。我没想出姐姐你竟这样的悲哀,你使我这火一样的雄心都冷了一大半。

聂嫈:对你不住。我的确是有点悲哀,但我悲哀的并不是怕和你别离,乃是恨我自己身非男子。我假如是男子,我不是也可以和你一道去做些有益的事情。但是,我现在也不悲哀了,悲哀终究是没有用处的。我虽然是女子,也有我们女子所应当做的事情,我现在已经有了我自己的计划。我要对着月亮,对着母亲的墓,向天盟誓,我要永远不辱没你,要配得上做你的姐姐。我看,你现在可以去了。不要辜负了严仲子对你的知遇,不要辜负了天下的苍生。好,你去吧。我再随意唱几句来壮壮你的行色。

从上面两段引文可以看出,作者在语言上也力求改得更口语化,原来典雅的文字语言成分多一点,不易上口。作者为了让修改后的剧本便于朗诵乃至演出,特别留意语言的通俗。

郭老修改用的是上海泰东图书局一九三〇年七月出的第十版的本子。扉页上有作者用钢笔篆书写的"郭沫若章"四字,下边并列三次铃印了"郭沫若章"。可见这是作者的自用本。除用钢笔在书上修改外,改动多的地方还加贴了字条,作者在修改时,还随手改正了一些错字。

据阿英同志回忆,一九三七年十二月,郭老离沪去香港前,亲自将这个修改本留交给他,托他设法印出。因战局恶化,未能刊印。后来阿英同志去苏北新四军,此事就这样搁了下来。解放后,他同郭老几次谈到这件事。郭老在修订《女神》和校订《沫若文集》时都希望能看到这个本子。但阿英同志离沪后存留的书籍几乎全部遗失了。庆幸的是,这本《女神》几经辗转,于一九六五年又回到了他的手中。这大概与扉页上盖有一方小型私章"阿英"有关。阿英很快将这个消息告诉了郭老。那几年因为忙,他们相约闲暇时再细细地看。很快地,"文化大革命"开始了,更没有机会来研究这本书了。一九七六年,阿英同志病重时,他在被叛徒江青、陈伯达劫余的个人藏书丛中,竟然发现了它,还完整,只不过书皮脱落了。

去年十二月二十三日上午,郭老精神还好。我向他汇报《女神》修改本找到了,并请教他有关修改的情况。他说,看了本子回想回想再谈。不久就得悉郭老身体不好,而且是日趋严重的坏消息。我们怕他见到这本书勾起过多的回忆,情绪受影响,因此不敢轻易惊动他,总在盼望着他身体早日康复。

郭老生前没有重新看一遍四十年前他的这个改本,这是一件很遗憾的事。虽然那次修改,郭老一九四一年十二月创作五幕历史剧《棠棣之花》第一幕时,已大体采用,但是它对研究《棠棣之花》这个剧本,对研究《女神》,对研究郭老历史剧,对了解郭老抗战初期的思想却是很难得的材料。在郭老漫长的革命生涯中,这是很细末的一件事,但它有助于使人真切地感受"他的笔,始终与革命紧密相连;他的心,和人民息息相通"这句话的分量。

一九七八年六月

钱杏邨与《二心集》

《二心集》是鲁迅心爱的一本杂文集。他曾经说过:"我的文章,也许是《二心集》中比较锋利。"①可能也正因为这点,致使它的出版几经周折,这对鲁迅来说,却是仅有的。

《二心集》于一九三二年七月由上海合众书店初版刊行。鲁迅在此之前的几本杂文集,除了《坟》,都是由北新书局出版的,为什么这本在他看来是"比较好一点"的集子,却偏偏交给了开张不久的合众书店呢?

钱杏邨在四十年前的一篇文章里最早涉及了这个问题。他以鹰隼的笔名写的《关于瞿秋白的文学遗著》②一文中有如下一段文字:

> 那时的秋白生活很苦,他赶译了高尔基的四个短篇:《坟场》《莫尔多姑娘》《笑话》《不平常的故事》,想印一本书,换一点稿费。时值合众书局初创,需要买稿,便由我把他的原稿和鲁迅《二心集》的原稿拿去。书店是只认得赢利的,不几天,先把《二心集》的稿费付了,秋白的稿子却

---

① 《致肖军、肖红》(一九三五年四月二十三日)。
② 此文原载一九三八年六月九日《文汇报》副刊《世纪风》上,后收入著者《剑腥集》,一九三九年上海风雨书屋初版。

拖着不解决。后来几经交涉,总算书店"开恩",抽买了一篇《不平常的故事》,把其余三篇退回,于一九三二年出了版。

这段话,说明钱杏邨是《二心集》出版的媒介人,原稿是由他转交合众书店的。

一九五七年十二月七日,上海《新民晚报》第五版上发表了王知伊的《最近发现的一封鲁迅书简——有关〈二心集〉改名出版的珍贵史料》一文,为我们进一步提供了情况。该文第一次公布了鲁迅一九三四年十月十三日给合众书店的信①,同时还公布了钱杏邨一九三二年八月二十二日代鲁迅领取《二心集》版权费收据笔迹,全文是:

收到转给鲁迅先心②二心集板③权费计洋陆佰元正稿件已同时交出先由我出立收据俟周先生亲笔板权让与证拿到即将此据撤回,此据④

钱杏邨八月二十二日

这张收据,使我们知道,钱杏邨在奔走出版《二心集》的过程中,与鲁迅有过接触。

翻阅《鲁迅日记》,没有发现多少与此相照应的记载。只一九三二年八月二十三日日记记道:"将《二心集》稿售去,得泉六百。下午往内山书店买《露西亚文学思潮》一本,二元五角。"这"得泉六百",无疑是从钱杏邨那里转手来的,虽然《鲁迅日记》里没有明说。

有幸的是,当事人阿英同志在去年逝世前,谈起了这件往事。

---

① 作者误为一九三三年十月十三日。这封信现已收入新版《鲁迅书信集》。
② "心"为"生"之误。——编者注
③ "板"为"版"之误。——编者注
④ 此收据原文未加标点。——编者注

一九七六年冬天,时阿英同志重病在身。一天,他在清理被"四人帮"抢走退回来的文稿信札时,发现在一个信封里夹有上面提到的那张收据剪报,他看了一遍,说道:"此文发表后报纸曾来约我就《二心集》的出版经过写篇文章,当时我大脑刚动手术,正在休养,未能动笔。后来几次想写,因忙于他事,就拖下来了。虽然这是很细末的一件事,但也能说明一些问题,值得一记。"

他说:"一九三二年,我和冯雪峰常见面。有次他同我谈起,秋白翻译了高尔基的几个短篇,急等钱用,想尽快把这几篇稿子卖出去。他和鲁迅先生的意思,希望我能帮一下忙。合众书店那时刚创办,急需买稿,他们要了我两部稿子,一部是《劳动的音乐》,是翻译高尔基的小说;另一部是《现代中国文学论》。我同书店熟,他们也托我找稿子。我答应去同合众老板谈。但书店对此译稿不是很感兴趣。当然我没有向他们透露这是秋白的译著。我将合众的态度告诉了雪峰,雪峰不久对我说,就这样吧。鲁迅答应将《二心集》给他们,条件是要将译稿一道买下。他还说,《二心集》原是给北新的,他们看后不准备出,鲁迅很生气。鲁迅的意思,合众如要,就干脆把版权卖掉,他也正缺钱用。这样雪峰就将这两部原稿交给了我。我及时带给书店,他们一眼看上了《二心集》,很高兴地买下,稿酬也优厚,千字六元。至于译稿,他们说还需要再考虑考虑。为此,我同鲁迅先生在内山书店当面谈过,鲁迅叫我转告书店,必须同时买下译稿,否则他的《二心集》要拿走。最后书店才勉强抽买了其中《不平常的故事》一篇,出千字三元的稿酬。我为《二心集》的出版,记得同鲁迅先生在内山书店有过两三次接触。《二心集》的版税是鲁迅委托我代领的,我将钱交给他时,他还开玩笑地对我说:'你不知道那里面有说到你的地方。'我明知《二心集》里有的文章涉及我。因为在筹备'左联'的初期,我同创造社、太阳社的一些同志,就一九二八年革命文学论争,曾当面向鲁迅先生承认过我们的一些缺点和错误,鲁迅先生也说了一些团结的话。此后,在和鲁迅先生往来时,彼此都再没有提起过这些。现在他这么说,虽然是亲切的,开玩笑似的,却使我感到很突然,不知说什么好,只笑了笑。这个情景几十年后回想起来还那么清晰。鲁迅答应由他正式出一张收据,把我代写的抽回,后来不知道他写了没有,我的那张也忘了取回。合众书店政治上对我们还是好的,只经济上考虑多一点。他们对《二心集》出版是相当重视的,宣传广告写得不错①,记得广告刊出前书店曾给我看过。《二心集》出书不久,即遭国民党反动派查禁②。我的两本书亦然③,合众因此经济上很受损失。《拾零集》的出版,是一九三四年的事,我未经手。从书店那里听说,他们与鲁迅直接联系过,《拾零集》的书名好像也是与鲁迅相商过的。鲁迅一九三四年十月十三日给合众书店的信,我是一九五七年从报纸上见到的。我认为,这封信是针对国民党的。根据当时上海险恶的政治环境,鲁迅清楚,书店是没有可能'在第一页上,声明此书经中央图书审查会审定删存'。鲁迅体谅书店的处境,他之所以这样做,无非是立此存照,这是一种巧妙的斗争艺术。书店能在封底注明'本书审查证审字五百五十九号',做出某种暗示,也就很不容易了。"

《鲁迅日记》和《鲁迅书信集》里,关于《二心集》北新不出,曾多次谈到;至于为什么到了合众,从未说明。这种奇怪的现象,使我们感到,鲁迅当年精神上所受压力的沉重,即使像他这样伟大坚强的战士,也不得不时时要提防国民党文字狱的魔影,致使他在日记、书信里,不得不回避他与党内一些同志的友谊。仅此一例。

一九七八年八月

---

① 在钱杏邨的《现代中国文学论》(一九三三年合众书店版)附页中登有宣传《二心集》的广告:"本书是鲁迅先生一九三〇年与一九三一年两年间的杂文的结集。比他早前的作品,更尖锐,更深刻,留心鲁先生作品的,不可不读。"
② 见《中国现代出版史料》乙编,第一九四页。
③ 见《中国现代出版史料》乙编,第一九四页。《中国现代出版史料》丙编,第一四八页。

且说《上海事变与报告文学》

报告文学,在今天已是受到重视的一种文学样式了。但它在我国的历史并不长。它的兴起,与"左联"成立后的热心组织与提倡是分不开的。

这方面最初的业绩,大多反映在上海南强书局一九三二年四月出版的《上海事变与报告文学》一书中。该书署名南强编辑部编,编者实系钱杏邨。卷首序一题为《从上海事变说到报告文学》。篇末注明写于四月一日,整整五天,书就问世了。出书速度之快,真有点像"轻骑兵"一样敏捷。

南强书局与太阳社的春野书店有密切关系。这家书店当时多出郭沫若、沈端先(夏衍)、蒋光慈、钱杏邨、王抗夫等人的译著,常常被国民党所查禁。

《上海事变与报告文学》,朱红色封面,嵌有淞沪战争中英勇杀敌图片一张。扉页还有四张。全书分六辑:几番大战、火线以内、士兵生活、战区印象、十字旗下、新线印象(及其他),凡二十八篇。各篇未注明作者。均选自一九三二年二至三月上海出版的《烽火》《时事新报》《大晚报》《大美晚报》《太平洋日报》《社会与教育》《时报》。

关于这本书,解放后出版的几本有影响的现代文学史均提到。一九五五年出版的丁易著《中国现代文学史略》说:"'一·二八'事变中,许多工人和作家都参加了抗日工作,或亲上前线慰劳,或进行宣传募捐,这些活生生的用鲜血写成的反帝斗争的事实,迫使参加工作的人要以最大的速度反映出来。

这时如丁玲、沈端先、适夷等以及很多不是专门从事文艺工作的人都写了不少报告文学。这些作品,后来大部分都收集在钱杏邨编的《上海事变与报告文学》一书中。"一九五六年作家出版社出版的刘绶松著的《中国新文学史初稿》中也说,"在'一·二八'前后出现的报告文学,数量是比较多的,后来都收在钱杏邨编的《上海事变与报告文学》一书中。其中,我们所熟悉的作家如丁玲、沈端先、适夷等都写了不少报道文章,而两位不知名的青年作者的作品——戴淑清的《前线通信》和白苇的《墙头三部曲》,尤为一般读者所称道。"两本书的作者指名道姓地说这本集子里收了某某人写的什么作品,经与原书相核,发觉上述引文中均有出入。至于说到书里收有《前线通信》和《墙头三部曲》,更使人茫然。由此我怀疑,这两部文学史的作者当年撰写这段文字时是否见到了原书。估计很可能是沿用了或引申了某种不确实的说法。

一九七八年八月

蒋光慈的原名、改名及其他

在已出的中国现代文学史及鲁迅著作注释之类的文字中,几乎无一例外地认为蒋光慈原名蒋光赤。

此说广为流布可能与光慈逝世后一周《文艺新闻》上的一则讣告有关:"中国革命文学运动初期健将蒋光慈(原名光赤)自去岁以来卧病已久,顷于上月三十一日上午六时终于上海虹口同仁医院。"

其实,这种说法是不确切的。

蒋光慈有一本书信集,叫《纪念碑》[①],收他和前妻宋若瑜一九二四至一九二五年间的通信。值得注意的是,在这些书信中,宋若瑜多次称光慈为"侠生",光慈也自称"侠生"或"蒋侠僧"。据一些与蒋光慈生前往来密切的同志说,光慈的原名就叫蒋侠生,有时也写成谐音的侠僧。因为光慈踏入文坛,开始发表作品时就主要用光赤的笔名,所以人们误以为这就是他的本名了。

弄清了光慈的原名有好处,至少有助于我们了解他为什么要使用光赤这个笔名,后来又为什么改成光慈。

从现存的光慈著译目录上看,署名"光赤"的正式出现,是在一九二二年。例如,他为远东劳动大会所作的诗《太平洋上的恶象》,就是用这一署名刊载

---

① 上海亚东图书馆一九二七年十一月初版。

于《觉悟》上的。他从一九二二年被党从家乡安徽送往苏联学习,一九二四年回国,至一九二七年"四一二"蒋介石叛变,这几年他最经常、固定的笔名就是光赤。"赤"象征革命,他之所以选用光赤,其寓意是不用细说的。

大革命失败后,光赤的笔名为什么又改作光慈?

"七一五"汪精卫叛变,光赤从汉口逃回上海。在党的领导下,他与钱杏邨等人发起组织了革命文学团体太阳社。从他当时发表的作品,如中篇小说《野祭》及《太阳月刊》的政治倾向来看,他对国民党反动派的斗争是坚决的。

光赤改为光慈的原因,钱杏邨一九三八年以鹰隼的笔名发表的一篇文章①中曾经谈道:

> 一九二七年,光赤写完了《十月革命与俄罗斯文学》时,……因为政治的局面已非,……光赤也不得已改为"光慈"。后来创造社被封,这部书的纸型,便移到了泰东书局,改书名为《俄国文学概论》,署名也由"蒋光慈"变为"华维素"。

一九五六年,阿英在选注柳亚子《左袒集》中一首赠蒋光赤的诗时,曾有如下一段说明:"按:蒋光赤即蒋光慈,后所以改'赤'为'慈',便书籍发行也。"②

一九六一年,叶灵凤在香港出版的《新绿集》中有一篇忆光慈的文章,也谈到了光赤改名的事实:"有一个时期,在当时党老爷和图书审查老爷的眼中,不要说蒋光赤作品的内容,仅是这个名字就不能通过,什么书都查禁,所以后来由书局经过他的同意,将赤字改为慈字。"

---

① 《剑腥集》,上海风雨书屋一九三九年出版,第二页。
② 《新观察》一九五六年第二十期。

蒋光慈逝世后三天,钱杏邨以方英的笔名写了一篇悼念他的文章①,谈到他的"创作几全遭查禁"。解放后,中华书局出版的张静庐辑注的《中国现代出版史料》中国民党反动派查禁书目表明,光慈的著作,绝大多数都因"鼓吹阶级斗争""普罗文艺""诋毁当局"等罪名禁售。

由此可见,"光赤"改"光慈",是国民党反动派对革命作家高压迫害的结果,是光赤为了便于出版作品,继续战斗的一种"遮眼法"。

我国现代文坛上,由于蒋介石的血腥统治,革命的和进步的作家被迫不断更换笔名之繁多,在世界上都是少见的。蒋光慈的一再改名,和鲁迅、郭沫若、茅盾多次变更署名的道理是一样的。

"光赤"改为"光慈"不久,就被敌人识破,于是继续改名,直至死后还在化名。他临死前在医院里名叫陈资川。他的遗体安放在江湾上海公墓,用名蒋资川。

解放后,一九五三年五月二十三日,上海市文联将光慈的灵柩迁至虹桥公墓安放,光慈的名字才重见天日。陈毅同志代表党为他的墓碑题名,这是对死者的最大慰藉。

一九七八年八月

---

① 载于一九三一年九月十五日《文艺新闻》。

郁达夫与太阳社

郁达夫一九二二年出版了第一部短篇小说集《沉沦》。不久,又出了好几本头的全集。至于选集,则始于一九二八年上海春野书店出版的《达夫代表作》。

春野书店是太阳社所属的出版机构。《代表作》的编者是太阳社的重要成员钱杏邨、杨邨人、孟超。关于它的选编过程,达夫在《自序》中有过说明:

> 因为马勃牛溲,都收到了全集里去的原因,弄得三百页内外的书,积成了四五本了,这一回春野书店的同人,来和我商量,说要出一本选集,以便无钱买书的穷苦读者,我因为版权上没有问题——因为全集的版权,都还是我的私有——所以也就答应了。

钱杏邨在万余言的《后序》中也说道:

> 达夫因为春野书店的要求,加以自己感觉到全集的瑕瑜兼收的不能使自己满意,委托我们代他编一本,现在总算编订付印,而又竭一日夜的力量把这后序写定了。

在同年五月一日出版的《太阳月刊》五月号上,有春野书店介绍这部书的广告,其中说:

郁达夫先生是十年来中国新文坛上一位有名的作家,他的著作早已风行全国;不过卷帙浩繁,全读不易,本店特商请先生从他的全著作中选出若干篇,编成此书。在一九二八年以前的重要作品,完全收在这里面。他十年来思想的转变,作风的转变,在这一本书里完全可以看到。

上面三段文字,除说明编者为何要出这本《代表作》,还说明,这部选集虽不等于自选集,但是征得作者同意乃至过问的,因此,编者取舍的标准,就不单体现了太阳社当时的文学主张,而且在一定程度上,也反映了作者的一些想法。

全书共选十三篇小说、散文。目次是《银灰色的死》《采石矶》《还乡记》《还乡后记》《离散之前》《春风沉醉的晚上》《薄奠》《小春天气》《烟影》《过去》《微雪的早晨》《给一位文学青年的公开状》①《一个人在途上》。引人注目的是,未录《沉沦》。《沉沦》当时反响很大,分歧也大。春野书店的广告中却说:"在一九二八年以前的重要作品,完全收在这里面。"这就显示了编者对这篇小说的看法。被文学史家重视的两篇以劳动人民生活为题材的作品:《春风沉醉的晚上》和《薄奠》,《代表作》里都选录了,这就愈加证明,编者在选取上是有过一番斟酌的。

该书共印两千册,分甲种本、乙种本。卷首有良士所绘作者近影。出书的速度相当快,《后序》是二月二十七、二十八日写定的,三月十五日书就问世了。

国民党大兴文字狱,对革命的和进步的文艺作品一禁再禁。《达夫代表

---

① 目录上是《致一个青年的公开状》。

作》也逃脱不了这个命运。被禁的"罪名"是"附钱杏邨后序不妥"①。所以，春野书店关闭后，有的书局后来翻印这本书时将《后序》删去了。钱杏邨将这篇《后序》收入一九二九年泰东书局出版的自著《现代中国文学作家》中，书出版不久，又遭厄运，不过"罪名"已另罗织。

达夫的《自序》不长，是一九二八年一月二十八日在上海写的。除开头引文外，我以为还有几段值得推荐，由于此书已很难寻觅，不妨抄录如下：

> 总之我觉得"新"是文艺上的一个重要成分，若没有"新味"，那文艺的价值就等于零了，我们何必要文艺呢？所以我可以很坚决地在此地主张，"新"的思想，要"新"的作家才能宣传的，时代落伍的"老"者，只配在旁边喝喝彩、助助兴，绝不是"新思想"的代表者，虽然这新老之分，并不是在年龄的大小，和创作时代的先后的。

> 因为在《过去集》序上说及了"艺术品都是艺术家的自叙传"一句话，致惹起了许多误解，想在这里辩一辩证。我在那里所说的意思，是在说作家要重经验。没有经验，而凭空想象出来的东西，除非是真有大天才的作家，才能做得成功，像平庸的我辈，想在作品里表现一点力量出来，总要不离开实地的经验，不违背 Realism 的原则才可以。这是我的真意，这我想也是谁也应该承认的一个原则。

> 新时代开始了，中国的文学，也渐渐地到了一个转变的时机了，我只希望在最近的将来，我们中国也有可以压倒一切、破坏一切文学理论的大作家出现，来做我们的旗手。

由这本书使我们进而想到达夫与太阳社的关系。钱杏邨同志一九七七年一月二十日在病中曾谈起，达夫参加过初期创造社，后来又参加过太阳社，

---

① 《中国现代出版史料》丙编，第一五二页。

是太阳社的成员。他说,这事很少为人所知。达夫入社是他谈话的。大革命失败后,太阳社在上海成立,开始经济上很窘迫,主要靠社员捐赠的稿费来支撑,达夫将这本《代表作》的版税全部提供给太阳社做活动经费。达夫此举给他留下了很深的印象。一九二八年秋天,他和达夫为中国革命互济会(又名中国济难会)编过文艺性刊物《白华》①。创刊号上,他执笔写了发刊词《我们的态度》,达夫写了《白华的出现》。此外,他们还为这个刊物写了其他作品。《白华》的主要撰稿人,诸如建南(楼适夷)、伯川(杜国庠)、冯宪章等,也多为太阳社活跃的成员。因此,有的现代文学期刊目录,干脆把《白华》算作太阳社的刊物。于此,也可见达夫与太阳社的关系。至于达夫与钱杏邨,一直是要好的朋友。一九七七年春天,有人问起钱杏邨同志关于达夫参加"左联"的情况,他说:"现在有一种说法,好像达夫参加'左联'只鲁迅先生支持。这是不尽符合事实的。我是筹备'左联'的主要负责人之一。我是积极赞成达夫参加'左联'的。"他还谈道,"文化大革命"前,达夫的家属收集整理了一本《达夫诗词选》,拟交天津百花文艺出版社出版。他们希望郭老和我帮助看看这部稿子。郭老写了一篇序,虽然书至今未能出来,这篇序却早在《光明日报》上发表了。郭老当面与我谈过,还专门写过信,希望我帮助看看《诗词选》原稿。我看了并提出过一些意见。

一九七八年八月

---

① 阿英在《高尔基和中国济难会》一文中说:"……一九二八——一九二九年,我和济难会有一些工作关系。那时郁达夫和我替会里编辑一本半公开的文艺性半月刊,叫作《白华》。"见《人民日报》一九六一年二月十三日第六版。

《阿英文集》①编后的话

这部文集编竟付梓的时候,书的著者离开我们已经一年又四个月了。

蒙李一氓、夏衍、于伶、钱筱璋等前辈的鼓励与指导,此书始得成册。他们是在病中和忙中写下序言和纪念文字的。

阿英一生为编辑友人选集和文集,花费了不少心血。一九二八年出版的《达夫代表作》,是他这方面最初的尝试。一九三八年,在上海"孤岛"险恶的境遇中,他编辑了《瞿秋白全集》,后因风雨书屋被查封,未及刊印。六十年代初,在他重病养息数年后,又为校看刚去世的梅兰芳、欧阳予倩文集度过一个又一个不眠的寒暑。生前,出版社曾多次建议他、催促他编自选集和文集,他都不甚积极。这部文集终于在他身后得以出版,值得庆幸,但冷静地想一下,又何尝不是一件令人心酸的事呢?

著者生前的最后十年,完全被剥夺了写作和出版权利。政治上被叛徒江青诬陷的痛楚,长期深深地在折磨着他。多年辛勤搜集的图书、资料被叛徒陈伯达、"四人帮"洗劫一空。甚至他想要看《水浒》,找一部普通的本子,也得四处托人。这事发生在一位我国著名的文学家、藏书家身上,是可惊的。彼时彼刻,他的处境,中国知识分子的处境,也就可想而知了。

---

① 三联书店香港分店一九七九年出版。

一九七四年,有次他谈起,十多年前,出版社曾具体建议他将几十年来写的一些短文,如杂文、书话、札记、回忆、日记、序跋等编选成册。他说,有些文章当年发表时就未保存,现在更不易寻找,有些书也早已绝版,如果能收集、整理出来,对有些问题的研究,也许有点用处。他做过一些准备,汇集了一些资料,结果全被当作"罪证"抄走了。他深为惋惜。他嘱我有条件时代他收集一下,暂不出版,先放在那里也好。一九七六年冬的一个晚上,一位老朋友谈了许久离去,他突然又谈起这部集子的事,那天他兴致不错,谈到他过去写文章时用过的一些笔名,还谈了关于文集的一些具体想法。

不到半年,他溘然长逝了。北京和上海的几家出版社,为了纪念他,准备刊印一些他的遗著。这使我强烈地感到要实现他的遗愿,尽快完成这部集子的编选。尤其是,著者身后万万不会想到,在他去世不到两个月,和他在一起生活共患难了四十多年的老伴又突然病故,迫使我不得不承担起这项力不胜任的工作。

困难不少。所选文章涉及的书刊很多,相当多手头没有,只好托中国书店、几家图书馆和几位朋友帮忙,借阅、复制、抄录。工作时间有限,几乎全在晚上下班以后和假日,这样断断续续,直到七月,才弄出一份选目初稿。承钱筱璋等阿英亲属和几位朋友阅看,提了一些建议,又做了一些增删,才成了现在这个样子。

这部集子在内容范围上,力图遵照作者生前所述的设想。创作(短篇小说、诗歌、剧本等)和较长的研究著作一般不收。对已出集子和今后可能出集子的选得少,对散见于报刊的短文或书已绝版不易重版的,则尽可能多选一点,还有少量(如日记)是未曾发表过的。因所选文章时间跨度大,前后五十年,文章中涉及的人和事变迁很大,为尊重历史,除作者生前自己修改的或关照过要改处,以及改正排印的错别字,除极少情况外,一律从原样。记得著者生前多次谈起,解放初期出版社曾请他代编《沫若文集》,有人建议他删去有些文章中涉及内部论争的文字,郭老不同意,他也不同意,只好放弃了这项工作。现在原则上这样处理,也许不会违背作者的意愿。书店希望把这本书编得生动活泼一些,建议配些图片。钱厚祥、钱小云和张祖道、曹孟浪几位提供了部分,又从别处借用一些。有些很有价值的照片,前几年损失了,一时找不到,只好暂缺。

书名原想叫"阿英文选",无非想说明这里选辑的只是作者浩繁的著作中少量的单篇。由于郭老题签成"阿英文集",征询一些老同志意见,他们认为"文集"并不一定全,何况郭老已题就,用"阿英文集"这个名称也是对刚去世不久的郭老的一种纪念。这本文集编选的缺点必然很多,有待于他日修订。至于较齐全的《阿英文集》的编辑出版,只有寄希望于出版机构和众多熟悉作者的朋友了。

没有作者生前好友的热情关怀,三联书店同人的积极支持,这部集子很难这么快编成问世。在全书的编选过程中,不少热心者相助,尤其是范用、黄苗子、姜德明几位,我遇到困难常去相商于他们,求教于他们。

书店告诉我这个使人高兴的消息:一个多月后,这部文集就可以与读者见面了。十一月,序值初冬。记得十几年前的初冬,阿英总是早早地在那宁静的书房里生起火炉。晚上,他不愿过多地应酬交际,他爱围炉坐着看书。他一生爱书,爱读书。每当他阅读到一部好书有所得时,总是情不自禁地泛起会心的微笑。我在想,今年的初冬,当他依然如旧地围炉看书的时候,打开呈现在他面前的这本集子,亲人和朋友们对他怀念的拳拳之情,会使他原有编选中的种种不合心意处,他会习惯地泛起那发自内心的亲切的微笑吧。

一九七八年十月二日

《郁达夫著作编目》补遗

近读冯雪峰同志《郁达夫著作编目》(《新文学史料》第一辑),颇开眼界。惜有少数误记、不确切或遗漏处,现就个人所知,做些补充。

一、《迷羊》。该书的初版是一九二八年一月十日,至一九三〇年一月十日已出五版。卷首有叶鼎洛作的插图。末有著者一九二七年十二月十九日写的《后叙》,这是一篇对研究这部小说很有价值的文字。

二、《达夫代表作》。一九二八年一月钱杏邨、孟超、杨邨人编订,三月上海春野书店初版。卷首有达夫自序,末有钱杏邨的后序。此书出版后,即为国民党反动派查禁。罪名是"附钱杏邨后序不妥"(见《中国现代出版史料·丙编》,第一五二页)。

三、《小家之伍》,郁达夫译,上海北新书局一九三〇年四月一日初版。《编目》中未列入。内收五个短篇:《废墟的一夜》(德国 Fr·盖斯戴客作)、《幸福的摆》(德国罗道勒夫·林道作)、《一个败残的废人》(芬兰约翰尼·阿河作)、《一位纽英格兰的尼姑》(美国玛丽·衣·味儿根斯作)、《浮浪者》(爱尔兰奥弗拉赫德作)。每篇篇末附有关于作家的约略介绍。末有达夫一九三〇年二月写的《译者后叙》。

四、《文学概说》。《编目》中云:"一九二七年上海商务印书馆初版,为商务印书馆《万有文库》中《百科小丛书》之一。"按,我所见的初版本出于一九三〇年四月,是商务印书馆《万有文库》第一集一千种之一。

五、《她是一个弱女子》。《编目》中云:"一九二八年上海现代书局初版。"这本书遭禁,作者易名《饶了她》,由现代书局一九三三年十二月二十日初版。扉页上特声明:"本书原名'她是一个弱女子',奉内政部警字第三三号批令修正改名业经遵令删改呈部注册准予发行在案。"末有达夫一九三二年三月写的《后叙》。

一九七九年一月

齐燕铭遗札

数月前故去的齐燕铭,在海内外文化界向负盛名。三十年代初,他在北平诸大学做教授时,就有《中国文学史》等著作面世。抗战后去延安,数十年来,他因忙于统战、文化行政领导工作,多年治学的心得大部未及形诸文字。这是异常抱憾的事。

比如,他对《红楼梦》就有不少卓见。一九六三年,国内为纪念曹雪芹逝世二百周年,在故宫举办了一个大型展览会,曾轰动一时,不久被邀去日本展出,深得扶桑友人赞誉。齐燕铭与阿英主其事。他们常常为此交换意见,书信不断。这个展览,前些年被判为黑的,阿英保存的这类信札被作为罪证抄走了,至今多半下落不明。近日清理阿英遗物,意外地发现幸存二封,从中也可窥见齐氏红学观点一二。故特介绍。

阿英同志:

近得《龙岩诗词合钞》,其中有两则涉及《红楼梦》者,不知可供访求资料之线索否?送上一阅。原书阅后盼仍掷还。

敬礼

齐燕铭

(一九六三年)七月四日

另一封也写于一九六三年。其时红学家对新近发现的曹雪芹绘像及《曹氏宗谱》有争议,他从北戴河来函,提出自己的见解。

阿英同志:

电函均悉,展览总算开幕了,真是大喜之至。五个月的劳动,成绩还不错,但把你累坏了。

曹雪芹像查明很好,但我觉得和王冈所画的未必是一个人,王画的那个人从样子看似乎更"酒肉"一些。

曹氏宗谱事已听昆仑(著名红学家王昆仑——引者)讲到。这是一大收获。看来这方面资料今后是可能多找到一些。据说谱上无曹霑,果然,那可能是作为不肖子弟除了名的。这在过去是常有的事。这倒更可作为"叛逆"的最好的说明。

我大约月底可以回去,余面叙。

敬礼

齐燕铭
九月二十日

可以补充的是,前年夏季,有天下午,我曾陪上海来的两位友人,去三里河看望他。那天本意原是想请他为一家刊物写一篇回忆京剧《逼上梁山》在延安创作和演出的文章。经再三恳求,他允诺了。这篇长文,以《旧剧革命划时期的开端》为题,刊在一九七八年二月发行的《文艺论丛》第二期上,这也许是他有关文艺论述的绝笔。那天恰逢北京少有的雷雨天,窗外大雨不停,经主人挽留,足足谈了两个多小时。他谈到前几年的"评红"运动,他说有的观点混乱得很,有些评论文章连书也没有读懂。他认为有必要撰写一部阐发小说有关文物典籍的书,否则时代久远,读起书里描写的生活会愈来愈感到隔膜。在归途中,我们曾议论,凭他的渊博学识和对旗人生活的熟稔,如果有时间,他准能写出一部漫说红楼的好书。去年七月,他在北京医院住院,我有事去请教他。他又谈起《红楼梦》。他说,他很想将来空闲时写一部读《红楼梦》的札记,不过目前不可能,还是争取先写一篇关于曹雪芹展览的文章,借此也表达对老友阿英的一点眷念之情。

齐燕铭是中国当代一位知名的书法家。这大概不是孤闻吧。于篆书尤其拿手,行草也好。他工作过忙,偶为友人书写条幅,纯出之厚谊。故他的手迹在世间流传不多。不止此,他还擅长篆刻。近些年劳作甚少,我曾见他为夏衍、李一氓所刻,足见其珍惜患难之情。他喜藏印谱,于钤印之理论极其精通。十几年前,当他得悉阿英近获铁云藏印二册,连夜趋访,阅之爱不释手,当即携回,与自家所藏一一相较,写下一篇精彩的读后记:

> 阿英同志尝从扬州得铁云藏印两册,白纸本,原封面题铁云藏印三集,上、下,犹是刘鹗手书。上册五十七叶,下册五十叶。每册率单面朱拓六印,其面印以一面为一印,每叶承八印。上下两册共计六百七十九印。按刘鹗藏印钤拓成谱在一九〇五年左右。其书一叶一印,初、二、三、四集,共四十八册。此殆藏印三集之初稿也。以余所藏三集校此初稿,此虽少二十余印,然亦颇有此长而彼短者焉。如余所藏虽得收藏者以臆标注册数,检之内容,殊淆乱无理;初稿上册为秦汉以来私印,次两面印,下册先古官私钵印,次秦汉以来官印,次长朱文,次玉印,次套印,其排比虽未必得当,然亦稍有伦脊矣,此其一。余所藏本两面印均一叶一印,与其他各印混淆难分;初稿两面印二十三叶,较然可识,如贾、婴两字,若非初稿,即无法知其为两面印矣,此其二。初稿内有注明印觅钮式者三十二处,亦另本所无,此其三。从来印谱甚少注明卷叶数者,藏印家谱既定稿,钤拓之役每假手他人,因之次第淆乱在所常有,西泠印社所出

各谱,其边款甚至张冠李戴,不校原印,何由而知?此所以印谱稿本之可贵也。

一九六五年九月齐燕铭读后记。

又余所藏本之第十四册,两面印缺三叶,无初稿本对校,亦无从而知。

据方家云,这是论述印谱很有价值的一段文字,同时它本身也是一页珍贵的墨迹。

一九七九年一月

"五四"文学革命中的陈独秀[①]

今年是"五四"运动六十周年。人们很自然地要回想起当年活跃在新文化运动战场上的一些风云人物。

最近报刊上出现了几篇为李大钊、瞿秋白同志鸣不平的文章。《中华文史论丛》第二辑预告将要披露胡适部分遗稿。这些消息表明,在解放思想激流的冲击下,学术界大胆冲破禁区,开始实事求是地评价一些历史人物了。

给历史人物以符合事实本来面目的评价,是历史唯物主义原则的绝对要求。马克思、恩格斯、列宁在这方面为我们树立的典范是无须列举数说的。这种优良作风是革命导师留给我们的极其珍贵的财富。令人痛心的是,多年来,尤其是经过"四人帮"的破坏,这种老实的科学态度被远远地丢弃了。在学术研究中,因人废言、因言废人的现象相当普遍地存在。后来变坏了的人物,原先做过的好事乃至做出的贡献,也不能被丝毫肯定;后来表现好的人物,即使早先表现不怎么好也被说成是如何如何好。对人和事的评价可以不顾历史事实,仅仅为了证实某些论断的正确,历史可以被随意打扮、歪曲、涂改。

陈独秀在中国现代革命史上不能不说是个名人。他是党内机会主义路

[①] 本文系与学友孙玉石同志合写。

线的代表者之一,被开除出党。但是,他确确实实又是我们党第一任总书记,难道仅仅用"历史的误会"就能说明这个历史现象吗?在伟大的"五四"新文化运动中,他无疑是领袖人物、主导人物。采取回避、抹杀、贬低、夸大局限性的做法,像我们已经有过的那样,都是违反马克思主义科学态度的。对他这样所谓复杂的历史人物,也只能从历史事实出发,使用既有分析又有批判的办法,从而对他的功过作出全面的评价。这绝不只是对某个人物的具体评价问题,正确地认识、评价陈独秀及其同类人物的问题,对我国现代革命史、现代文学史的研究有着重要的意义。

正如标题所标明的,本文只想就陈独秀在"五四"文学革命中的地位与作用发表一点浅见。由于近三十年来,谈论这个问题的专门文章极少,为了便于说明问题,我们有意较多地援引了一些材料。至于文章观点是否合理、正确,只好期待同志们的鉴定、批评。我们坚信:历史总归是历史,与其一时得不出较为准确的结论,不如让事实本身去说话吧。

一

"五四"运动是彻底反帝反封建的伟大革命运动,也是一次波澜壮阔的思想解放运动,即新文化运动。新文化运动不但对当时的爱国民主斗争起了极大的推动作用,而且对中国现代文化思想的发展具有深远的影响。

一九一五年九月十五日创刊的《新青年》,标志着新文化运动的蓬勃兴起。而《新青年》杂志的主要倡导者则是陈独秀。

陈独秀早年曾留学日本,回国后编《国民日日报》,主张实行民主革命,反对君主专制,并参加了辛亥革命的反清斗争。辛亥革命后,曾任安徽师范学堂校长,一九一三年反袁革命失败后逃亡日本。一九一五年回到上海,九月十五日创刊《新青年》月刊①,直到一九一七年,这个刊物主要是由他编辑的②。一九一八年以后《新青年》逐渐转为宣传马克思主义思想,公允地说,是陈独秀和李大钊一起与胡适斗争的结果。

初期新文化运动的中心内容是民主和科学。《新青年》杂志一开始就高举起这两面大旗,向封建主义进行了猛烈的进攻。创刊号发表的陈独秀的具有发刊词性质的《敬告青年》一文,在历数了当时中国社会黑暗之后,便向青年大声疾呼:

欲救此病,非太息咨嗟之所能济,是在一二敏于自觉勇于奋斗之青年,发挥人间固有之智能,抉择人间种种之思想,孰为新鲜活泼而适于今世之争存,孰为陈腐朽败而不容置留于脑里,利刃断铁,快刀理麻,决不作迁就依违之想,自度度人,社会庶几其有清宁之日也。……若夫明其是非,以供抉择,谨陈六义,幸平心察之。(一)自主的而非奴隶的(二)进步的而非保守的(三)进取的而非退隐的(四)世界的而非锁国的(五)实利的而非虚文的(六)科学的而非想象的。

这里所陈的"六义",实际上已把"五四"新文化运动中的"德、赛二先生"即民主和科学的口号揭示出来了。

陈独秀在这篇文章里,对民主和科学有具体的论述。民主在这里被称为"人权":"自人权平等之说兴,奴隶之名,非血气所能忍受。世称近世欧洲历史为'解放历史、破坏君权,求政治之解放也。否认教权,求宗教之解放也。均产说兴,求经济之解放也。女子参政运动,求男权之解放也。'解放云者,脱

---

① 一卷名《青年杂志》,二卷改名《新青年》。
② 创刊至五卷由陈独秀主编。六卷改组编委会,由陈独秀、钱玄同、高一涵、胡适、李大钊、沈尹默轮流编辑。八卷起,由陈独秀编辑。

离夫奴隶之羁绊,以完其自主自由之人格之谓也。"关于科学,他说:"科学之兴,其功不在人权说下,若舟车之有两轮焉。今且日新月异,举凡一事之兴、一物之细,罔不诉之科学法则,以定其得失从违,其效将使人间之思想云为,一遵理性,而迷信斩焉,无知妄作之风息焉。"并进一步指出,"国人而欲脱蒙昧时代,羞为浅化之民也,则急起直追,当以科学与人权并重。"虽然,这种民主与科学的解说,是从资产阶级那里贩来的。当时,西方资本主义已发展到帝国主义阶段,这些资产阶级的学说已失去其进步性,但是,在当时中国的介绍和发现,仍具有不小的积极意义。新文化运动的斗士们正是用这种"破烂的武器"向陈旧腐朽的封建主义思想堡垒发动进攻的。

由于袁世凯称帝、康有为反对共和等一系列封建复古活动,都是打着尊孔的旗号进行的,新文化运动的斗争锋芒便很快地指向了以维护封建专制为中心的孔子学说。陈独秀连续发表了《一九一六年》①《吾人最后之觉悟》②《驳康有为致总统总理书》③《孔子之道与现代生活》④《宪法与孔教》⑤等政论,充满着对封建礼教和专制制度的强烈憎恨,他指出以孔教学说为代表的封建伦理道德是阻碍中国人民觉醒的大敌,号召人们摆脱"奴隶之羁绊",完成思想和个性的解放,以求政治上的进步。在这场反对封建复古主义的斗争中,他表现了坚决的勇敢精神,他不愧是"打倒孔家店"的急先锋。

《新青年》在"五四"思想革命运动中突出的作用和巨大的影响是历史公认的。例如,当时杭州第一师范学校有学生四百人左右,有一个时期就销行《新青年》和《星期评论》四百几十份⑥。在《新青年》的影响下,许多觉悟的青

---

① 《新青年》一卷五号。
② 同上,一卷六号。
③ 同上,二卷二号。
④ 同上,二卷四号。
⑤ 同上,二卷三号。
⑥ 见《五四运动回忆录》中施复亮著《五四在杭州》一文。

年,纷纷办杂志、写文章,提倡新思想。《新青年》六卷三号载有武昌中华大学中学部"新声社"给编者的信,其中说:"我们从来的生活,是在混沌的里面,自从看了《新青年》,渐渐地醒悟过来,真是像在黑暗的地方见了曙光一样。我们对于编《新青年》的先生,实在表不尽的感谢了。""我们这《新声》出版之后,当然是群起而攻之,所受的打击不消说得了。敬祝新青年万岁!"山东省立第一中学学生王统照来信:"记者足下,校课余暇,获读贵志,说理新颖,内容精美,洵为最有益青年之读物。"①一位读者在致陈独秀的信中说:"今春一读大志,如当头受一棒喝,恍然悟青年之价值,西法之效用,腐旧之当废,新鲜之当迎。"②

《新青年》在"五四"新文化运动中的极其重要的作用和不可磨灭的功绩,决定了"五四"新文化这场斗争的主要领导人不是别人,而是陈独秀。虽然他当时还是一个激进的民主主义者,还没有可能运用马克思主义这个最新武器指挥战斗,但是,这一切并不妨碍他成为这场运动的旗手。

二

开始于"五四"前夕的新文化运动,是前所未有的思想革命,也是声势浩大的文学革命。当时一些启蒙思想家,以《新青年》为阵地,在反对旧道德提倡新道德的同时,对封建文学营垒,从内容到形式都展开了凌厉的攻势。"凡是关心现代中国文学的人,谁都知道《新青年》是提倡'文学改良',后来更进一步而号召'文学革命'的发难者。"③陈独秀就是举起文学革命旗帜的第一人。

---

① 《新青年》二卷四号通信栏。
② 《新青年》二卷五号。
③ 鲁迅:《且介亭杂文二集·〈中国新文学大系〉小说二集序》。

一九一七年一月,胡适在《文学改良刍议》那篇文章中,提出了文学改良"须从八事入手"的主张,被陈独秀称为文学革命"首举义旗的急先锋"。可是,实际上他举的不是"文学革命"的旗帜,而是"文学改良"的旗帜。他的"八事"主张中,"须言之有物""不作无病之呻吟",确实涉及了文学的内容,但这内容究竟是什么,并不明确。他提倡以白话代替文言,这是文学革命的一个重要内容。它对否定封建旧文学、创建白话的新文学有进步的意义。但是,总的看来,他的主张和态度,既模糊,又软弱,改良主义色彩极重。真正首先高举文学革命大旗的,应该是陈独秀。

一九一七年二月,陈独秀在《新青年》上发表了《文学革命论》一文。可以说,这是中国现代文学史上第一篇揭橥文学革命旗帜的宣言。

在这篇文章里,陈独秀在"畏革命如蛇蝎"的社会中,以大无畏的精神,毅然提出:"余甘冒全国学究之敌,高张'文学革命军'大旗,以为吾友之声援。旗上大书特书吾革命军三大主义:曰,推倒雕琢的阿谀的贵族文学,建设平易的抒情的国民文学;曰,推倒陈腐的铺张的古典文学,建设新鲜的立诚的写实文学;曰,推倒迂晦的艰涩的山林文学,建设明了的通俗的社会文学。"陈独秀痛斥封建文学的"文以载道""代圣贤立言"的荒谬,称"尊古蔑今,咬文嚼字"的封建文人为"十八妖魔",大胆宣称:"有不顾迂儒之毁誉,明目张胆以与十八妖魔宣战者乎?予愿拖四十二生的大炮,为之前驱!"陈独秀这种大呼猛进的革命主张,显然跨过了胡适"口欲言而嗫嚅,足欲行而踟蹰"的"刍议",给启蒙思想运动带进了文学革命的叛逆呼声。他的这篇文章和以后的一些主张,成了"五四"文学革命的纲领,在反对旧文学、提倡新文学的历史潮流中,有强烈的战斗性和鲜明的号召力。

文学革命的运动,不是孤立进行的。陈独秀始终注意把文学革命作为社会的思想革命和政治革命不可分割的一部分。胡适的"刍议",仅仅是从"世界历史进化的眼光",相信"一时代有一时代的文学",确认白话文学必然"为中国文学之正宗"。他只相信"一点一滴的改良",不敢提出思想革命和社会改革的思想。陈独秀一开始就同胡适的形式主义的文学改良划清了界限。陈独秀认为,革命是社会和文化发展的动力。"庄严灿烂之欧洲"之所以出现,是"革命之赐也"。文艺复兴以来,欧洲的政治、宗教、伦理道德、文学艺术,"莫不因革命而新兴而进化"。中国政治之所以"黑暗未灭",文学艺术之所以"垢污深积",都是因为"吾人疾视革命,不知其为开发文明利器故"。因此,他得出了这样的结论:"今欲革新政治,势不得不革新盘踞于运用此政治者精神界之文学。"①当然,陈独秀这里所说的革命,还是资产阶级旧民主主义革命。他的革命理想,是实现资产阶级共和国和它的"庄严灿烂"的文明。远在"五四"运动之前,甚至还在一九一七年十月革命之前,陈独秀不可能提出超出他生活的时代的革命蓝图。但是,他的理想的目标,在中国并不存在产生的条件。重要的不是他的目标,而是他实践的手段。他主张用改良社会政治的文学革命,来反对维护封建社会制度及其伦理道德的旧文学。打倒"垢污深积"的封建文学,是为了推翻"黑暗未灭"的封建社会。这种显然是激进的革命民主主义文学主张,包含了深刻的反封建的政治内容。在一个时期里,胡适形式主义文学改良的鼓噪,淹没了思想革命的战斗呼声。陈独秀等人倡导的文学革命同反对旧道德的思想革命紧密结合、蓬勃发展之后,鲁迅便热情地投入了《新青年》的战斗行列。这个事例也证明,《新青年》提倡的文学革命,开辟了文学斗争与政治斗争相结合的优良传统。陈独秀文学革命主张的战斗性,与胡适文学改良主张的不同,首先就表现在这里。

其次,陈独秀一开始就没有把文学革命主张只局限于语言形式的改革,而十分重视文学内容的革命。他明确提出打倒贵族文学、古典文学、山林文学,并不仅仅是因为它们使用的是文言,而是因为他们遵奉"文以载道""代圣贤立言"的古法,失去了"独立自尊之气象""抒情写实之旨",于"大多数无所裨益也"。其形式"陈陈相因""有形无神";其内容则"目光不越帝王权贵,

---

① 陈独秀:《文学革命论》。

神仙鬼怪,及其个人之穷通利达","所谓宇宙,所谓人生,所谓社会,举非其构思所及"。① 后来,他又明确主张文学应该用以"改造社会,革新思想"。② 他要求文学要表现人生,表现社会,"赤裸裸地抒情写世",以有益于大多数人的利益。这些,还是资产阶级启蒙主义文艺思想。在当时中国反帝反封建的历史条件下,他用这种主张来反对封建的文学,努力使文学从"文以载道""代圣贤立言"的工具,变成"改造社会,革新思想"的武器,这本身,不能不说是文学上的一个重大的革命。

有的论者,依据陈独秀不赞成胡适的"须言之有物"一条,便认为他主张文学应该超越政治,不应该"言之有物"。其实,这是一种误解。陈独秀在给胡适的复信中确实说过:在"不作无病之呻吟"之外,不必再提"言之有物"了。因为"言之有物"一语,如果"不善解之","其流弊将毋同于文以载道之说,以文学为手段,为器械,必附他物以生存。窃以为文学之作品,与应用文字作用不同,其美感与伎俩,所谓文学美术自身独立存在之价值,是否可以轻轻抹杀,岂无研究之余地"?③ 在给另外一个人的复信中,他又说:"'言之有物'一语,其流弊虽视'文以载道'之说为轻,然不善解之,学者亦易于执指遗月,失文学之本义也。"④不难看出,陈独秀不同意提"言之有物",并不是反对文学表现社会现实的内容,不是主张文学超越政治。他是看到这一表述解释不清可能造成的流弊,要同"文以载道"的封建文学观念划清界限。他是坚持文学为政治服务的。他说:"实写社会,即近代文学家之大理想大本领。实写以外,别无所谓理想,别无所谓有物也。"⑤他又说:"文学自有其独立之价值也,而文学家自身不承认之,必欲攀附'六经',妄称'文以载道''代圣贤立

---

① 《文学革命论》。
② 《复陈丹崖信》,载《新青年》二卷六号。
③ 《新青年》二卷二号。
④ 《复曾毅书》,见《新青年》三卷二号。
⑤ 《复陈丹崖信》,见《新青年》二卷六号。

言',以自贬抑。"①他的反对"言之有物",是反对用文学表现"圣贤之言",载孔孟之道;他讲的文学自身独立之价值,是要文学从"攀附"圣经贤传的封建束缚中解放出来;他提倡文学除了"状物达意,描写美妙动人,此外不应再有其他目的",是为了强调文学本身的艺术特征,把文学之文与应用之文区别开来。他没有反对文学描写社会和人生,更没有反对文学作为改造社会革新思想的武器。他的表述确实有不明确和混乱之处,但在这混乱和矛盾的外壳下,我们还是可以清楚地看到这些主张的反封建的革命性质。

陈独秀文学革命主张的战斗性,还表现在他同封建旧文学彻底决裂的态度。胡适提出改良主义的"刍议",唯恐有"矫枉过正"之处,对来自封建势力的反对,不敢表示一点微词。"吾辈已张革命之旗,虽不容退缩,然亦决不敢以吾辈所主张为必是而不容他人之匡正也。"②陈独秀比起胡适的这种软弱妥协态度,坚决多了。他在回信中针锋相对地提出:"鄙意容纳异议,自由讨论,固为学术发达之原则;独至改良中国文学,当以白话为文学正宗之说,其是非甚明,必不容反对者有讨论之余地,必以吾辈所主张者为绝对之是,而不容他人之匡正也。"③事实也确实如此。文学革命主张提出后,国中之人,"赞成反对者各居其半"。其中也出现了种种折中的论调。有的主张选古文标准读本,白话可"由是以趋改进";有的主张小学与中等以上学校分授白话和文言,以别雅俗;有的主张白话为各种文学实"矫枉过正","急进反缓,不如姑缓进行"。对于这种种貌似折中的论调,陈独秀始终抱着不退让、不妥协的态度,对于自己的主张,绝对地信守着,不容反对者有讨论之余地,"遂不致上了折中派的大当"④。

陈独秀这种坚决彻底毫不动摇的态度,对文学革命的发展起了重大的作

---

① 《随感录(十三)》,见《新青年》五卷一号。
② 《寄陈独秀》,见《新青年》三卷三号。
③ 《答胡适之》,见《新青年》三卷三号。
④ 《中国新文学大系·文学论争集导言》。

用。正如郑振铎后来说的那样:"他是这样的具着烈火般的熊熊的热诚,在做着打先锋的事业。他是不动摇,不退缩,也不容别人的动摇与退缩的!革命事业乃在这样的彻头彻尾的不妥协的态度里告了成功。"①

一九一九年底到一九二〇年初,随着陈独秀逐渐变为一个初步的马克思主义者,他的革命文学主张也有了新的因素。如他进一步认识了文学改革同时代进步之间的辩证关系。他说:"我们主张的是民众运动的社会改造",反对军阀财阀的"侵略主义和占有主义",要求要有"把政权分配到人民全体"的民主政治和"理想的新时代新社会"。与此相适应,他提出了文学"应该以现在及将来社会生活进步的实际需要为中心","要创造新时代新社会生活进步所需要的文学道德,便不得不抛弃因袭的文学道德中不适用的部分"。②他强调新文化和新文学在"令劳动者觉悟他们自己的地位"③方面的作用。他努力用社会经济基础的发展来解释文学革命发生的原因。他说:"常有人说,白话文的局面是胡适之陈独秀一班人闹出来的。其实这是我们的不虞之誉。中国近来产业发达,人口集中,白话文完全是应这个需要而发生而存在的。适之等若在三十年前提倡白话文,只需章行严一篇文章便驳得烟消灰灭。此时章行严的崇论宏议有谁肯听?"④胡适对这个接近唯物史观的解释十分不满,仍坚持历史唯心主义的立场。他说:"白话文的局面,若没有'胡适之陈独秀一班人',至少也得迟出现二三十年。"⑤这种意见上的分歧,反映了"五四"新文化统一战线思想分化的客观趋势,也可以看出陈独秀文学革命主张前进的足迹。

陈独秀在这个时期的革命文学主张,其彻底的不妥协的反封建态度,是

---

① 《中国新文学大系·文学论争集导言》。
② 《本志宣言》,载《新青年》七卷一号。
③ 《新文化运动是什么》,见《新青年》七卷五号。
④ 《答适之——讨论科学与人生观》。
⑤ 《中国新文学大系·建设理论集导言》。

生气勃勃的,是富有战斗性的,同时,也存在许多弱点和局限。他的三种文学,缺乏明确的社会基础和阶级内容,具体内容究竟是什么,没有充分地阐述,带有朦胧模糊的性质。他主张平易的抒情的"国民文学"和明了的通俗的"社会文学",仍是停留在要求个性解放的反封建的高度,未能包含深入人民群众中去的内容和方向。这里的"国民文学"同周作人提出的"平民文学"一样,"实际上还只能限于城市小资产阶级和资产阶级的知识分子,即所谓市民阶级的知识分子"①。他提倡写实主义、自然主义文学,认为我国文艺"今后当趋向写实主义"②,但又分不清自然主义与写实主义的区别,错误地认为自然主义"视写实主义更进一步"③而加以鼓吹。他对于西方的资产阶级文化和自己民族的文学遗产,"没有历史唯物主义的批判精神,所谓坏就是绝对的坏,一切皆坏;所谓好就是绝对的好,一切皆好。这种形式主义地看问题的方法,就影响了后来这个运动的发展"④。毛泽东同志对"五四"运动"许多领导人物"的这一批评,也适用于说明陈独秀文学革命主张存在的严重毛病。尽管如此,陈独秀主持的《新青年》毕竟是"五四"文学革命的一面旗帜,"它支配了第一个十年的新文坛,更发动了后十年的新的文学运动"⑤。陈独秀在文学革命中的贡献是不可泯灭的。

三

《新青年》旗帜鲜明地提倡民主和科学,反对专制和迷信,提倡新道德,反对旧道德,提倡新文学,反对旧文学,不能不引起社会上一切复古势力的忌

---

① 毛泽东:《新民主主义论》。
② 《复张永言信》,见《新青年》一卷四号。
③ 《复张永言信》,见《新青年》一卷四号。
④ 毛泽东:《反对党八股》。
⑤ 阿英:《中国新文学大系·史料索引集序例》。

恨。随着文学革命声势的日益壮大,《新青年》及文学革命的一些倡导者,便成了复古派文人非难和攻击的鹄的。"这面'文学革命'的大旗的竖立是完全地出于旧文人们的意料的。他们始而漠然若无睹,继而鄙夷若不屑于辩,终而却不能不愤怒而诅咒着了。"①对于旧文人们的形形色色的愤怒和诅咒,陈独秀及《新青年》其他一些同人,进行了有力的回击。从一九一八年到一九一九年"五四"前后,以《新青年》为中心的新文化阵营同封建复古派的斗争,就成了整个"五四"文学革命的一个重要组成部分。在这场斗争中,陈独秀同样表现了一个激进的革命民主主义战士勇猛坚定的态度。

《新青年》出版以后,受到封建遗老遗少的"八方非难",被他们视为"离经叛道的异端,非圣无法的叛逆"。一九一九年一月,发表在《新青年》六卷一号上的《本志罪案之答辩书》,就是陈独秀撰写的一篇声讨复古派的战斗檄文。面对复古派加给《新青年》的破坏孔教礼法、破坏旧伦理道德、破坏旧文学等种种罪名,陈独秀理直气壮地宣称:"本社同人当然直认不讳,但是追本溯源,本志同人本来无罪,只因拥护那德莫克拉西(Democraey)和赛因斯(Science)两位先生,才犯了这几条滔天的大罪。"他引述西方因为拥护德、赛两先生,酿成"流血革命",换来"光明世界"的教训,认定只有德、赛两先生才能"救治中国政治上道德上学术上思想上一切的黑暗"。他在该文最后宣告:"若因为拥护这两位先生,一切政府的压迫,社会的攻击笑骂,就是断头流血,都不推辞。"科学和民主,是思想革命的旗帜,也是文学革命的旗帜。它反映了十月革命影响下中国新兴无产阶级的历史要求和时代的精神。陈独秀高举科学和民主的旗帜,痛击复古派的种种非难,揭示了对旧政治、旧道德和旧文学进行变革的历史必然性,这就把《新青年》反复古逆流的斗争提到更加自觉的高度。他那种"断头流血,都不推辞"的大无畏精神,不是个人的表现,它体现了《新青年》团体坚持真理的决心和勇气。这里,可以看到社会主义思想

---

① 《中国新文学大系·文学论争集导言》。

因素在一个激进的革命民主主义战士身上产生的宝贵的影响。

后来,陈独秀因散发传单被捕入狱。在他出来的时候,李大钊同志写了一首题为《欢迎独秀出狱》的诗。诗里说:"他们的强权和威力,终究战不胜真理。什么监狱什么死,都不能屈服你;因为你拥护真理,所以真理拥护你。""我们现在有了很多的化身,同时奋起,好像花草的种子,被风吹散在遍地。"①陈独秀在文学革命中坚定的言论,代表了《新青年》集体坚持真理的声音。

在反对复古派的斗争中,陈独秀很少改良调和的色彩。他不局限于文学形式上的纷争,而把反对旧文学同反对旧道德的斗争结合起来。他说:"旧文学、旧政治、旧伦理,本是一家眷属,固不得去此而取彼。"②又说:"旧文学与旧道德有相依为命之势,其势目前虽不可侮,将来必与八股科举同一运命耳。"③这里,陈独秀使用的仍是改造国民性和进化论的思想武器。但他认识到改革旧文学、旧道德与改革社会政治的依赖关系,坚信旧文学、旧道德的必然灭亡。这就是他主张的现实的革命性。

当时,封建复古派文人加给《新青年》一个恶谥:"骂人"。特别是刘半农、钱玄同的《答王敬轩书》的双簧戏之后,更激怒了一些顽固势力。他们纷纷攻击《新青年》,"不务以真理争胜,而徒相目以'妖'","开卷一读,乃如村妪泼骂,似不容人以讨论者,其何以折服人心"。④ 胡适听了之后,把这些攻击视为"诤言",责备刘半农事出轻薄,屡表不满。鲁迅则坚决支持刘半农、钱玄同"嬉笑怒骂,皆成文章"的战斗态度。他还建议,有些文章在《新青年》《每周评论》上同时刊登,以便"出而又出,传播更广,用副我辈大骂特骂之盛

---

① 《新青年》六卷六号。
② 《答易宗夔信》,见《新青年》五卷四号。
③ 《答张护兰信》,见《新青年》三卷三号。
④ 汪懋祖:《读〈新青年〉》,见《新青年》五卷一号。

意"①。陈独秀的态度与鲁迅相同。有人写信反对《答王敬轩书》,攻击《新青年》"肆口侮骂"。陈独秀坚定地指出:对那些"闭眼胡说"的顽固派"则唯有痛骂之一法",并痛斥他们是"学愿",是"真理之贼"②。有人写信,劝《新青年》不要"骂人"。陈独秀复信答得好:"骂人本是恶俗,本志同人自当有则改之,无则加勉,以答足下的盛意。但是到了辩论真理的时候,本志同人大半气量狭小、性情直率,就不免声色俱厉;宁肯旁人骂我们是暴徒,是流氓,却不愿意装出那绅士的腔调,出言吞吐,致使是非不明于天下。因为我们也都'抱了扫毒主义',古人说得好,'除恶务尽',还有什么客气呢?"③确实如此。对封建顽固派,没有什么客气可讲。正因为有了这种坚持真理,辨明是非,不怕笑骂,除恶务尽的态度,新文化运动才能排除复古派的干扰障碍向前发展,文学革命才能取得前所未有的成绩。

一九一九年二三月间,以《新青年》阵营为中心的新文化思潮同以林琴南为代表的封建复古派逆流,展开了一场大论战。陈独秀以刚刚诞生的《每周评论》为主要阵地,为保卫文学革命的两大旗帜做出了杰出的贡献。封建复古派文人林琴南及其门生、封建遗少张厚载,造谣言,编小说,写公开信,运动反动当局,妄图一举扑灭新文化运动。陈独秀针对他们的卑劣伎俩,在《每周评论》上连续发表了《关于北京大学的谣言》《旧党的罪恶》《林纾的留声机》《想用强权压倒公理的表示》《林琴南很可佩服》等文章和随感录。他阐明了这场新旧思想斗争的实质,指出这些"迷顽可怜的国故党"之所以如此仇恨《新青年》,就是因为它"反对孔教和旧文学";他揭露了"国故党""依靠权势","暗地造谣",向新文化运动反扑的阴险卑劣的面目;他断言顽固派"利用政府权势,来压迫异己的新思潮",逃脱不了最终失败的命运。在这些战斗

---

① 《致钱玄同信》,见《鲁迅书信集》第二二页。
② 《讨论学理之自由权》,见《新青年》四卷六号。
③ 《答爱真信》,见《新青年》五卷六号。

的文章中,闪烁着锐利的革命批判锋芒。

陈独秀和李大钊一起,以毫不妥协的革命姿态,在《每周评论》上组织了这场声势浩大的战斗。周刊发表了李大钊、鲁迅思想深刻锋芒毕露的战斗文章;转载了林琴南谩骂《新青年》同人的小说《荆生》,陈独秀亲自撰写批判性的按语,"请大家赏鉴赏鉴这位大古文家的论调"。周刊刊登了对《荆生》"文法之舛谬,字句之欠妥"——进行批改的辛辣杂文,出了这位"海内所称大文豪"林琴南的丑。他还在《每周评论》开辟《对于新旧思潮的舆论》一栏,出了两期"特别附录",摘登各地报刊批判林琴南、声援新思潮的舆论。

这场反复古的大战,带有过去所未曾有的特点。它把新文化运动扩展成为广泛的社会新旧思潮的斗争。反对封建旧文化同反对封建军阀政府权势的斗争进一步结合起来了。斗争的结果,以复古派的惨败告终。林琴南等被斥为"学术界之大敌,思想界之蟊贼",受到愤怒的申讨,新思潮却像滔滔洪流向前发展。它的胜利,使《新青年》这面文学革命的旗帜更加鲜艳夺目。陈独秀在这场斗争中表现了一个新文化运动领导者的锋芒和才能。

陈独秀还不是以一个马克思主义者的姿态参加这场战斗的。他没有从阶级斗争的历史唯物主义高度来看待这场斗争的实质。这一点,他不如李大钊。李大钊在斗争中的第一篇文章《新旧思潮之激战》中,以苏联十月革命为例,从阶级斗争的规律论述了反动顽固势力及其依靠的"伟丈夫"的必然失败和新文化潮流的必然胜利。陈独秀对封建军阀的"伟丈夫"却抱着不切实际的幻想。他相信封建军阀刺刀操纵下的国会"没有干涉国民信仰言论自由的道理",说"稍有常识的议员都不见得肯做林纾的留声机"。[①] "五四"运动之后一个时期,陈独秀仍然认为"我们不情愿阶级斗争",要使资本作用"渐渐消灭",从而"不至于造成阶级斗争"。[②] 他劝人们用"同情的热泪",使杀人的

---

① 《随感录·林纾的留声机》,见《每周评论》第一五号。
② 《实行民治的基础》,见《新青年》七卷一号。

军阀放下屠刀,"一同走向光明"。① 这种唯心史观的局限,不能不给他反对文学上复古派的斗争带来上述的弱点。这是不容否认的客观历史事实。

四

一九三二年,刘半农编辑了一本《初期白话诗稿》。这本印得相当精致的线装书,集印了包括陈独秀、李大钊、鲁迅、沈尹默、周作人等人在内的"白话诗初期几位诗人的手迹"。在《序言》里,刘半农讲:"仲甫先生的白话诗作得很好,旧体诗作得很好。白话诗就我所知道的说,只有《除夕》一首。"这里说的《除夕》,原题是《丁巳除夕歌》,刊登在《新青年》四卷三号上。这确实是我们现在看到的陈独秀的第一首白话诗。

《新青年》提倡文学革命,是从白话诗最先开始实践的。这在文学革命中具有拓荒的意义。当时报刊载文称:"近来《新青年》杂志中,提倡这种自由白话诗,真是中国诗歌的大革命。"②为了壮大新诗革命声势,回击封建文人的非难,《新青年》许多同人都参加了新诗创作。陈独秀的《除夕歌》,就是这种战斗的产物。刘半农把陈独秀、李大钊、鲁迅都算在"白话诗初期几位诗人"的行列,不是没有道理的。但他说陈独秀的白话诗"只有《除夕》一首",就不正确了。至少,在《新青年》七卷二号上,我们还读到了陈独秀出狱后写的另一首白话《答半农的D——诗》。这首诗,是对刘半农因他被捕入狱而写的一首诗的答复,但思想很不高明。他宣扬用"同情的热泪"做封建军阀和顽固势力"成人的洗礼",充满了托尔斯泰式的迂腐说教。倒是他的那首《除夕歌》写得比较好些。

"除夕歌,歌除夕;几人嬉笑几人泣;富人乐洋洋,吃肉穿绸不费力。穷人

---

① 《答半农的D——诗》,见《新青年》七卷二号。
② 见《新青年》六卷一号录《国民公报》的《近代文学之戏剧之位置》。

昼夜忙,屋漏被破无衣食。长夜孤灯愁断肠,团圆恩爱甜如蜜。满地干戈血肉飞,孤儿寡妇无人恤。烛酒香花供灶神,灶神那为人出力。磕头放炮接财神,财神不管年关急。"劳动人民的啼饥号寒,孤儿寡妇的呻吟无告,军阀势力的鱼肉百姓,封建迷信的虚妄害人,都写出来了。有趣的是,同期《新青年》上,也刊登了胡适的一首《除夕歌》,记叙他同一个朋友吃午饭的经过:"记不清楚几只碗,但记海参银鱼下饺子,听说这是北方的习惯。饭后浓茶水果助谈天,天津梨子真新鲜!吾乡雪梨岂不好?比起它来不值钱!"陈独秀的诗里,也有"人生如梦"的感慨。但是我们要看其主要的,同是《除夕歌》,一个是社会愤懑不平的呼声,一个是资产阶级享乐生活的津津乐道,两相比较,显示了多么不同的思想境界,也看出胡适所谓"言之有物"的真正内容究竟是什么。

陈独秀在文学革命中的实践,还有一个重要的方面,就是翻译介绍外国进步的文艺思潮和作家。陈独秀同"五四"前后一些新文化提倡者一样,把介绍西方进步的文艺思潮和作家,看作是传播科学民主思想、改革中国社会现实的一种手段。正如沈雁冰在一篇文章中说的:"介绍西洋文学的目的,一半是欲介绍他们的文学艺术来,一半也为的是欲介绍世界的现代思想——而且这应是更注意些的目的。"①

陈独秀的翻译介绍西方文艺思潮,贯穿了反封建的民主主义思想。早在一九〇三年,他曾为苏曼殊译的雨果的《惨社会》做了润饰修改工作,刊于上海《国民日日报》上,后来报纸被迫停刊,这部作品又经陈独秀补译,改名《惨世界》,署名"苏子谷、陈由己(陈独秀别号——引者)同译",以书刊行于世。这是雨果的《悲惨世界》一书在中国较早的译本。一九一五年,他在为苏曼殊的文言小说《绛纱记》写的序里,又介绍了"以自然派文学驰名今世"的英国文学家王尔德和他的《莎乐美》。接着,他在苏曼殊《碎簪记》后序中,阐明了

---

① 《新文学研究者的责任和努力》。

这些外国爱情小说的意义。他肯定了"古今中外之说部"描写自由恋爱,反对封建束缚的进步意义。"人类未出黑暗野蛮时代,个人意志之自由,迫压于社会恶习者又何仅此,而此则其最痛切者。"王尔德的《莎乐美》有极重的唯美主义色彩。陈独秀介绍它,并不是沉迷于唯美主义的艺术,是借其"最痛切"的爱情故事,鼓吹反对社会恶习的"迫压",争取"个人意志之自由"。

陈独秀是很了解西方进步的文艺思想和作品在思想革命和社会改革中的作用的。在《新青年》创办后,这种介绍工作,成了他积极进行思想文化启蒙运动的一个重要部分。

陈独秀说:"文学者,国民最高精神之表现也。国人此种精神委顿久矣。"[①]他翻译外国作品,介绍西方文艺思潮,都是服从于用进步文艺思想改变国人精神的"委顿",唤醒国民精神的自觉这一总的目的。他在《新青年》上,第一个用文言翻译了美国国歌《阿美利加》,是为了向中国青年传达"爱吾土兮自由乡""自由之歌声抑扬"这种自由和爱国的声音。他用文言译了泰戈尔的《赞歌》四章,是要人们学习泰戈尔"语发真理源,奋臂赴完好"这种为真理而奋斗的精神。他称泰戈尔是"提倡东洋之精神文明者","印度青年尊为先觉"。显然,他是想用东西文化的精神文明,唤起中国青年的觉悟。这种启蒙主义文艺思想,在当时具有的革命意义,就在这里。

从这种启蒙文艺思想出发,陈独秀介绍西方文艺思潮时,特别强调文艺与改良人生、文艺与改革社会的关系。他介绍了十八世纪的启蒙思想家孟德斯鸠、卢梭、狄德罗等"当代之文豪"。他们"以明晰灵活之笔,发表其理论,于讽刺文,于小说,于记事,使不学之俗人,亦得读而解之"。他们的主张,"法兰西人民躬任实行,终之以革命焉"[②]。可见,陈独秀"极称法兰西文明之美",是为了促进中国社会革命的到来。他在《新青年》上发表了连载两期的

---

① 谢无量《奉寄会稽山人》一诗附记,见《新青年》一卷三号。
② 陈独秀译《现代文明史》,见《新青年》一卷一号。

长文《现代欧洲文艺史谭》。这是新文化运动初期系统介绍西方进步文艺思潮的重要文章。在这篇文章中,陈独秀叙述了"欧洲文艺思想之变迁",介绍了法国的左拉、龚古尔、都德,英国的王尔德、萧伯纳,俄国的托尔斯泰、屠格涅夫、安特列夫,挪威的易卜生,德国的霍普特曼等作家。他强调这些大文豪,"非独以文章卓越时流,乃以其思想左右一世"。这些思想是什么?他解释道:"十九世纪之末,科学大兴,宇宙人生之真相,日益暴露,所谓赤裸时代,所谓揭开假面时代,宣传欧土,自古相传之旧道德旧思想旧制度,一切破坏,文学艺术亦顺此潮流由理想主义再变为写实主义(Realism),更进而为自然主义(Naturalism)。"分不清批评现实主义与自然主义的区别,把自然主义看作现实主义更高的发展,这是"五四"前后新文学运动一个普遍性的弱点。①但是陈独秀在介绍这些作家时,不是强调自然主义的琐细描写,而是注重他们的作品暴露"宇宙人生真相",破坏"旧思想旧制度"的进步作用。他称赞左拉对传统学说与当世社会批评"无所顾忌"的批判态度;他推崇易卜生剧本"刻画个人自由意志"的个性解放思想;他赞誉托尔斯泰"尊人道,恶强权,批评近世文明"的反抗精神。他认为欧洲文坛"第一推重者,厥唯剧本",原因是"以其实现于剧场,感触人生愈切也"。总之,他认为进步的文艺潮流,是适应破坏一切"旧道德旧思想旧制度"的需要而产生的。他强调的批判社会、反抗强权、争取个性解放的精神,在思想革命和社会革命中发挥了战斗作用。

陈独秀这些介绍工作,主要在"五四"之前。他强调的社会改革还是属于旧民主主义革命范畴。他所谓的文艺表现人生的"真切",也是十分朦胧的要求。现实主义、自然主义、唯美主义的作家他还菁芜不分,一概肯定。他这些介绍工作,就其主要倾向来看,毕竟是对封建的旧制度旧文明的挑战和冲击。

---

① 如一九一八年周作人讲:"自然主义是一种科学的文学,专用客观,描写人生。"(《日本近三十年小说之发达》)茅盾一九二二年写了《自然主义与中国现代小说》一文,也说"自然主义是经过近代科学的洗礼的"进步文学,提出"中国现代小说界应起一种自然主义运动"(《小说月报》一三卷七号)。

这些实践,实际上是整个"五四"新文化启蒙运动的一个组成部分。

五.

谈到《新青年》和"五四"文学革命,一些论述往往只谈鲁迅与李大钊的关系,而回避鲁迅与陈独秀的交往。至于鲁迅参加《新青年》阵营的战斗,是否受了陈独秀的一些影响,那更是讳莫如深的问题了。这,不是尊重历史的态度。尊重历史事实的,倒是鲁迅自己。

"我怎么做起小说来?"鲁迅一九三三年三月回答这个问题的时候,这样说过:"但是《新青年》的编辑者,却一回一回的来催,催几回,我就做一篇,这里我必得纪念陈独秀先生,他是催促我做小说最着力的一个。"①

陈独秀办《新青年》,提倡文学革命,很注重文学创作实绩。对于那些表现了彻底的不妥协的反帝反封建精神的白话文学作品,更是大力提倡。他对鲁迅创作的推崇和支持,就是一例。

《新青年》虽然大力倡导文学革命,但是在一九一八年以前刊登的文艺作品,主要还是文言的小说创作和翻译作品,以及少量白话诗的"尝试"。"在这里发表了创作的短篇小说的,是鲁迅。从一九一八年五月起,《狂人日记》《孔乙己》《药》等,陆续地出现了,算是显示了'文学革命'的实绩。"②鲁迅的短篇小说,是文学革命划时代的纪念碑。它喷射着猛烈的反封建的革命火焰,封建制度及其礼教吃人的历史在这里被描写得淋漓尽致。由于内容的深切和格式的特别,不仅在当时颇激动了一部分青年读者的心,还引起了《新青年》同人的重视和称赞。这些小说壮大了文学革命的声威,成了思想革命的有力武器。陈独秀成为"催促"鲁迅做小说"最着力的一

---

① 鲁迅:《南腔北调集·我怎么做起小说来》。
② 鲁迅:《且介亭杂文二集·〈中国新文学大系·小说二集序〉》。

个",原因恐怕就在这里。

一九一八年一月,鲁迅参加了改组后的《新青年》编辑部。鲁迅和陈独秀的接触也是从这时候开始的。鲁迅说:"我最初看见守常先生的时候,是在独秀先生邀去商量怎样进行《新青年》的集会上。"①"《新青年》每出一期,就开一次编辑会,商定下一期的稿件。其时最惹我注意的是陈独秀和胡适之。"②鲁迅和陈独秀之间的关系,虽然这时候就开始了,但他们之间的正式通信,却是一九二〇年秋天以后的事。这时,陈独秀已被迫离开北京,到了上海。《新青年》编辑部也随之迁往上海。催促鲁迅为《新青年》做小说,原来由钱玄同担任,现在不得不由陈独秀亲自出马了。从《鲁迅日记》上我们可以看到,自一九二〇年八月七日,到一九二一年九月二十六日,鲁迅与陈独秀信函及寄稿往来有九次之多。鲁迅给陈独秀信四封,寄稿件七次,得陈独秀信二次。除此之外,陈独秀向鲁迅催做小说,多通过给周作人的信。如一九二〇年三月十一日陈独秀致周作人信中说:"我们很盼望豫才先生为《新青年》创作小说,请先生告诉他。"一九二〇年七月九日信又说:"豫才先生有文章没有?也请你问他一声。"就在这两封信以后,八月七日《鲁迅日记》即载:"寄陈仲甫小说一篇。"这篇小说,就是著名的《风波》。陈独秀八月十三日立即回信道:"两先生的文章今天都收到了。《风波》在这号报上印出。……倘两位先生高兴再做一篇在二号报上发表,不用说更是好极了。"这时,陈独秀已变成具有初步马克思主义思想的知识分子。《新青年》实际上成为中国共产党上海发起小组的机关刊物。胡适不久以后就以其"政治色彩太浓"为理由,声言恢复"不谈政治"的戒约。在面临分裂的形势下,鲁迅坚定不移地继续取"遵奉前驱者的命令"的态度,积极撰稿支持陈独秀主持的《新青年》,表示了义无反顾的韧性战斗精神。陈独秀对鲁迅创作的"催促",也并非一般的编辑约稿

---

① 鲁迅:《南腔北调集·〈守常全集〉题记》。
② 鲁迅:《且介亭杂文·忆刘半农君》。

的关系,而是《新青年》提倡文学革命和思想革命斗争的需要。频繁的催促,反映了陈独秀对文学革命战斗实绩热切的渴望。

对于鲁迅的小说,陈独秀有热情的催促,也有敏锐的眼光。鲁迅的《风波》,以惊人的现实主义手法,再现了张勋复辟在农村引起的一场小小的"风波",向人们提出了彻底铲除封建复辟势力的任务。它有重大的革命现实意义。陈独秀接到这篇小说之后,立即在《新青年》上刊登,同时在一封回信里对小说表示了极高的推崇。他说:"鲁迅兄做的小说,我实在五体投地地佩服。"这信写在一九二〇年八月二十二日。在此以前,鲁迅在《新青年》《新潮》等刊物上只发表了《狂人日记》《孔乙己》《药》《明天》和《一件小事》五篇小说。尽管这些小说以思想的深邃和形式的新颖,引起了读者强烈的反响,但对它们的思想意义,并不是人们都认识的。在这种情况下,陈独秀表示了这样极为心折的推崇,应该说,他的眼力是很不错的。

当然,推崇和赞赏不能代替科学的评价。说陈独秀当时已经充分认识了鲁迅小说的价值和意义,这不符合实际。他不是作为文艺家在评论小说,而是作为革命家在了解小说。他的出发点是反封建战斗的需要,是用实际成绩对旧文学示威的需要。他推崇鲁迅的《风波》,主要是看到了它在思想革命和文学革命中的价值。正因为这样,《风波》刚刚刊出,他便在九月一日的一封信中,提出了这样可贵的建议:"豫才兄做的小说,实在有集拢来重印的价值,请你问他若以为然,可就《新潮》《新青年》剪下自加订正,寄来付印。"

陈独秀不独催促鲁迅做小说,还催促鲁迅做杂文、翻译介绍外国文学作品。鲁迅在《新青年》上发表了大量政论文和随感录,这是他与大家取一致"步调",所创作的"革命文学"的实绩。一九一八年底,陈独秀、李大钊主持创办了《新青年》团体另一个思想阵地《每周评论》。在筹建过程中,陈独秀写信给周作人,通知周刊筹妥及交稿日期,信中特赘一笔:"豫才先生处,亦求先生转达。"鲁迅积极支持了陈独秀的约稿盛情。他先后写了

《美术杂志第一期》和《敬告遗老》《孔教与皇帝》《旧戏的威力》三则随感录,以"庚言"为笔名发表了。虽是几篇短文,却可以看出鲁迅对陈独秀及《新青年》团体的支持,看出鲁迅为了保卫文学革命发展向敌人冲锋陷阵的战斗热情。在陈独秀的支持下,鲁迅将原来被腰斩的翻译日本武者小路实笃剧本《一个青年的梦》,在《新青年》上重新刊登①,借他人"敲门的声音",权作"中夜的警钟"。陈独秀向鲁迅建议重印《域外小说集》,还自告奋勇张罗出版事宜。② 鲁迅十分感谢战友的盛情,为有旧梦重温的机会而"觉得是极大的幸福"。③

鲁迅十分自豪地称自己的作品为"遵命文学"。他遵奉的,不是皇上的圣旨,不是金元,也不是真的指挥刀,而是"那时革命的前驱者的命令"。这里说的"前驱者",就包括陈独秀在内。这里说的"命令",就是《新青年》团体所体现的彻底的不妥协的反帝反封建的历史要求。任何人的社会活动,都不是脱离历史发展的孤立的个人活动。陈独秀以及《新青年》提倡的文学革命,适应了中国革命从旧民主主义革命向新民主主义革命转变的历史要求,体现了无产阶级登上历史舞台前后中国革命前进的方向。鲁迅同《新青年》团体及陈独秀的关系,因此就带上了革命的阶级关系的性质。诚然,真正认识到鲁迅在"五四"文学革命中伟大旗手和主将地位,对鲁迅作了这样评价,这是毛泽东同志在四十年代初才得出的科学结论。要求陈独秀当时对鲁迅有这样的认识,当然是不切实际的。有的论述,无视陈独秀"五四"时期与鲁迅的战友关系,无视陈独秀对鲁迅创作的支持和推崇,而依据陈独秀二十年后写的文章中的只言片语,判定陈独秀对鲁迅在《新青年》发表的革命文学作

---

① 鲁迅在《一个青年的梦》译者序二中说:"现在因为《新青年》记者的希望,再将译本校正一遍,载在这杂志上。"这里的《新青年》记者,即指陈独秀。
② 见一九二〇年三月十一日陈独秀致周作人信:"重印《域外小说集》的事,群益很感谢你的好意。"
③ 鲁迅:《域外小说集·序》。

品,"不可能有正确的认识和评价"。这种看法,恐怕不能说是历史唯物主义的态度吧。

一九七九年二月——三月北京

一次突然的消失

《阿英文集》卷首除李一氓序文,尚有三篇怀念阿英的文章。

夏衍、于伶的文章是阿英逝世后作的。柳亚子的则是他生前的笔墨。读着亚子先生《怀念阿英先生》,不由得使人想起阿英极不安定的一生。

一九四一年太平洋战争爆发,阿英时时处于惊涛骇浪之中,常有被捕的危险。经上海地下党的安排,同年十二月八日,他挈妇携幼,悄然乘船离开战斗和生活了十几年的上海。

阿英的突然消失,颇引起"孤岛"和内地友人的关切。因为情况不明,有的人误信传闻,以为他或者遭遇不测,竟做起忆念文章来。一九四二年,远在桂林的柳亚子,就写了《怀念阿英先生》一文。

亚子先生在文章中说:

> 自从香港脱险以来,就担心着上海文化界朋友的消息。朋友太多了,他们的姓名当然不能备述。但,除景宋先生以外,比较地位颇重要,在私人方面,怀念也颇深切的,却是通讯过半年多的阿英先生。到了桂林,偶然看见重庆出版的《文坛》第四期,它写着:"阿英已全家离沪,惟已抵何地,尚无消息。"全家离沪,是我所高兴的,但已抵何地,尚无消息,又不免使人墨念无穷了。为了闷在心头,老是不舒服,不如将我怀

念的心情,索性写一些出来吧。

　　我最初知道景仰阿英先生,还是在太阳社时代,这时候他的姓名是钱杏邨。太阳社好像是出版月刊和丛书的,主要的人物是蒋光慈先生和钱杏邨先生。……我这时候亡命日本,读了他们的作品,觉得是颇有兴趣的。

　　……

　　不过我和他的关系,却在八·一三之役上海沦陷以后才开始建立的,此时他已是魏如晦先生了。他编辑《文献》,又在《华美日报》上面发表他的南明历史剧本《碧血花》。对于南明历史,我是向来有些癖嗜的,便设法和他通讯,提出了许多意见。结果他找人介绍来看过我一次,以后便继续通讯讨论。……对于南明历史的书籍,阿英先生藏本甚多,在我研究过程中,帮了我非常大的忙,我处所有南明史料的来源,一部分是阿英先生代我搜购得来的,……另一部分是他借给我的……可惜这一次在港变中,完全丢掉了。在我这真是生命以外最大的损失,而对于阿英先生也真是一万分对不住他的。

亚子先生撰写这篇文章,虽未必真的以为阿英有什么不幸,但他的思念、担心的心情却是真实的。阿英生前说起,他见到这篇文章,已是一九四九年五月与亚子重逢于北京的时候了。是亚子先生告诉他并拿出《怀旧集》给他看的。亚子先生说,那时怀着同样的心情,接着写了《杂谈阿英先生的南明史剧》。一九四七年,潮锋出版社假借阿英之名出版《近代外祸史》,居然骗得了柳亚子的序文,可见亚子先生念旧之情的深重。

解放后,他们过从甚密。一九五六年九月,阿英替柳亚子编选《左袒集》。阿英在前记中说:"《左袒集》是柳亚子先生从一九二九年至一九三二年诗作的一部分,都是怀念共产党人和左翼作家的篇什,当时没有可能发表。一九四〇年,他亲笔抄写了一本给我。上海解放前夜,所留书籍、文稿,同遭到蒋军的毁劫,以为连这本诗集也不会找到了。哪知今年丛残运来,全稿竟在。"

阿英一九四一年岁末从上海来到苏北。一年以后,日伪报刊造谣说他遇害身亡,致使沪上和内地的友人再次为他受惊。谣言之甚,竟使同在新四军的陈毅将军也"焦虑万分"起来。

一九四三年六月十九日阿英收到陈毅五月二十九日自皖东北来书,云:

> 黄师长(即新四军三师师长黄克诚——引者)来,略识近状,颇慰。前伪方反宣传,闻之焦虑万分,后电询无恙,复大喜。吾侪乱世男女,生涯虽无定,而侥幸处亦多,可以自慰自贺,兄意如何?弟西移后,处境如前,兄有暇,不妨来游。希嫄(即阿英夫人林莉——引者)及令公子等谅安泰。前《艺文社开徵引》(即《湖海诗社开徵引》,见人民文学出版社《陈毅诗词选》——引者)一诗,兄处如尚有存底,祈抄寄一份。敝帚自珍,不值方家一笑。近来制作多少,愿让我先睹否?弟痔疾调治后,已略愈。此间赴沪甚便,上海情形能窥见一二。兄处如何?
>
> 知注特闻。

岂止阿英。解放前哪一个革命的和进步的作家,不是在死亡和艰难中挣扎奋战过来的,他们漂泊无定的一生,本身就是一部部曲折动人的故事。多灾多难的年代烙印在文学史上这痛苦的一页,应该永远成为过去。

一九七九年三月

忆"五四",访叶老

忘记是谁说过,有的人的经历,本身就是一页真实可贵的历史资料。也许正是受这种说法的影响,"五四"运动六十周年前夕,我特意两次走访大病初愈的叶老,文艺界尊敬的叶圣陶同志。

叶老已是近八十五岁高龄的人了。他比郭老小两岁,比茅公大两岁,是健在的我国现代有成就的作家中最年长的一位。他有六十五年的创作历史。"五四"新文学运动时期,他是有影响的新潮社和文学研究会的重要成员。二十年代,他先后出版了短篇小说集《隔膜》(1919—1921)、《火灾》(1921—1923)、《线下》(1923—1924)、《城中》(1923—1926)、《未厌集》(1926—1928),长篇小说《倪焕之》(1928)等。他在小说创作上的突出成就,是"五四"文学革命运动最初收获的一部分。

是一个暖得要人脱下棉衣的北京的春日。虽然已是下午四点多了,当踏进叶老住宅的大门时,我还是迟疑了一下。一个多月前,在我江南之行的前一天,也是这个时辰,我去看望过他。叶老身体、精神一向很好,自去年七月因病住院手术后,虽然疗养得不错,也很难与从前相比了。他告诉我,精神还好,只是视力愈来愈差了。那天一位老朋友来看他刚走,他有点疲倦。我只匆匆将来意说明,不忍心再打扰他,约定返京后来谈。今天,虽然已事先约好,我比预定的时间还是晚到了,我想让他多休息一会,使他更有精神来回忆一些有意义的往事。我进门时，叶老已端坐在沙发上，他急切地问我这次在沪、宁、杭一带看见的那些他的老朋友的近况怎样。当谈起郭绍虞时，他笑着说："'五四'那年，我同他都不在北京……"我们的谈话，就这样开始了。

叶老说，"五四"运动发生的时候，他在苏州甪直镇任吴县第五高等小学教员。甪直是水乡，在苏州东南，距离三十六里，只有水路可通，遇到逆风，船要划一天。上海的报纸，要到第二天晚上才能看到。教师们从报纸上看到了北京和各地集会游行和罢课罢市的情形，当然很激奋，大家说应该唤起民众，于是在学校门前开了一个会。这样的事在甪直还是第一次，镇上的人来得不少。后来下了一场雨，大家就散了。这一段经过，他写在《倪焕之》第十九节里，不过不是纪实。说到这里，叶老强调说，写小说不是写日记，不是写新闻报道，如果说小说中的某人就是谁，小说中的细节都跟当时的情景一模一样，那就不对了。叶老这几句话是有所感而发的。《倪焕之》是我国现代文学史上一部名著。一九二八年在《教育杂志》上连载，一九二九年八月出单行本。不及一年，就印了三版，可见当时影响之大。最近人民文学出版社重印了这本书。有的研究者认为这是一部自传体小说，叶老不同意这种说法。我不止一次听他说过，《倪焕之》描写的内容是有生活依据的，但绝不是他个人生活经历的实录，是艺术创作，而不是日记。叶老接着说，当时大家没有做宣传工作的经验，虽然讲得激昂慷慨，可是在甪直这样一个镇上，群众的反应不会怎么大是可想而知的。

关于"五四"运动的影响，叶老说，"五四"提出了外御强权、内除国贼的口号，提出了要民主、要科学的口号，对当时的知识青年来说，影响是很大的，他肯定也受到影响，但是说不清具体是什么样的影响，那影响有多大。他说，关于这类问题，有的人能自觉，有的人却不自觉，他是属于不自觉的一类，这只好让研究的人从他的言行和文章中去考察了。

叶老对"五四"前后的文艺期刊是很熟悉的。他说，民国初年的期刊，消遣性质的多于政治性质的,所以小说期刊居多,出版几乎集中在上海。"五四"前夕,全国各地出版期刊成为风气,大多讨论政治问题、思想问题、社会问题。"五四"以后,各地的期刊就更多了。在一九五八年和一九五九年,中共中央马恩列斯著作编译局研究室出版过《五四时期期刊介绍》三厚册,真可谓洋洋大观。这些期刊大多是青年学生主办的,还有比较进步的教员。这表示中国的青年觉醒了,开始登上思想政治舞台了,这跟第一次世界大战有关,跟十月社会主义革命的胜利有关。

谈到新潮社,叶老说,新潮社成立在"五四"前夕,是北京大学的学生组织,一九一九年一月开始出版《新潮》月刊。他的幼年同学顾颉刚当时在北大上学,是新潮社的社员,写信到甪直约他给《新潮》写些小说,还邀他参加新潮社。叶老先后寄去了几篇小说,第一篇刊登在《新潮》第一卷第三期上,篇名是《这也是一个人!》,后来编入集子,改为《一生》。在《新潮》上,叶老还发表过几篇关于小学教育和语文教学的论文。叶老说:"大概是在《新潮》上刊登了文章的缘故,就有不相识的人写信到甪直来了,振铎就是其中的一位。这种寻求朋友的风气,在当时是很盛行的。后来振铎和朋友们在北京筹备组织文学研究会,写信邀我列名为发起人。"

叶老说,文学研究会的宣言刊登在《小说月报》第十二卷第一期上,其时是一九二一年年初。发起人一共十二个,只有郭绍虞同志是他小时候的朋友,其他八位是后来才见面的,还有蒋百里和朱希祖,根本没见过。叶老说:"文学研究会标榜'为人生'的文学,似乎很不错。但是'为人生'三个字是个抽象的概念,大家只是笼统地想着,彼此又极少共同讨论,因而写东西,发议论,大家各想各的,不可能一致。"

《小说月报》始刊于一九一〇年七月,是民国初年和"五四"运动以后影响很大的文学刊物。叶老说,"五四"之后,原来的《小说月报》受到新文化运动的冲击,不大受欢迎了。商务印书馆要跟上潮流,从一九二一年的第十二卷开始,改由沈雁冰同志主编。叶老回忆说:"也是振铎来信,说《小说月报》

将要改弦更张,约我写稿。我在一九二〇年十月写了一篇《母》寄去。这篇小说署名是叶绍钧,发出来的时候,雁冰加上了简短的赞美的话,怎么说的,现在记不清了。"

叶老在"五四"之前就写小说了。据他自己回忆,大约始于一九一四年,其时他二十岁。上海有一种周刊叫《礼拜六》,他先后投稿有十篇光景,第一篇是《穷愁》,后来收在《叶圣陶文集》第三卷里。《礼拜六》的编者是王钝根,他并不相识,稿子寄去总登出来,彼此也不写什么信。《礼拜六》的封面往往画一个时装美女,作者是画家丁聪同志的父亲丁悚。

叶老说,当时的各种小说期刊,多数篇用文言,少数篇用白话。他记得给《礼拜六》的小说除了用文言写的,也有一两篇用白话写的。最近有人查到上海出版的《小说丛报》上有叶老在一九一四年写的两篇小说,也是用文言写的,篇名是《玻璃窗内之画像》和《贫女泪》。叶老完全忘了这两篇了。他只记得《小说丛报》的主编是徐枕亚。徐枕亚是后来被称为鸳鸯蝴蝶派的主要角色。

叶老记得上海出版的《小说海》也刊登过他的两篇小说,可是忘了篇名。最近有人查到了,是《倚闾之思》和《旅窗心影》。叶老说《旅窗心影》原来是投给《小说月报》的。当时主编《小说月报》的是恽铁樵。恽铁樵喜欢古文,有鉴赏眼光,他认为这一篇有可取之处,可是刊登在《小说月报》还不够格,就收在也是他主编的《小说海》里。他还写了一封长信给叶老,谈论这篇小说的道德内容。叶老说,鲁迅先生的文言小说《怀旧》就是发表在《小说月报》上的,署名周逴。恽铁樵对这篇小说极为欣赏,加上了好些评语,指出他所见到的妙处。如果现在能找到这一期《小说月报》来看看,叶老认为是蛮有意思的。叶老跟恽铁樵通过信,没见过面。恽铁樵后来离开商务印书馆去行医了,很有点名气,诊费相当高。

谈谈不觉已近七时,叶老的谈兴不减。叶老的长子叶至善同志暗示我,谈话该结束了。今天,我随着叶老从他熟悉的通道漫游了"五四"前后中国文坛的一角,很长见识。叶老在我国现代文学园地里辛勤扎实地耕耘了半个多世纪,他的丰富的记忆,是十分值得记录下来的。这将是研究现代文学的一件很有意义的工作。

一九七九年四月

活跃的沪版《救亡日报》文艺副刊

一

《救亡日报》是抗战期间有着广泛影响的一份重要报纸，创刊于一九三七年八月二十四日，是上海市文化界救亡协会的机关报。上海十一月十二日沦为"孤岛"，十一月二十二日停刊。一九三八年一月一日在广州复刊，十月二十一日广州沦陷后又停刊。一九三九年十月十日辗转到桂林复刊，一直坚持到皖南事变后，于一九四一年三月一日被国民党政府封禁。一九四五年十月十日，改名《建国日报》在上海出版，十月二十四日又被国民党政府禁止发行。《救亡日报》在它生存的两年多时间里，办办停停，数度起落，这种艰难多磨的遭遇，在中国现代报刊史上，算得上是少有的了。

由于资料的几经浩劫，现在要想找到一份齐全或较为齐全的上海期间的《救亡日报》，实非易事。这三个月的《救亡日报》办得是很有特色的，为现代新闻史和文艺运动史保存了不少珍贵的资料。

关于报纸创办的经过，于伶同志在一篇怀念郭老的文章中有过叙述："'八一三'上海抗战的炮声终于响了。郭老当时对这民族新生的喜炮，对我党提出的民族统一战线这个伟大号召的威力，欢呼雀跃的心情是我无法描述的。""文化救亡协会成立了。在郭老的寓所,筹办了《救亡日报》,党组织请郭老担任社长,夏衍与阿英同志分任主笔和主编。"夏衍同志在《忆阿英同志》一文中也谈道:"抗日战争爆发后,郭沫若同志孑身从日本回国,杏邨同志当了郭老得力助手,和我们一起,创办了《救亡日报》。"报纸南迁后,夏衍同志长期是实际负责人。

救亡协会是党领导的抗日统一战线的群众组织。《救亡日报》创刊号的版面就形象地显示了报纸的这种性质。报头是郭沫若题签的。而发刊词署名的则是当时上海国民党宣传要员潘公展。"八一三"淞沪战役后,蒋介石慑于全国人民抗战的激情与决心,一度对新闻检查有所松动。但是,在《救亡日报》的创办与编辑过程中,始终存在着与国民党消极抗日路线的斗争。阿英在一九四四年为纪念十一届记者节撰写的《为祖国,为革命而流的中国新闻记者的血》一文中,曾谈到这种斗争的情形:"上海作战期间,文化界抗日的中心新闻报纸是《救亡日报》,国民党就派了一个实际上专门检查稿件的'编辑'。起始还相安无事,及至平型关胜利消息传来后,问题就发生了。一面是电讯纷传,讴歌颂赞的稿件迭至,一面却是那'编辑'反对登载,强制抽稿,争执到抬出他的后台老板来。纠纷自此开展,一直延长到战事西移,报纸移粤。"党领导上海进步的文化界通过坚决而又艺术的斗争,将这份报纸掌握在自己手中,为宣传党的路线、鼓舞全国军民抗战士气,做了出色的贡献。

二

《救亡日报》得到了上海文化界进步力量的大力支持。报纸编委会的阵容是可观的,共三十人。虽然各人的政治态度不尽相同,有的后来政治上也有变化,但都是当年云集上海的文艺、新闻、社会科学界的知名人物。编委会名单连续四天在报纸右上端刊登,也算是一则难求的有用资料。不妨依次抄录:巴金、王任叔、阿英、汪馥泉、邵宗汉、金仲华、茅盾、长江、柯灵、胡仲持、胡愈之、陈子展、郭沫若、夏丏尊、夏衍、章乃器、张天翼、邹韬奋、傅东华、曾虚白、叶灵凤、鲁少飞、樊仲云、郑伯奇、郑振铎、钱亦石、谢六逸、萨空了、顾执中。

编委成员,不是挂名的,自己都动笔,有些写得相当勤快。如郭老和茅盾,仅一个月每人发表了七篇文章。散文、小说、杂文、诗歌样样都写。郭沫若的散文《到浦东去》《前线归来》,就是他到前线视察后写的。郑振铎写了不少杂文,同时用郭源新的笔名接连发表诗作。剧作家郑伯奇大写起政论随笔。编者挖潜力,调动各方面的积极因素,发表了国民党将领冯玉祥好几首抗战诗作。被人称为言情小说家的包天笑写了政论杂文。有些点子出奇制胜。学者、教授李公朴竟成了撰写战地通讯的"记者",在国际第一收容所做救济工作的于立群,也用黎明健的笔名发表了几篇散文。至于负责日常编务工作的两位,夏衍常执笔为报社写社论,自己还写杂文;阿英也写了不少散文和关于抗战通俗文学的评述。

报纸作者的基本队伍中,还有一批活跃的文字和美术、摄影记者。他们及时采访报道,使版面活泼生动,同时也锻炼培养了人才,如林林、周钢鸣、钱筱璋、郁风等等,他们昔日都是二十岁上下的青年,今天都已成为文坛的老将了。

《救亡日报》是文化界的报纸,内容侧重文艺。为适应战斗形势的需要,编者有意提倡多样的文艺形式和短小通俗的风格,如墙头小说、街头剧、大鼓、歌曲、木刻等等。"墙头小说"专栏颇新奇,每篇一般不超过一千字。撰稿人有艾芜、周钢鸣、林林、白兮、于友、武桂芳、王子英等。一个月,发了十篇。街头剧也有十几个,品种不单调,有街头话剧、街头歌剧、街头报告剧,都是独幕的。这些剧的作者多是剧坛上的活跃分子,如沈西苓、尤兢(于伶)、石凌鹤、姚时晓等。散文、杂文作者更多,有邹韬奋、胡愈之、王任叔、恽逸群、傅东华、叶灵凤、林淡秋、周木斋、柯灵、何家槐、刘白羽等。诗的作者,除了郭沫若、郑振铎、王统照外,还有穆木天、王亚平、任钧、柳倩、关露等。大鼓词的专栏作家是赵景深。木刻漫画作者中有鲁少飞、黄新波、陈烟桥等。

总之,在探索如何发挥文艺的特殊功能为新的斗争任务服务这个问题上,编者作了努力,取得了显著的效果。总结这方面的得失,对我们今天办好报纸副刊是会有启示的。

三

编者还用心编了好几个特辑,如"消灭汉奸特辑""九一八特别增刊""怎样组织民众特辑""鲁迅先生逝世周年纪念特辑"。

"怎样组织民众特辑",共有四个整版。"鲁迅先生逝世周年纪念特辑"规模更大。十月十八日刊登了上海市文化界救亡协会所拟的《纪念鲁迅逝世周年宣传提纲》。十月十九日,三、四版用郭沫若手书的"鲁迅先生逝世周年纪念特辑"为通栏标题,内中有鲁迅墨迹及一组纪念文章:郭沫若的《鲁迅并没有死》、周建人的《鲁迅先生小的时候》、景宋(许广平)的《纪念鲁迅与抗日战争》、郑振铎的《失去了的导师》、巴金的《深的怀念》、阿英的《鲁迅书话》。第二版详细报道了"鲁迅逝世周年演讲会"的消息。据报道,大家先唱了一首《纪念鲁迅》歌与《义勇军进行曲》,向殉国将士致哀。大会主席戴平万报告开会意图,接着郭沫若、郑振铎等演讲。许广平报告鲁迅先生的生平。

十月二十日第四版有少贤所刻鲁迅先生像、鲁迅先生墓地照片,冯雪峰《关于鲁迅》等纪念文章,第二版报道了上海市文艺界纪念鲁迅逝世周年座谈会。《救亡日报》上所刊纪念鲁迅先生文章,大多被收入同年十月二十五日上海抗战出版社出版的《鲁迅逝世周年纪念册》中。

在炮火连天的抗战声中,上海市进步文艺界以《救亡日报》为主要阵地举办纪念鲁迅逝世周年活动,在那样的处境中能作出这样的努力,是不容易的,充分表达了鲁迅的战友们对鲁迅先生的崇高敬意与深切的怀念。这一事实,对前些年"四人帮"借鲁迅作棍子痛打一些与鲁迅四五十年前有过内部文字之争的战友,岂不是一个辛辣的嘲讽?

四

《救亡日报》刊有大量上海抗战文艺活动的消息,为我们研究现代文艺运动,特别是戏剧运动,提供了不少第一手资料。

抗战时期,党在国统区领导了一批抗日演剧队。它们最初是如何成立的?至今许多当事人的回忆文章也说法纷纭。创刊号第三版上有则消息却写得相当清楚:"上海话剧界救亡协会自八月十七日正式成立后,当即由理事会推定辛汉文、尤兢、潘子农、凌鹤、曾焕堂、王惕予、陈白尘等七人为常务理事,分任总务、组织、宣传三部工作,同时并成立'经济筹募'与'剧本供应'两委员会,公推郑伯奇、夏衍、宋之的、马彦祥、章泯等为剧本供应委员,阿英、欧阳予倩等为经济筹募委员,连日各部门工作,均甚紧张。该会主办之救亡移动演剧队,现已出发者,有马彦祥、宋之的、陈凝秋等组织之第一队;洪深、金山、王莹等组织之第二队;应云卫、赵丹、郑君里、舒绣文等组织之第三队,以及由先锋演剧队改编之第五队,业已组织完成而即将出发者,有陈鲤庭等主持之第四队,大公报剧电读者会之第六、七两队,此外正在组织中者,尚有八、九两队,又该会一部分会员成立之慰劳队,日内亦会同其他团体,分赴各伤兵医院,难民收容所等处慰劳。据该会负责人谈话:移动演剧队出发地点,主要目的地为津浦、平汉、平绥三路之前方,以及京沪、沪杭两路,工作方面,除演出救亡戏剧,鼓励全民抗战精神外,并注重于民众防毒防空常识之宣传,以及救护工作之援助。唯该会经济迄今尚无着落,各演剧队出发,多半由队员自行设法,日内将发动募款运动,以便扩大工作阵容云。"又,九月十一日载有孩子剧团宣言及公演消息。

《救亡日报》的出版距今已四十余年。现因所见报纸有少量短缺,这篇文章所记的当然不可能完善,需待他日加以补充了。

一九七九年五月

作家的可贵友谊

一九七五年隆冬。一天,当阿英清理抄家退回的丛残时,在一个信袋里发现幸存的一张他和郑振铎同志解放初在北京的合影。他端详了一会,微微激动地说:"难得。"

这次编辑《阿英文集》时,选用了这张照片。

一九五八年,郑振铎因公殉职,正在香山养病的阿英深为悲痛。郑氏出国前,他们曾有过畅谈。对老友的巨大不幸,阿英想作文悼念。但是,他脑疾动手术不久,医生劝他力避激动、刺激。他想,文章以后总是有时间写的。谁知一晃十几年过去了。在料理郑振铎的后事上,他曾尽了些微的力量,但是,这桩未能了却的心愿时时在触动着他。

阿英比郑振铎踏入文坛略晚。从文艺思潮上看,他们并不一致。郑氏是文学研究会的中坚,阿英是太阳社主将之一。但是,这并不妨碍他们早期的过从往来。一九二八年,郑振铎主编《小说月报》,发表了阿英的文艺评论。同年冬天,他们又一起筹建中国著作者协会。而两人友谊的加深,却是在三十年代中期,特别是上海沦为"孤岛"之后。那时他们住在静安寺附近,差不多天天你来我往。

郑振铎和阿英都是藏书家。他们友谊的媒介,很主要一点,就是对书的酷爱及其学术研究上的许多共同兴趣。在事业上,他们相互尊重、相互切磋、相互支持,这种良好的关系在多事的文艺界是可贵的。一九三七年商务印书馆出版阿英《晚清小说史》,显然有着郑振铎的助力。一九三五年,阿英在拮据中买得珍本《清平山堂二种》,他觉得这部书对郑振铎更有用,便送给了他。郑振铎在所著《劫中得书记》中对此特加记载,说"钱先生得此,亦是奇缘"。一九三七年上海生活书店出版郑振铎的《晚清文选》,编者在自序中说:"阿英先生和吴文祺先生的帮助,我永远不会忘记。阿英先生收藏晚清的作品最多。很难得的《民报》全份,《国闻报汇编》《黄帝魂》等等,都是从他家里搬来的。"一九四〇年,阿英写的《晚清戏曲录》,郑振铎的序,是一篇精彩的近代文论,文云:

> 如晦(魏如晦是阿英另一个笔名——引者)先生收藏晚清文史资料最富,余前辑《晚清文选》,深资其助。尝劝其将历年搜访所得,刊为目录,公之于世。如晦先生深感余言,乃先将所藏晚清戏曲,编为一目印行,每书均加说明,嘉惠后学,有功于我等研究近代文史者不浅。盖不仅补静庵先生曲录所未备,亦大有助于民族精神之发扬也。晚清政治腐败,卖官鬻爵,公然有市,我潜伏二百六十年之民族思想,乘欧美东渐之民主政治之抬头,乃崛然而起,终至推翻清廷,光复汉族河山。缅想先民之奔走呼号,喋血反抗,艰苦卓绝,缔造为难,益坚我人拥护民族自由解放之勇气。至今谈当时刊布之檄文、政论,乃至小说、词曲,尤为神旺气壮。如晦先生于今日刊印此目,其殆有深意存乎? 余收藏剧曲近二十年,亦奋写为一目传世,然所得以明人所作为多,至道、咸间而止,盖偏于古典剧之庋藏,视如晦先生此目之有裨时人,诚瞠乎后矣。我汉族之光复运动,万籁齐鸣,亿民效力,而戏曲家于其间亦尽力甚多。吴瞿安先生之《风洞山传奇》,浴日生之《海国英雄记传奇》,祈黄楼主之《悬岙猿传奇》,虞名之《指南公传奇》,皆激昂慷慨,血泪交流,为民族文学之伟著,亦政治剧曲之丰碑。如晦先生其能于此一百四十本之晚清戏曲中择取

十一,编为曲集印传乎？其有助于今日方兴未艾之民族意识,必将更钜也。民国三十年二月二十五日郑振铎序。

"孤岛"时期,他们还曾有过合作编著的计划,后因阿英匆匆离沪,未能兑现。

一九四九年五月,他们分头来到了刚解放的北平,同住在北京饭店。阔别八年,人世沧桑,但他们话叙的主题仍然少不了书。他们几乎天天相见。常常结伴去逛琉璃厂和地摊。偶有所得,相互展阅。阿英六月十日日记记载:"晚,将寝,为振铎约去看明棉纸本《花间集》,敦煌写本《老子》,唐写本《户口册子》。"他们多次谈起,当时一些珍贵的文物、图书无人管理,有散佚和被盗、被损坏的危险,希望能成立一个全国性的机构来管理这方面的事,他们将这个建议向周恩来副主席汇报,很快得到了周副主席的支持。

新中国成立后,中央文化部设社会文化事业管理局（即今之文物局）,郑振铎长期任局长。他与阿英就收集、保存、鉴定祖国珍贵文物,多次交换意见,尤其是阿英任天津市文化局局长那段日子。

阿英一些学术文稿发表前,总爱征询几位友人的意见,郑振铎就是其中的一位。《阿英文集》友人书简部分,有郑氏一封信,内容是他读了阿英一篇原稿后的率直的感想,实在很有意思,也极为重要。

一九七九年九月

沈尹默和新诗

在当代知识阶层中,知道沈尹默是名书法家的不少。但能记起他是中国新诗发展的有功之臣的就不多了。目前流行的有关现代文学研究著作,往往把他遗忘了。

我国新诗(白话诗)的起始,以一九一八年一月十五日上海出版的《新青年》第四卷第一期为标志。是期首次刊登了白话诗九首,作者共有三人:胡适、刘半农、沈尹默。沈氏有诗三首:《鸽子》《人力车夫》《月夜》(胡适同期亦有诗作《鸽子》《人力车夫》)。此后,《新青年》接踵披露新诗。鲁迅最早的三首新诗《梦》《爱之神》《桃花》,就是以唐俟的笔名发表在《新青年》四卷五期上的。由于《新青年》编者的热心提倡,并以此为主要阵地,扩展开去,一个新诗运动蔚然形成了。

沈尹默,原名实,号君默,浙江吴兴人。生于一八八三年。一九一四年任北京大学教授。他旧诗词根底深,属笔新诗,是有意的"尝试"。他的新诗大多刊布在《新青年》上,有二十来首,署名"沈尹默"或"尹默"。

他的白话诗当年颇有影响,有些已成一时之选。一九二〇至一九二二年间出版的几部新诗都较多地选录了他的诗篇。一九二〇年问世的《分类白话诗选》中有他十四首:《月夜》《公园里的二月兰》《生机》《人力车夫》《三弦》《耕牛》《除夕》《月》《鸽子》《宰羊》《落叶》《大雪》《雪》《赤裸裸》。同年新诗社出版部出版的《新诗集》载有四首:《生机》《公园里的二月兰》《鸽子》《耕牛》。一九二二年八月亚东图书馆出版的北社所编《新诗年选》,是我国新诗的第一部年选集,编者态度慎重,每首诗均加评注。《年选》共收四十一位诗人的八十九首新诗。沈尹默一人占五首:《月夜》《月》《公园里的二月兰》《三弦》《赤裸裸》。可见他在编选者心目中的地位。关于《月夜》,有署名"愚庵"的评语(据说愚庵即康白情):"这首诗大约作于一九一七年的冬天,在中国新诗史上,算是第一首散文诗。其妙处可以意会而不可以言传。"《年选》后面附录的《一九一九年诗坛略纪》,亦云"第一首散文诗而备具新诗的美德的是沈尹默的《月夜》"。他的《三弦》被许多初中国文教本选入,和鲁迅的《秋夜》一样著称。胡适在《谈新诗》、周作人在《扬鞭集》序中对他的新诗均有过评述。虽难免失当,但出自同是新诗探路人之口,也是不无参考价值的。

沈尹默"尝试"新诗寿命很短。不久,他的兴趣又回转到旧诗词上去了。他的新诗写得好,旧诗更好。有的评论者认为,他的新诗佳作中也脱不尽旧诗的韵味。这也许正是他的新诗区别于其他新诗的特殊之点吧。他有自书精印的旧诗词集《秋明室杂诗》遗世。可惜,他的新诗散佚在报刊,始终未能辑印专集。这对新诗滥觞期活跃的诗人来说是绝无仅有的。在诗人离开我们近十年的今天,似乎应该尽快弥补这个缺憾。

一九七九年十一月

李自成在我国文艺上的反映

李自成起义,是中国农民运动史上成功的一幕。它的典型性和戏剧性,引发了许多人的写作热情。

现存最早的一部有关李自成的作品,是署名"润州葫芦道人"的《新编剿闯通俗小说》,有刊本和抄本,行世极稀。书名和作者因所见的本子不同,记载各异。郭沫若一九四四年一月曾著短文,对此加以考证。他说"作为平话小说,实甚拙劣,但可作为史料观"。全书十回,骂李自成为逆贼,称吴三桂为孤忠(故书名一曰《孤忠小说》)。成书大约在甲申、乙酉之间。作者拥护明南朝,称满人为"虏"或"鞑子",虽诋毁农民起义,但也被列入清代禁书之中。

三十年代初,陕西李建侯创作了长篇历史小说《永昌演义》(据作者自序一九二六年初稿,一九三二年定稿)。毛主席在延安时期曾看过这部小说,并为此写过一封信给李鼎铭,谓此书赞美李自成个人品质,但贬抑其整个运动。毛主席希望作者按新的历史观点将书加以改造,这样此书对人民会极有教育作用。中国青年出版社曾内部少量刊印,未正式出版。六十年代初,老剧作家郑伯奇作为"政治任务"打算修改这部小说,并做了某些准备,可惜没有结果。

以比较正确的观点描述李自成起义的文艺作品问世,则是在四十年代中期。一九四四年三月十九日郭沫若的历史论文《甲申三百年祭》在重庆《新华日报》连载，不久，中共中央宣传部和军委总政治部联合发出通知，号召全党全军认真学习这个文献，指出该文"对我们的重大意义，就是要我们全党，首先是高级领导同志，无论遇到何种有利形势与实际胜利，无论自己如何功在党国，德高望重，必须永远保持清醒与学习头脑，万万不可冲昏头脑，忘其所以，重蹈李自成的覆辙"。在这种精神的指导下，一九四五年华东解放区出现了好几种从不同角度描写李自成的剧本，如阿英的五幕话剧《李闯王》，击楫词人（李一氓）的评剧《九宫山》，吴天石、夏征农、西蒙的五幕话剧《甲申记》，马少波的京剧《闯王进京》。这些本子当年在苏北、苏中、山东等地由军区或地方文工团巡回演出，稍后也得到了刊印。据有的同志回忆说，当时演出条件很艰苦，人员很少，物质条件差，没有室内剧场，只能在外面筑土台。服装是租来的，但不合用，有的只好反面穿，想尽办法，才使汽灯变幻出各种火光，道具、布景也有很多困难。每一演出，经常是通宵或半通宵。但大家都有极其充沛的革命热情，干劲很大，什么困难都不怕，想法克服，要求也很实事求是。看戏的劲头也不小，披星戴月，常常一往返就是几十里，甚至在广场上坐通宵，还是精神抖擞地看。

解放战争年代，《李闯王》在华东、东北等战场上有过广泛的演出。一九四八年淮海战役胜利结束后，华东野战军文工团演出时，刘伯承司令员说，"戏写得好，演得也好"，"破坏党的政策，得了天下还会失掉天下。历史上有许多鉴戒"。

五十年代，施白芜曾编写京剧《李岩之死》（一名《闯朝遗恨》），未曾刊印。六十年代初，姚雪垠写出了长篇小说《李自成》第一卷，深得好评。小说第二部业已出版，广大读者有理由期望第三、四部保持并突破已达到的成就。

一九七九年十一月

关于《红楼梦戏曲集》

一

中华书局一九七八年初出版的《红楼梦戏曲集》（全二册），是阿英同志逝世后最先问世的一部遗著。

大约是一九七七年的夏天，阿英同志刚刚病故，听中华书局的程毅中、冀勤同志谈起，书局决定立即将《红楼梦戏曲集》付印，借资纪念阿英同志。

解放后阿英与中华书局交往密切，他的多卷本的《近代反侵略文学集》和《晚清文学丛钞》等，都是由中华书局出的。一九六五年，阿英编讫了《近代文谈》和《红楼梦戏曲集》，由于时局的变化，被搁置了十几年。

《红楼梦戏曲集》本来有可能抢在一九六五年印行，书局对这部书倾注了相当的热情。阿英的老友、当时在中华书局的徐调孚同志为此事与阿英有过多次洽谈。阿英甚至看过全部校样，只差一篇前言。阿英平素写作比较顺手，他习惯先将资料准备好，思考成熟后，集中时间一气写成。但这篇前言他写得好苦，多次起头，未能终篇。那时全国文联机关白天无休止地开会，批判阳翰笙和他。晚饭后他要在客厅沙发上静坐良久，与家人闲谈或翻翻书刊，才能逐渐恢复平日的情绪，然后像往常那样缓缓地独自走向后院的小书房，开始写作。记得有次他急得索性把一沓草稿撕掉，连说：写不成了，以后再写。

这次出版，沈尹默的题签不知下落，又请正在病中的郭老重题，这是异常珍贵的纪念。封面是编者生前挑选好的一幅徽州木刻版画。编者生前选配了多幅图影，吴晓铃同志原想趁此写点有关文字，因时间赶不及，只好暂缺。

二

一九五七年，阿英因脑血肿动了一次大手术，在香山养息了数年。一九六一年恢复工作后的一件主要工作，就是参加筹备曹雪芹逝世二百周年纪念展览。前后有两年，这个期间，他的工作和研究的兴趣集中在《红楼梦》上。

阿英对《红楼梦》的喜爱，始于"五四"时代。他生前说过，那时想找到一部好一点的本子，真不容易，能看的多是上海的石印本和铅字本。三十年代起，他开始致力于近现代文学资料的搜求、整理、研究，《红楼梦》也是他瞩目的一项。一九三六年他就自己的有关收藏，写了《红楼梦书话》。一九四一年又增写了《红楼梦书录》四卷。冬天他到新四军后，曾受陈毅同志委托，去苏北一带访求《红楼梦》的珍本。据当年新四军的一些老同志回忆，他们最初阅读《红楼梦》，就曾得到过阿英的热情辅导。从阿英当年的日记中得知，一九四三年前后，他曾着手撰写一部论《红楼梦》的专著，后因环境动荡，未竟。解放初，他在天津主持文化工作时，业余写了不少有关《红楼梦》的文章。一九五六年，他编印了《红楼梦版画集》。解放后，他收藏《红楼梦》图书资料之富，部分反映在曹雪芹展览会上。"文化大革命"中，成为江青和康生之流的猎取对象。

曹雪芹展览，是由中央几个有关单位联合举办的。负责人有齐燕铭、徐平羽、王昆仑、邵荃麟、何其芳、阿英等。这些同志虽然在各个单位都负有一定责任,但他们都是学者,对《红楼梦》有兴趣,有研究。由于阿英主持展览会的日常工作,与他们和一些红学家常有机会交谈,或书札往还,相互探讨有关《红楼梦》的问题。例如,齐燕铭一九六三年九月二十日从北戴河给阿英来函,对新发现的曹雪芹绘像及《曹氏宗谱》提出自己的见解。近日病故的吴恩裕同志一九六三年三月二十六日给阿英的信说:"阿老:屡次晤教,获益不少,唯仍以未能专诚拜谒多聆教益为憾,承赐下之永忠字册,容日奉上,昨承见告之有关雪芹信札,盼能得一阅之机会,请嘱其他同志以电话示知,即当趋往。"阿英事后常常怀念起那段生活,说他从朋友们那里学习到不少东西。有次他发现旧手札数纸,其中二札与《红楼梦》有关,因内容涉及满人生活,请启功同志帮他解决了疑难。非常遗憾的是,一九六三年陈毅同志除参观曹展时谈了一些关于《红楼梦》的意见外,还单独同阿英有过一次类似的、更充分的谈话,可惜当时和事后他都没有记录下来。一九六三年,为纪念曹雪芹逝世二百周年,阿英编选了《杨柳青红楼梦年画集》(天津美术出版社出版),为中央新闻纪录电影制片厂拍摄的曹雪芹纪念展览会影片写了解说词,为《文物》杂志写了《漫谈〈红楼梦〉的插图和画册》。《红楼梦戏曲集》也是这一年动手编的。

三

《红楼梦戏曲集》收敷衍《红楼梦》故事的清代戏曲十种。流传的还有一两种,因与《红楼梦》原作、续作关系不大,编者未收录。

这些戏曲本子,世间不常见。有的只有一种版本,有的仅有抄本流传,有的印本校刻不精,常有错字。编者将自己长期搜求到的本子提供出来,并做了些校勘,将过于渲染色情的描写作了删节,这项工作,无疑是有意义的。

这十种戏曲本子,多数系阿英多年搜求所藏,部分从友人或图书馆借用。

《绛蘅秋》原是傅惜华同志所藏，傅见阿英需用这本书，便慷慨相赠。傅是我国闻名的戏曲研究者和收藏家。阿英和他相识是在一九四九年六月，经郑振铎同志介绍。阿英在筹备第一次文代会期间，有空常去傅家看书，如一九四九年六月二十八日日记记载："午饭后，与一氓又至傅惜华同志家看木刻，颇多佳品。风景版画最佳而难得者，为乾隆黄山志，古歙山川图，康熙白岳凝烟，新刻名山胜景一览图（明刊）。"尔后，他们友谊日臻，相互赠书，不断切磋。

阿英为写《红楼梦戏曲集》前言，作了较多准备。可惜，当年他抄录的资料和写下的说明片断受到损失。现据留存的部分和他所提供的线索，对其中几个传奇作些介绍。

（一）《红楼梦传奇》

吴州红豆村樵（仲云涧，又名仲振奎）撰。刊亭居士按拍。一卷，五十六折。嘉庆己未绿云红雨山房原刊本。首河间春舟居士叙，次都转宾谷夫子题词。所谱并及前后《红楼梦》事，集中传宝玉、黛玉及晴雯三人之情。首黛玉、晴雯二图，极精美。末跋文，述写作经过。其文，《红楼梦戏曲集》已附录。

《滕花曲话》云："《红楼梦》工于言情，为小说家之别派，近世人艳称之。其书前梦将残，续以后梦，卷帙浩繁，头绪纷琐。吴州仲云涧取而删汰，并前后梦而一之，作曲四卷。始于《原情》，终于《勘梦》，共得五十六折。其中穿插之妙，能以白补曲所未及，使无罅漏。且借周琼防海事，振以金鼓，俾不终场寂寞，尤得本地风光之法。唯以副净扮凤姐，丑扮袭人，老旦扮史湘云，脚色不甚相称耳。"

版本见有：嘉庆己未四年（一七九九年）红雨山房本，道光芸香阁本，同治友于堂重刊本，光绪三年（一八七七年）上海印书局铅印本。

（二）《葬花》

荃溪（孔昭虔）撰。嘉庆丙辰（一七九六年）稿本。

蕊珠旧史《长安看花记》云："秀兰，范姓，字小桐，吴人。……尝演《马湘君》,画兰于红氍毹上,洒翰如飞,烟条雨叶,淋漓绢素。或作水墨,或作着色没骨体,娟秀婀娜,并皆佳妙,顿觉旗亭壁间,妙香四溢。……所演杂剧,如《葬花》《折梅》《题曲》《雨词》《瑶台》《渡泸》,皆有可观。"又云:"凤翎,陈姓,字鸾仙,菊部中推泫索好手,演《花大汉别妻》,弹四条弦子,唱五更转曲,歌喉与琵琶声相答,琵琶在金、元时用弹北曲,鸾仙齿牙喉舌,妙出天然,媚而不纤,脆而不澉,圆转浏亮,如珠走盘,直觉遏云绕梁之音,今犹未歇,非他人所能及……仲云涧填《红楼梦传奇》《葬花》,合《警曲》为一出,南曲抑扬抗坠,取贵谐婉,非鸾仙所宜,然听其越调《斗鹌鹑》一曲,哀感顽艳,凄恻酸楚,虽少缠绵之致,殊有悲凉之慨,闻者自尔惊心动魄。使当日竟填北曲,鸾仙歌之,必更有大过人者。"又云:"双寿,钱姓,字眉仙,吴人。……尝演《红楼梦·葬花》,为潇湘妃子,珠笠云肩,荷花锄,亭亭而出,曼声应节,幽咽缠绵,至'这些时拾翠精神,都变作了伤春症候'句,如听春鹃,如闻秋猿,不数一声河满矣。……尝论《红楼梦传奇》盛传于世,而余独心折荆石山民所撰《红楼梦散套》,为当行作者。后来陈厚甫在珠江按谱,填词命题皆佳(余最爱《画蔷》一出,《绣鸳》一出情景亦妙),而词曲徒砌,金粉绝少性灵,与不知谁何所撰袖珍本四册者,同为无足重轻。故歌楼唯仲云涧本传习最多。《散套》则自谱工尺,故旗亭间亦歌之,然琐琐余子,无堪称作潇湘馆主人者。虽有佳品,非过于秾,即失之劲,盖冷艳幽香,自与夭桃郁李不同,唯眉仙差能近似耳。……"按作者《辛壬癸甲录》云:"道光七、八年……元和陈观察厚甫,方应抚军成果亭先生聘,主越秀书院讲习,暇则召主人诸郎弹丝品竹,陶写哀乐,如谢、傅蹑屐东山……"陈作或即成于此时。阿英说:"从杨掌生以上记录里,可见道光时演《红楼梦传奇》之盛,而《红楼》戏中,又以《葬花》为最受观众欢迎,本子则大都是仲云涧本,合《警曲》于内者。至传奇诸本之优劣,所论亦极中肯。至演《葬花》时之服装,则与云润本所图者,固无异也。"

(三)《三钗梦北曲》

许鸿磐撰。鸿磐,号云峤,济宁州人。辛丑(一八四一年)进士,官豫省州牧,深于词曲。见今人所作《红楼梦传奇》,嫌其兼采后续《红楼》,因仿元人百种曲,作《三钗梦北曲》四出,并自谱工尺拍板于各曲旁,诚为雅人佳构。阿英说:"这一记录,原钞在《绛蕑秋》传奇空白页上,未注出处,不知是不是笔者所自记。作者所著,有《六观楼北曲六种》,其目为《西辽记》《雁帛书》《女云台》《孝女存孤》《儒吏完城》《三钗梦北曲》,道光丙午(一八四六年)刊,巾箱本。又《守濬记》一种,演嘉庆六年(一八〇一年)朱凤森守濬事,收内《韫山六种曲》中,不知《儒吏完城》是否即此剧也。"《三钗梦杂剧》,有一八四六年(道光二十六年丙午)《六观楼北曲》本。

(四)《十二钗传奇》

朱凤森撰。凤森,字蕴山,广西桂林人,嘉庆六年(一八〇一年)恩科进士。撰有《韫山六种曲》,《十二钗》其一也。六种曲有叙云:桂林有山,在独秀峰之西,叠彩山之左,朴而秀,窈而深。吾尝居其巅,读古人书,爱'玉韫山含辉'之句,名其山曰'韫山',而人遂因之以呼我。朝夕丹铅,作曲五种。既出仕,嘉庆十八年(一八一三年),岁在癸酉,有守濬之役,任人许子云峤记其事,叶宫商而谱之,得六种曲焉。晴雪山房不知何许人也,授之梓。予曰:'藏之可也,韫山能无意乎?'六种曲为《才人福》十六出,演司马相如、卓文君事;《十二钗》二十折,演《红楼梦》事;《辋川图》八折,演王维事;《金石录》八折,演赵明诚、李易安事;《平鯈记》四折,演李青萍擒马鯈事;末许鸿磐作《守濬记》四折,演凤森守濬之功。

有嘉庆十八年癸酉(一八一三年)晴雪山房刊《梦山六种》曲本。凤森尚若著有《梦山诗稿》六卷。

(五)《红楼佳话》

悼红楼主人周宜撰。武进赵氏麟趾据稿本景钞,有题云:"聊以自误不足斋借吴县齐筱庵家藏稿本景写一部,武进赵麟趾题记",并赵氏藏章。全文仅六出:《会艳》《情谑》《题帕》《祭花》《艳逝》《哭艳》,概括宝、黛一生。

(六)《绛蘅秋》

吴兰徵撰。兰徵,原名兰馨,字轶燕,外号梦湘,又名香倩,新安婺邑人。生于乾隆四十一年(一七七六年),卒于嘉庆十一年(一八〇六年)。著有《零香集》四卷(诗三卷,词一卷),《三生石传奇》三十六折,"见多有以说部《红楼梦》作传奇者,阅之,或未尽惬意"(俞用济室人吴踊宝香倩传),爰于嘉庆十年(一八〇五年)冬,成《绛蘅秋》二十五折(据刊本实为二十六折),未成而卒。原拟目四十八折,兰徵故后,其夫俞用济续成二折,共二十八折,至《珠沉》《瑛吊》止,附印于《零香集》内,嘉庆十一年(一八〇六年)抚秋楼版。书前有许兆桂、万荣恩(玉卿)、俞用济叙。

传奇出目如次:

《情原》《望姻》《护玉》《哭祠》

《珠联》《幻现》《巧缘》《设局》

《省亲》《娇箴》《悲谶》《词警》

《醉侠》《湿帕》《魔餍》*《埋香》

《情妒》《金尽》《秋社》《村游》*

《兰音》《醋窟》《呆调》《钗淑》*

(以上卷上,题"情因")

《试玉》《慰鞶》*《情冷》*《花诔》

《悮狼》*《塾警》《梦痴》*《演恒》

《林殉》《寄吟》《玩珠》*《仆投》*

《失玉》*《钗归》*《珠沉》《瑛吊》

《籍府》*《祈天》*《蘅度》*《湘怜》*

《馀悲》*《缘悟》*《府废》*《天圆》*

(以上卷下,题"情转")注:有"*"者,系未成之稿。

说到《绛蘅秋》,还有一段逸话。因一个十分偶然的原因,阿英保存的《绛蘅秋》未被"四人帮"掠去。从一九七三年起,人民文学出版社、周汝昌和文化部《红楼梦》注释小组先后借用。阿英很高兴它能发挥作用。其时书的原收藏者傅先生已被迫害致死,所藏也损失殆尽。今天能保存下来这个珍本,是傅惜华先生的功劳。

一九七九年岁末

"孤岛"文坛上的一现昙花

上海社会科学院文研所一些同志,正在搜集研究"孤岛"时期文学,这是颇有意义的一项工作。可以说,截至目前,在现代文学研究方面,这块荒地还未经开发。

我想起这个时期出现的一份短命的杂志——《离骚》。

于伶新近在一篇纪念阿英的文章中说:"《救亡日报》南迁出版。阿英同志留在上海,为党编一综合性文艺刊物《离骚》,只出了一期就被租界取缔禁止了。"

《离骚》一九三七年十二月底创刊。十二月二十日的《译报》曾有醒目的预告。内中有周予同的《经史关系论》、戴平万的《细雨的街头》、刘西渭的《匹夫》、赵景深的《"杨家将"考》、景宋(许广平)的《医》、寒峰(阿英)的《甲午战争书录》等。创刊号目次下页刊有一则征文启事,欢迎千字"杂感",和不超过四千字的文稿,内容包括:①学术论著;②地方通讯;③人物素描;④近代史话;⑤散文杂感。可见,在环境艰难的情况下,编者也想把刊物办得有特色,不一般化,尽量形成自己的风格。

刊物的编者,当年声明的是刘西渭(李健吾)。实则非也,这是斗争的一种手法。

据几位当事人说,一九三七年十一月上海沦为"孤岛"后,地下党出钱要阿英办一家综合性的文化刊物,借以联系、团结留守"孤岛"的抗日的文化界。为了不引起敌人的过于注目,党决定登记时不暴露阿英,改换一位表面上看来政治色彩不那么鲜明的人士,经阿英、于伶与郑振铎相商,郑推荐了刘西渭。刘表示同意。不过,敌人也是有经验的,刊物的倾向和它的底细,很快被他们查明,创刊号刚发出就遭租界查禁。创刊号即终刊号。现在要想找到这唯一的一本创刊号实非易事,无怪有人将《离骚》比作"孤岛"文坛上的一现昙花了。

一九八〇年一月

《倪焕之》与侯绍裘

顷读许涤新近著《百年心声》(三联书店一九七九年出版),想起了这个题目。

该书中说:"侯绍裘同志被蒋介石反动派杀害。叶圣陶与侯友善,为纪念侯,作小说《倪焕之》,书中主人公,即绍裘同志。"

这个说法,以前曾有过。其流布之广,甚至影响到侯的子女。急得小说作者叶圣陶不得不出来公开说明初衷了。

去年五月号《文艺报》《忆"五四",访叶老》一文中有段记述:"叶老强调说,写小说不是写日记,不是写新闻报道,如果说小说中的某人就是谁,小说中的细节都跟当时的情景一模一样,那就不对了。叶老这几句话是有所感而发的。《倪焕之》是我国现代文学史上一部名著。……有的研究者认为这是一部自传体小说,叶老不同意这种意见。我不止一次听他说过,《倪焕之》描写的内容是有生活依据的,但绝不是他个人生活经历的实录,是艺术创作,而不是日记。"同年十一月七日,叶老又说,有人认为《倪焕之》中的主人公倪焕之是写的侯绍裘,这不对。他说,他是认识烈士侯绍裘的,小说的素材中也有侯的影子,但《倪焕之》并不是为纪念侯而写的,书中更没有一个人物是侯的实录。他写《倪焕之》是想说明:教育革命单靠知识分子不行,还得靠革命者,所以在小说中引进了一个革命者形象王乐山。但王乐山也不等于侯绍裘。

叶老在一九七八年四月写的《倪焕之》新版后记中明白说道："倪焕之是个小资产阶级知识分子，免不了软弱和动摇。他有良好的心愿，有不切实际的理想，找不到该走的道路。在那大变动的年代里，他的努力失败了，希望破灭了，只好承认自己不中用，朦胧地意识到：将来取得成功的'自有与我们全然两样的人'。"叶老还说到当年写作这部小说的情况。他说："《教育杂志》实际编辑人是周予同。周主张杂志连载小说，叫我写，因我有点教育界的经历、感受，于是答应下来，被逼上马。七八天写一个段落，以'教育文艺'名目，连载十二期。从一九二八年一月动手，十一月十五日作毕。"

《倪焕之》是叶圣陶唯一的一部长篇，影响深广，解放前刊印了十三版，解放后印行多次。关于单行本初版年月过去一般误为一九三〇年，实则一九二九年八月开明书店就有初版问世，三十二开本，署名叶绍钧。初版附有三篇文字：卷首有夏丏尊的序言《关于〈倪焕之〉》和叶圣陶的《作者附记》，末有茅盾的《读〈倪焕之〉》。茅盾的这篇评论发表在一九二九年七月的《文学周报》八卷二十期上，他推重《倪焕之》是近十年来的"扛鼎之作"："这样'扛鼎'似的工作，如果有意识地继续做下去，将来我们大概可以说一声：'五卅'以后的文坛倒不至于像'五四'时代那样没有代表时代的作品了。"

一九八〇年一月

蒋光慈与《失业以后》

"左联"成立快五十年了。我想趁这个纪念的日子,介绍"左联"成立后不及两个月出版的一部小说选集,这便是蒋光慈所编《中国新兴文学短篇创作选》第一集《失业以后》。

《失业以后》是刘一梦当时有影响的一个短篇。作者是太阳社成员,曾任共青团山东省委书记,后来牺牲了。集内还收有冯乃超、洪灵菲、戴平万、华汉(阳翰笙)、钱杏邨、建南(楼适夷)等左翼作家的八个短篇。编者在封面上突出标明"中国新兴文学短篇创作选",无非是想说明这些作品是实践革命文学理论的产物。

编者在病中写了简短的前言,试图探讨革命文学创作发展形势及其经验教训。其中说:"在三年来整个运动的进展上,虽不能说是有怎样的惊人的成绩,但它是在幼稚与错误之中,慢慢地生长而且健康起来","目前,整个的新兴阶级文艺运动,是更加活泼起来了。它不但一天一天地与整个的新兴阶级政治运动很紧密地配合起来,更具体地担负起它的对于新兴阶级解放运动的斗争的任务,而且是通过了仅止'倾向正确'与'意识健全'的要求,走向'情绪的新兴阶级化'的克服的一阶级(此处的'级'和下句'现阶级'的'级',可能系'段'之误——笔者注)了。""这一部选集里所选的一些作品自然不能说是怎样健康的,也不能说是完全适应于现阶级的要求的,更不能说是最精粹的选集;然而,这些作品,确实是显示了中国新兴阶级文艺的最初的姿态,从写作的时间上也呈现了三年来的作品的发展的一般形式。"

  这本"创作选",由上海北新书局承印。现在已很难见到了。不及一年,初期"左联"领导人之一的蒋光慈,这位创作了激励一代青年走向革命的名篇《少年漂泊者》的作者,在贫病等诸多痛苦的煎熬下离开了人间,时年仅三十一。蒋光慈生前备受迫害与委屈,著作几乎全部遭禁,署名因之不断更改。比如,一九二七年蒋光慈写定了《十月革命与俄罗斯文学》,瞿秋白曾将自己留苏期间写的一部《俄国文学史》原稿交与他,附在书后,作为下编,改书名为《俄罗斯文学》,由创造社刊行。因为政治环境的原因,秋白的部分连著者的名字也没有署,而"光赤"也不得已改为"光慈"。后来创造社被封,改由泰东书局出版,书名又易为《俄国文学概论》,署名由蒋光慈又变为"华维素"了。

一九八〇年二月

从郑振铎、叶圣陶没有参加"左联"谈起

在纪念"左联"成立五十周年的时候，想起郑振铎、叶圣陶没有参加"左联"的问题。我感兴趣并想探讨的是，为何像这两位在当时进步而又有相当影响的作家没有参加"左联"？如果我们分析最初参加"左联"的名单，会发现并非都是党员，而且也并非都是知名者，那这个疑团就更使人不解了。

"文化大革命"前出版的几部现代文学史，没有对这个现象加以说明，郑、叶两位也似乎没有作过解释。"释疑"则是始于"文化大革命"中。

那几年由于一再批判三十年代党内"左"倾错误路线对左翼文艺的干扰，有人就指出：郑振铎、叶圣陶没有参加"左联"，是"左联"关门主义的一种表现。在这种情势下，有的当事人也只好顺此口径一再检讨，有的当事人却不同意这种解释，但也想不起当时没有邀请他们参加"左联"的具体原因。

前些年有同志认为"左联"的关门主义也表现在排斥茅盾参加"左联"的问题上。后来茅盾和筹备"左联"的主要负责人之一的冯乃超公开出来说明情况。实际是："左联"成立时茅盾在日本，回国不久，"左联"就派冯乃超去商谈请他参加"左联"。

茅盾的说明给了我启发。我想起不妨去询问尚健在的叶圣陶。去年十一月二十四日下午当我向他提出这个问题时，他笑了笑，说："我是没有参加'左联'，为什么没有参加？外面有些说法，但从来没有人来直接问过我。当

时冯雪峰曾找我,对我说:'你、陈望道、傅东华,还是保持表面中立态度好,便于联系一些人,就不参加'左联'了。"叶老强调说:"冯雪峰不是随便个人说的,他记得清楚,他说是他们考虑研究过的。"他进而谈到他与冯雪峰当时的关系。他说,他同冯雪峰很早就有联系,"一九二一年左右,我当时在苏州乡下教小学,发表点文章,冯写信给我,后来我到杭州第一师范教书,我们才见面,冯在这个学校读书,但我不教他,彼此也算是师生关系。一九二八年前后,我在上海编《小说月报》,冯常投稿,找我,当时我们住在景云里,他同茅盾住一个楼,他住三层一个小房间,一、二层是沈雁冰的,沈在日本,家里留有沈老太太和两个孩子,还有夫人,家里事委托我照管,我同雁冰是文学研究会的老朋友,又住在隔壁。这样与冯雪峰常有来往。"

我通过郑振铎的儿子郑尔康,请他便中代询郑夫人高君箴,郑振铎生前是否谈起过为什么没有参加"左联"的事。不几天我收到郑尔康的复信,信中说:"所问之事,据家母回忆,确曾听先父谈起过。当时出于'左联',无论名称,还是其成员,都是赤红色的,为了团结更多处于中间或偏右的作家,根据党的统战政策,需要一些像先父那样进步的有一定影响的但表面看来颜色又不是十分红的作家,不以'左联'的身份进行活动,这样更便于把绝大多数作家团结到革命阵营周围来。""是大局的需要,是党的一种策略。至于当时谁同先父谈的,以及谈的具体内容,已记不起来了。"

去年十二月十三日下午我又问起叶圣陶这事,并告他郑夫人信中所谈,他说,他不参加"左联",是冯雪峰同他谈的,要他保持中立。至于谁同振铎说的,他不知道。

叶老和郑夫人所谈,精神大体是一致的,它有助于说明:郑、叶之所以没有参加"左联",是党当时的一种策略考虑,在这一点上,并不是"左联"组织路线上的一种关门主义表现。

我以为叶圣陶同志和郑振铎夫人的这种说明是合理的。从郑、叶当时与党的关系看,确实找不出什么理由反对他们参加"左联"。他们两位当年的政治表现和在文艺界的影响是无须介绍的。不妨举两个例子。一九二七年四月十二日,蒋介石反动派在上海马路上公开枪杀工人,当时商务、开明书店同人曾发表宣言抗议国民党这种暴行,有十几人签名,郑振铎是其中一个。一九二八年秋天,在革命文学论争高潮平息后,党为了团结文艺界,曾派冯乃超、钱杏邨等人与郑振铎联系,并通过郑团结了一大批原文学研究会的成员,共同发起组织"中国著作者协会",为争取思想言论出版自由开展斗争。叶圣陶一九二八年所写的长篇《倪焕之》其进步倾向及影响更是公认的。他在负责编辑《小说月报》期间,在经济上不断给拮据之中的一些党内作家以照顾。当时《小说月报》规定,文章登出之后再付稿费,而钱杏邨、冯雪峰、夏衍他们都是交了稿就领稿费,而有些稿子稿费已领,后来并不见得刊用。当年这些党内作家生活无固定收入,叶圣陶的这种关照很解决他们生活的一些实际困难,常常听钱杏邨、夏衍感激地谈起这些往事。

在纪念"左联"成立五十周年的日子里,我写这则短文的初衷,并不是说,"左联"在思想路线、组织路线上没有受到当时党内"左"倾机会主义路线的影响和干扰,没有教训可吸取,只是想说明,文艺运动的情况是复杂的,政治路线对文艺路线会有影响,但这种影响的大小和直接曲折又是不等的,不能简单地推断,只能从实际出发,加以实事求是的分析,而要做到这点,必须先弄清一些事实。趁一些有关当事人还幸在,应尽快抓紧这项工作。

一九八〇年二月二十四日

漫话《抗战八年木刻选集》

紧张繁忙之余,听友人谈一两则有关书的故事,是件乐事。如果是在盛暑闷热异常偶有习习凉风的时刻,那更是一种享受。有关《抗战八年木刻选集》出书的零星插曲,我就是这样愉快地听到的。

一九四六年十月十九日,饱经沧桑的上海进步文艺界集会于辣斐大戏院,隆重纪念鲁迅先生逝世十周年。会前,在戏院门口,有一群男女青年,在高声叫卖开明书店刚刚出厂的《抗战八年木刻选集》。他们之中有叶圣陶的两个儿子叶至善、叶至诚,有书店里的几个小伙计,还有自动前来助卖的互不相识的热心者。人们在争相翻阅、购买这部瑰丽、精美的画册,封面上凹印的朱红色的书名熠熠闪光。

同年八月,中华全国木刻协会为了检阅抗战以来的木刻创作的成果,在上海举办了大型的木刻展览。这本《选集》就是从数千件展品中精选出来的,包括七十五位活跃的木刻家的一百幅作品。这一幅幅木刻真实地记录了中国人民所经历的英勇与苦难的岁月,内容丰富厚实,艺术技巧也好,是我国现代木刻发展史上一次丰硕的收获。中国木刻的新兴,是在鲁迅先生的直接关怀下发展起来的。这个展览在鲁迅逝世十周年前夕举办,这本《选集》在十月十九日之前出版,正是表达了人们对鲁迅先生的深切怀念。书的扉页上同时用中英文写道"谨以此书纪念木刻导师鲁迅先生逝世十周年"。

《选集》分精、平装两种,均系大开本。卷首有叶圣陶的序,次《中国新兴木刻的发生与成长》《编后》,末附七十五位作者的"简叙"。叶圣陶所写的不到二千字的序,是一篇略论中国木刻发展的精彩文字,说得朴实、中肯。比如,谈到木刻的继承、借鉴与创新关系时,他说:"近似传统而不承袭传统,受着外来的影响而不为影响所拘束,土生土长,趋于创造。"

上海开明书店是我国有广泛影响的一个出版机构,有自己的独特风格。它一贯办事认真的作风给广大读者留下了良好的印象。为了出版这部《选集》,他们大胆设想,勇于尝试。他们过去印画册,就试验用白色道林纸,先印上一层浅底色,再在底色上印。这次印《选集》,则用淡米黄色的道林纸,在这种底子上印黑色或套色的画,效果更好。为保持画面的完整和谐,没有在每页画上标明画题和作者姓名,但又要方便读者阅看,所以除书中所印目录外,还加印了一张活页目录,夹在书里,供随时对照。为了扩大《选集》的影响,准备流传到国外,书中序等都译为英文。值得一提的是,这位不留姓名的校阅者就是当今著名的语文学家吕叔湘。

编者想法再好,如果得不到印刷厂的支持,也无济于事。四十年代中国的印刷技术是相当落后的。当时这本书的制版者、承印者、装订者做了积极努力,克服了技术上的不少困难。据有的当事人回忆说,他们能做到制锌版当天取货。《选集》中少量的套色画,是用小机器印,然后再一张一张地贴上去的。封面题签是集鲁迅先生的字,但能做到凹印,这在当时就很不容易了。

正因为编者、制版者、承印者、装订者齐心协力,《选集》出书很快,成为出版史上一件美谈。

动议出版这部《选集》是在这一年春季。开明过去只印过丰子恺的画册,很少印这类书。编辑部同人听说中华全国木刻协会将要举办展览,已经收集了大批作品,就与该会负责人李桦、陈烟桥等联系,请他们立即着手编选,书店同时张罗出版诸项杂事。叶圣陶的序当月写定,译文也同时完毕。确切地说,从编选到出书,仅一个多月。初版到再版,也只相距三个月。

这不是一本普通的小册子,而是一部精致的大部头,出得如此快如此好,秘诀就在各方面合作得好。

　　常听一些"书迷"说,一本好书的出版往往有一连串有趣的故事。读者不满足读懂书本身,还希望了解这本书的有关一切,比如,作者的欢乐与苦恼、编者的精心与独创、收藏家的苦心与珍爱……我想,有了书评,又冒出书话一类的小品,且相行不悖,各有所长,大概就是这个道理。书话往往以随便聊天的笔调取胜,但绝不是"闲话"。当我们了解到《抗战八年木刻选集》成书的点滴时,难道不感到是一种收获,引起某种现实的联想与思考?

一九八〇年二月

关于瞿秋白文学遗著的刊印

瞿秋白在中国现代文学史上占有重要位置,有过卓越的贡献。

瞿秋白留给我们的文学遗产十分丰富。特别是一九三一年至一九三三年,他主要精力从事于文艺方面工作期间写下的文字更有光辉的价值。一九三五年他遇难后,鲁迅怀着深厚的感情将他部分译作辑印成两本厚厚的《海上述林》。一九三八年五月上海霞社印行了秋白的杂著《乱弹及其他》,这都是现代出版史上广为传诵的动人的佳话。解放后,国家成立了瞿秋白文集编辑委员会,四卷本的《瞿秋白文集》由人民文学出版社从一九五三年十月起陆续分册出版。

"孤岛"期间,上海地下党曾支持阿英编过一部《瞿秋白全集》。一九三九年一月发行的《文献》杂志第四期卷首,有醒目的预告:"钱杏邨先生编,中国新文化的海燕:《瞿秋白全集》。""预告"说:"瞿秋白先生逝世已五年了。他的遗著刊行的,有鲁迅先生辑印之译著《海上述林》,及谢旦如先生辑印之杂著《乱弹》。顾二书所收,大都为瞿先生后期著译,且未竟。至'五四'以后著作,及后期政论,则全未编入。瞿先生从事政治文化活动,前后凡二十余年,所作文字,不下六七百万言,在政治文化上,所起之影响极大,此伟大之历史里程碑,时至今日,实不能再听其湮没。钱杏邨先生于瞿先生著作,二十年来,搜集至勤,所藏亦富,瞿先生故后,久有为亡友辑编全集之意,现应本店之请,将瞿关于文艺部分著译,先行付印。诸凡瞿初期著作,苏联通讯,文学译品,以致发表在秘密刊物上之有关文字,靡不搜罗具备。付印有期,仅先预告其内容卷目,以告爱护瞿著作者。"

《全集》共十卷,分文艺论著、文学史剩、笑峰乱弹、苏联通讯、创作集——游记杂著附、文艺译论(一)、文艺译论(二)、翻译小说(一)、翻译小说(二)、翻译戏曲——杂译稿附。

正当上海风雨书屋付梓出版时,突然环境变化,书屋经理人被迫他往,《全集》出版事遂搁置下来,编就的文稿也散失了。

凭借个人的有限力量,要想编辑一部完善的《瞿秋白全集》是有困难的。现在新版《鲁迅全集》和初版《郭沫若全集》的编印工作正在有组织地积极进行。人们盼望早日能见到一部齐备的《瞿秋白全集》,这该不是一种非分之想吧!

一九八〇年三月

文人赞咏中的民间铁画

踏入北京人民大会堂,跃入眼帘的是巨幅落地屏风《迎客松》。枝柯遒劲,姿态劲健,令观者目注神游。这是安徽省芜湖市铁画的杰作。

我国民间工艺美术宝藏丰富,源远流长。铁画是其中较年轻的品种,但也有三百余年的历史。

铁画的创始人是铁匠汤鹏(字天池)。他原籍江苏溧水,寄居芜湖。一说是清康熙年间人,"少为铁工,与画室为邻,日窥其泼墨势",受到启发。而王诩的《小园壁上观明季汤鹏铁画》叙记中却说他是"明季人","鹏,芜湖锻工也,与萧尺木邻。尝辍业观萧作画","遂以意创为铁画,名与萧埒"。萧尺木(云从)是明末清初的大画家,积极帮助汤鹏创始铁画,为铁画创作提供画稿。清名画家黄钺(左田,当涂人)有诗记其事,诗引说:"汤第惜山水未能也,往诣萧尺木求其稿,今所见萧画也。"这则画坛上的佳话,倒也点出了文艺发展史上这么一种现象:民间艺术固然给文人创作以丰富的养料,但文人创作对民间艺术的发展提高也有裨益。两者相得益彰,相互促进、融化。可惜过去常常偏执一端,比较多地强调了民间艺术对文人创作的影响,而谈文人创作的影响又往往强调对民间艺术的所谓篡改、歪曲,应该说,这是不公允的。

铁画艺术的神奇之功及其卓著的成就,从它坠地始,就被诗人画家赏识、赞咏。现在留存下来的清人的这类诗作不少。如会稽马赓良的《汤鹏铁画歌》,内中云"铁汁淋漓泼墨水,硬画盘空不着纸。荆关变法未悟此,汤鹏戛戛造奇理。作画意在炉锤先,水渲火刷生姿妍。山川花鸟擅能品,九州众物泣神鼎"。又康发祥的《芜湖铁画歌》:"谁将镔铁作画本,奇巧独有芜湖人。九州之铁不铸错,居然触手能成春。嵇康好锻不足数,河阳作画非其伦。吾闻古人运笔比铁劲,未闻屈铁如笔纯。百炼之钢柔绕指,造作岂独能屈伸。是画是铁技微至,惟妙惟肖形逼真。或作花卉绽,或作山石皴,或作湘兰垂雨叶,或作楚竹欹霜筠,或见耕牛歌濺濺,或看征马跑佽佽,或有帆樯林里时出没,或指楼阁天际森嶙峋。……"郭老一九六四年五月遨游黄山途中曾参观芜湖工艺美术工厂,对其出品之铁画颇为推崇,当场挥毫题词:

以铁的资料创造优美的图画,以铁的意志创造伟大的中华。

的确,铁的性能是刚直坚硬,而画的要求则是笔走龙蛇,以刚化柔,以直化曲,怎能不令人以为艺苑之奇品,造化之神秀呢?

一九八〇年三月

《红楼梦》在日本的新镜头

我国古典名著《红楼梦》在东邻友邦日本的流传,是一则不及终篇的动人的佳话,是中日两国人民传统友谊不断发展的一个象征。

据现有的记载,一七九三年十二月《红楼梦》传入日本。十九世纪末叶,开始有了日译节本。二十世纪以来才有百二十回的全译本,即松枝茂夫译本(一九四〇——九五一年波岩书店版)和伊滕漱平译本(一九五八——九六〇年平凡社版)。最近,又有一种全译本问世,这就是东京集英社一九八〇年一至三月先后出版的饭塚朗译三卷本《红楼梦》。

《红楼梦》在日本虽有不少种类的译本,"红学"也时髦一时,但对广大青年读者来说,能读完、读懂这部巨著,毕竟还有相当困难。饭塚朗译本的鲜明特色,就是在普及性上下功夫,并取得了可喜的成绩。

译者所据的原本是人民文学出版社一九七二年出版的《红楼梦》四册本,著者署名为曹雪芹、高鹗。译文中有大量注释。全书配有图片多幅,每卷有登场人物表,卷末附后记、注解、解说及曹雪芹年谱,译者为读者着想,为阅读这部名著提供了诸多方便。

译者饭塚朗系当今日本有数的中国文学研究者,曾任北海道大学和关西大学教授,为译介中国文学长期辛劳,成绩卓著,主要译著有瞿佑《剪灯新话》、苏曼殊《断鸿零雁记》、谢冰心《繁星》、巴金《家》《灭亡》、老舍《骆驼祥子》、曲波《林海雪原》及阿英《晚清小说史》(与中野美代子合译)等。译者为翻译《红楼梦》做了多年准备,对《红楼梦》素有研究,在七十高龄时(一九七七年)动手翻译,历时二年半,始得以完成。译者认为介绍中国伟大作品是"有意义的工作",他希望"在日本这个译本对《红楼梦》普及有用处"。

集英社是日本有影响的出版机构,出版世界文学全集,这个《红楼梦》译本被列入这套丛书第十一至十三卷,印制装帧是非常精致的。

一九八〇年四月

《小说年鉴》

五十年代,中国作家协会有几年曾编选过创作年选集,深受读者欢迎。尤其是初学写作的青年,更是受益匪浅,爱不释手。现在要想找到齐全的这套书,可不那么容易了。

在我国,编印创作年选集,是"五四"新文学运动之后的事,一九二三年三月小说研究社初版的《小说年鉴》,可以说是短篇小说这方面的创举,是为一九二二年短篇小说选,全一册,内分三卷,收三十二位作家的四十三篇作品。编辑者为"鲁庄云奇",中华图书集成公司发行。

该书所选虽不一定篇篇均系"全国名流之创作",但该年优秀的短篇大多确被囊括进来了。

当年对鲁迅小说的意义,并不都是认识得充分的。编者在卷首选了鲁迅的五篇:《兔和猫》《不周山》《白光》《故乡》《鸭的喜剧》。同时有郁达夫的两篇:《友情和胃病》《血泪》;叶绍钧的《醉后》,王统照(王剑三)的《山道之侧》《十五年后》《战夜的谈话》。王任叔(巴人)是以文艺理论批评家存世的,一般人未必了解他早年写过小说,且有佳品。《年鉴》选录了他三篇:《大树》《母亲》《吃惊的心》。编者的眼力不仅表现在捕捉了一些名流之作,而且打捞了一些闪光的遗珠。这就很可贵。如方志敏一九二二年曾经在上海《民国日报》副刊《觉悟》上发表过一个短篇小说《谋事》,第二年被选编到这本《年鉴》里,编者并按道"这真是拿贫人的血泪涂成的,谁还看了,不同情于这样的一个他!"加以赞扬。方志敏其时创作少,更不是什么名家,编者如不从作品出发,不可能会选录。《谋事》是方志敏最早写的一个短篇,描写贫苦人民的不幸生活,思想倾向进步,艺术上也感人,是研究方志敏史传和文学生活的一篇重要资料,在后来出版的方志敏遗著中长期被遗漏。又如陈大悲,人们知道他是我国新文学初期的剧作家之一,一九二一年五月与沈雁冰、欧阳予倩、汪仲贤、熊佛西、郑振铎等在北京组织"民众戏剧社",创办《戏剧杂志》月刊,为"五四"运动后最早出版之戏剧刊物。但他也善于写短篇,《年鉴》里所选《有一个他》,就相当不错。

《年鉴》的编者,对选入的各篇均有"评骘",附在篇末,几十字,一般不超过百把字。兴之所至,信手写来,有许多独到的见解。如对鲁迅的五篇,均有精彩的意见。编者对作品的欣赏有时很侧重其社会作用,如王剑三的《战夜的谈话》,编者说:"这是一篇非战的作品。虽然没有《红笑》那样的力量,但是池鱼的譬喻,真是非常恰当。我们久困于兵燹的同胞,读了定会动心的。"编者还试图借对某一作品的评诠,提倡某种艺术主张和艺术风格。编者读了周辅仁的《泥墙之下》后说:"现在文艺界里虽然充满了自然主义的呼声,但是真的自然的作品,却极少见,不是带着讽刺的气氛,便是显着空想的幻形。这一篇在比较上可以算是满意的作品。因为乡农心理的描写,村落风景的勾画,都觉得非常朴实,真气扑人。"编者还长于通过比较的方法,来确定作品的意义和价值。编者说鸿杰的《荣归》:"这也是描写乡村生活的很好的作品。和以前鲁迅君《孔乙己》《药》等等,气氛上有些相近。"

停顿了多年,近年来编印这类创作选的工作又恢复活跃起来。三十年来我们的习惯作法,是在每本选集前放上一篇名家的长长的序文;其实,像五十年前《小说年鉴》编者那种"表态"的方式也是一种值得保存的评论方式,不妨再试试,不过,对编选者来说,似乎更需要胆与识了。

一九八〇年四月

《秦牧杂文》

爱书的人，常常苦心搜求作家的第一部集子，这对收藏者来说，也许由此得到的欢快纯粹是某种癖好上的满足，但于研究者，却具有另一番意义了。

秦牧是当今著名的散文作家。解放后，他做过多种实际工作，大多数时间，是业余从事文学创作。虽然他写过文学评论和其他体裁的文学作品，但主要精力却是倾注在散文方面。影响一时的《花城》《潮汐和船》和用散文优美的笔触所写的文学理论著作《艺海拾贝》，是他散文收获中的硕果。近三年来，作家写作热情不减。所作，除少量收入《长河浪花集》，大多在天津百花文艺出版社去年出版的《长街灯语》中。

我是爱读秦牧散文的。打开他的集子，形形色色，林林总总，题材之广阔，为其他散文家所不及。

在许多人的心目中，秦牧是一位老作家。其实，他的创作生涯比起另一些作家来并不算老。秦牧今年六十一岁，创作始于四十年代初。第一个散文集《秦牧杂文》，一九四七年六月由上海开明书店出版。他曾在一本初版《秦牧杂文》的扉页上题道："这是我二十三四岁时的作品的结集，出版于解放之前。"可见，由林觉夫变为被海内外广大读者熟悉的秦牧，主要还是靠他解放后十七年中的辛勤耕耘劳作。

现在印书，动不动就是几万、几十万，解放前却不可能这样。好书一版至多也就几千册,《秦牧杂文》两版印数只四千册。虽是解放前夕出版的,现在也难见到了。前年在上海书店购得一本,读过不止一遍。我之所以爱读它,不仅因为文章写得吸引人,还因能窥见秦牧散文风格形成的踪迹。书中分二辑,共二十五篇。读了其中一些,如《叭儿狗与仙人球》《蛇与音乐》《白鱼·黄鱼·黑鱼》《人肉》《伯乐与马》《诗圣的晚餐》《拿破仑的石像》等,很容易使人联想起《花城》《潮汐和船》和《艺海拾贝》中的那些佳篇。或者可以说,秦牧散文的风格,最初就是从这里源起的。打个不恰当的比方,人老了,少年时的秉性习性,并不是都能脱尽的,真所谓"江山易改,本性难移"。我想,文学史家们重视作家第一部集子的研究,大概很着眼于这点。最近,读了秦牧新写的一些散文,颇有点感触。作家的成长,总是日趋成熟的,但,并不等于后来写的文章篇篇都比试笔时的好,相反,有时试笔之作虽带稚气,却往往是作家呕心沥血之作,有那股认真劲,才华熠熠,自有其妙处。

一九八〇年四月

殷夫的成长说明了什么？

现在，谁都说我们的作家队伍成熟得太晚了。社会上有点影响的一批所谓青年作家，其实也都是三四十岁的人了。而在"左联"时期，作家的年龄至少要比今天年轻十年。比如，最初"左联"的领导人，七个常委中，除鲁迅五十岁，其余六人：两人不足三十，两人整三十，两人三十出头。而在被国民党杀害的青年作家中，柔石约三十，殷夫二十二，冯铿二十四。这个现象值得我们深思。当然，一个作家的成长，有许多复杂的主客观因素，但从培养工作来说，却是有些经验可总结、发现的。

文艺界一提起殷夫，就想起他是诗人。其实，他那短暂的经历表明，他首先是一位革命家，搞文艺创作只是他业余的活动。他之所以操文艺之业，也是革命实践和党传播的马列主义文艺思想影响的结果。

一九二六年，殷夫十七岁时，走上了革命道路，不久参加了中国共产党。他在上海吴淞同济大学学习时，刻苦学习马克思主义经典著作，并经常阅读倡导革命文学的《创造月刊》《文化批判》等杂志，如他在《文化批判》第三号（一九二八年三月十五日出版）以徐文雄的名字所写的一封读者来信中说："文化批判使我兴奋，真的。"殷夫正式写诗始于一九二八年。阿英在一九五六年所写《鲁迅忌日忆殷夫》中说："《太阳月刊》是这年一月开始出版的。就在创刊号发行不几天，我们收到了一束诗稿，署名是殷夫。我立刻被这些诗篇激动了,是那样充满着热烈的革命感情。从附信里也证实了他是'同志'。于是,我情不自禁地提起笔,写了复信,约他来上海。还很快的,以非常惊喜的心情,告诉了光慈、孟超和其他同志。"这就是发表在《太阳月刊》第四期上署名"任夫"的他的第一组长诗《死神未到之前》。这以后,殷夫参加了太阳社,经常为太阳社刊物和后来的《拓荒者》写稿。蒋光慈也直接给过殷夫不少帮助。他很器重殷夫的诗。在殷夫遇害后半年,其时光慈本人也病在垂危,还感情深重地对人说起殷夫。在殷夫的发展道路上,鲁迅先生更有重要作用。鲁迅对殷夫的关怀、培养、帮助,乃至经济上的资助,都体现了革命文坛先辈对文艺新进的殷切期望。殷夫一九二九年六月,用"白莽"的笔名开始与鲁迅联系,投寄作品给《奔流》,鲁迅亲自帮殷夫校看译文,书写绍介的文字。鲁迅对殷夫的亲切关怀令人感动。殷夫此后所写的红色鼓动诗,思想境界有明显的提高,艺术上更趋成熟,是与革命斗争的锻炼和鲁迅先生对他的帮助分不开的。

殷夫开始文学生涯之日,直接得到党和鲁迅先生的热情教育、帮助,这是促使他成熟的一个极重要的原因。还有一个重要方面,就是殷夫在长期革命实际工作中所养成的实事求是、刻苦学习、独立思考的优良作风。正是这个主观上难得的原因,使他在工作中和所写的政论文、诗作中,虽不可避免地要受到当时党内"左"倾机会主义路线的影响,但比之同时期的其他同志来,在许多问题上,所发表的意见是较为实在的。

鲁迅在"左联"成立时,即提出"应当造出大群的新的战士"的建议。"左联"存在六年期间,新人新作不断涌现,就短篇小说创作言,出现了像叶紫、张天翼、艾芜、沙汀等有成就的作家。培养青年作家的成绩是巨大的。当然也不乏教训。其中重要一条,是政治上"左"倾机会主义路线所鼓吹的"残酷斗争""无情打击"在文艺上所投下的阴影。

比如,对蒋光慈的打击和不公正待遇就是一例。蒋光慈虽然在人们心目中不属于左翼青年作家,但他参加"左联"并作为"左联"领导人之一时,也只三十岁,死时才三十一岁。他是初期倡导革命文学运动的重要人物之一,为实践"革命文学"理论创作了《少年漂泊者》等小说、诗歌,影响了一代革命青年,即使在一些作品中有某些错误、缺点,其思想锋芒也是为国民党所不容的,他的著作当时几乎全部遭禁。他在创造社和太阳社活动中的成绩更是公认的,他是党内文艺界与瞿秋白同志有着深厚战斗友谊的最早的同志之一。杨之华同志一九五三年在《一个共产党人——瞿秋白》中说:"他(指秋白——引者)在一九二五—一九二七年时曾对于创造社的思想问题有不少正确的指示给蒋光慈。""秋白在第一次国内革命战争时期曾帮助蒋光慈写过一些俄国文学史材料。"对于这样一位有贡献有成就的革命作家,主要由于他所写的小说《丽莎的哀怨》被认为创作情调有问题,遭到非正常文艺批评的待遇,这对处于国民党残酷迫害和贫病交加之中的蒋光慈,无疑精神上是一个沉重的打击。第四次文代会上周扬同志在所做的报告中正式肯定蒋光慈的地位,最近出版的有关现代文学史对他也在力图做切实的评价,这些都是足以使死者在地下欣慰的。但这个教训,还有其他类似的教训,在我们今天肯定"左联"成绩、总结经验时,切不可淡忘。

一九八〇年四月

田汉的散文

五十年代初出版的傅惜华所编《子弟书总目》，从公藏和私藏两方面收录了"子弟书"目录凡四百余种，计一千数百部之多。每书注明来源。有趣的是，从这些注里，我们知道，子弟书这种北方民间曲艺形式，在封建社会里虽长期被视为"不登大雅"之作，却受到不少文人学士的珍爱。

比如在子弟书收藏名家中，就屡见梅兰芳、程砚秋。这两位京剧表演艺术大师对子弟书由喜爱到刻意搜求，说明为了攀登艺术高峰，他们是很善于多方面吸取养料的。

艺术上要想有点成就，不培养广泛的兴趣、不做多方面的积累和尝试是不行的。也就是说，"专家""里手"只有在"多面手"和"通才"的基础上才能实现。

人们一提起田汉，就想到他是剧作家，想到他在我国现代戏剧运动上的卓越贡献。田汉之所以能如此，是与他早年文艺上的广泛阅读和创作上的多种实践分不开的。一九三三年田汉在他的一篇《创作经验谈》中曾说："十年以来写了好几十个剧本。虽然也曾做过诗歌、小说方面的尝试，但在质量上是比不上剧本的。因此在荒野似的文化落后的中国文坛我是被认为'剧作者'。"（见上海天马书店一九三三年版《创作的经验》）这是实话。一九二九年他出版过长篇小说《上海》，现在不大为人知道了。不过，田汉的遗著，无论从数量、质量和影响来看,当首推剧作,但我以为,他在散文方面的才华与成就,也是值得一提的。

一九三六年八月,上海今代书店出版了《田汉散文集》,收散文三十篇。诸如《朔风》《白梅之园的内外》《数千里路云和月》《月光》《到民间去》《咖啡夜店、汽车、电影戏》等,都是令人喜读的篇章。田汉早年的这些散文,不像同时代其他散文作家长于写景抒情,而是侧重抒怀论述,有的简直就是读书随感。作者将自己的思想、性格、感情大胆地热情地泻入其中,因此使他的散文具有强烈的个性。从这个意义上说,这本散文集,也是研究田汉思想和艺术观演变的一份很有用的资料。田汉一生于散文不时有所作,一九三七年写的《镇扬日记》(载《青年界》十二卷一期)就是篇有特色和情趣的游记。不过风格笔调与早期散文不大相似,风格有发展。前些年香港出版的《中国新文学大系续集》散文卷中曾选入此篇。近年国内出版的一类现代散文选中也开始注意并收录了。

一九八〇年五月

《边鼓集》

"孤岛"文艺的成就之一,是杂文的兴旺繁荣。一九三八年,上海抗日救亡运动经过短暂的沉寂之后,又开始活跃起来。留守"孤岛"的进步文化界,巧妙地利用各种阵地坚持战斗。当时顶着西商的招牌,办了《译报》和《文汇报》,这两家报纸各有一个文艺副刊:《大家谈》和《世纪风》。副刊的编者着力提倡言之有物、讽古喻今、针砭时弊的杂文,一时涌现出了不少杂文能手、杂文名篇。《边鼓集》是这方面的一个突出成果。

《边鼓集》的作者有文载道(金性尧)、周木斋、周黎庵、屈轶(王任叔)、柯灵(高季琳)、风子(唐弢),全书六卷,每人一卷,书中所收文章多数发表在柯灵主编的《文汇报》副刊《世纪风》上,故由英商文汇有限公司出版,列为《文汇报》文艺丛刊第一种。一九三八年十一月二十一日《文汇报》有《边鼓集》出书广告,称该书是"抗战文艺的丰碑,一年来杂文代表作总集"。

书名是巴人起的,之所以叫"边鼓集",用意是想说明,抗日还得靠真刀实枪,摇笔弄舌只不过是敲敲边鼓,聊以助战罢了。书的作者在《弁言》里说得明白:"我们六个人,在这之前,在这之间,而且也将在这之后,不放弃我们打边鼓的责任。声音是低微的,然而却是宏大的吼声的集合的一份。……我们原是壕沟里的战士。有谁怯于接受战士的名号,除却战士的风貌吗?谁就得被我们从战壕中掷出去!这是我们的誓约!从笔的斗争到血的斗争,这是我们准备着的路,我们也未必满足于永远打边鼓下去!"

书中所收一百八十一篇杂文,笔锋所向一致。反日、反法西斯、反汉奸、反封建,是其共同主题。他们说:"我们是六个人,我们却是一个人。——中华民族原只是一个人!"但边鼓的敲打却是各有其法,风格、笔调并不相同。如周木斋,曾自称"曾巩式的文人",旧文学的底子深,故他的文章多不直说,迂回曲折,显得意境深沉。

《边鼓集》的作者加上孔另境,后来又合出过一部《横眉集》,书名是从鲁迅《自嘲》诗中"横眉冷对千夫指"之句取来的。他们在序言中更加积极提倡鲁迅式的杂感:"文艺杂感是文艺工作者最警觉性的表现。鲁迅先生已经有很伟大的业绩,留给我们做楷模。从他数百篇的杂感文里,反映了各时代的轮廓和特质,而同时也充分表现了作者对社会和政治的警觉性。我们这一群,既无先生的博洽多闻,又乏先生的洞见卓识,所以作为和先生同一开展而存在的时候,实在显得非常肤浅和幼稚。虽然如此,在我们的每一篇文字中,仍含着一个文艺工作者对社会和政治的警觉性。在目前,文艺杂感的任务较任何过去的时代来得繁重,因为它不但要暴露和袭击国内各阶层的恶劣倾向,而且还得负着剥露和击刺国外侵略者的丑态和毒计的责任。也因为此,所以每一篇文艺杂感的内容,必须是代表着纯洁的正义的大众的吼声。"

《边鼓集》的作者,除周木斋早故,个别后来政治上有了变化之外,像巴人、唐弢、柯灵,都是我国现代杂文园地里有声誉的老手了。

一九八〇年六月

张闻天早年的文学译著

我国新文学发展进程中,有一个引人瞩目的现象,那就是我们党初期的一些领导人或活跃人物,不少在专事革命实际工作之前,程度深浅不一地和文学打过交道。他们的创作和译著中闪烁着早年的卓见和才华。后来由于工作性质的转移,才不得不放弃或减弱了这种浓厚的兴致。

张闻天同志,在"五四"运动后不久,就接近了新文学。一九二一年他在东京求学时,常有习作,并投寄当时由茅盾主编的《小说月报》。内容多侧重外国作家的介绍和研究,如对托尔斯泰和泰戈尔的评论。一九二三年他在美国加利福尼亚华文报纸《大同日报》任编辑时,业余从英文转译了其时新得诺贝尔文学奖的西班牙最著名的戏曲家倍那文德的两个剧本《热情之花》与《伪善者》。茅盾在新近发表的《我所知道的张闻天同志早年的学习和活动》一文中说:"刚好我在上海也把美国文学杂志 *Poetlore* 上登载的倍那文德的《太子的旅行》翻译出来,所以后来(一九二五年)把这三篇戏曲合起来,题名为《倍那文德戏曲集》,在商务印书馆出版,作为《文学研究会丛书》之一。"按,《倍那文德戏曲集》收《太子的旅行》《热情之花》和《伪善者》三个剧本,署名沈雁冰、张闻天合译,一九二五年五月初版。卷首有倍那文德照片二幅,序文二篇。序一为沈雁冰所写,副题是"倍那文德的作风";序二为张闻天所写,译者在文末分别注明,《热情之花》译于一九二三年三月八日,《伪善者》译于一九二三年三月二十二日(茅盾在上文中说张译这两个剧本是在一九二三年二月,可能记忆有误)。

张闻天的这篇序文,对了解其早期社会思想和推崇现实主义的文学主张弥为珍贵。如文中说:"一切艺术家因为感觉的锐敏,所以凡是社会上的缺点他总最先觉得,倍那文德也是不在这个例外的。他对于西班牙社会上种种旧道德与旧习惯的攻击,非常厉害。他以为过去的价值只在能应付现在与未来。过去的本身的崇拜,结果不过阻碍生命的向前发展罢了。""他是一个极端的心理的写实主义者。我们读他的戏剧,第一件注意到的,就是他不着重在动作的描写,他着重的是在进行中的思想与情感。他不是从外至内而是从内至外的戏曲家,他把蕴藏在人生内心中的东西翻出来给大家看。""他是一个写实主义者,他只把社会的、人生的真相如实地写下来,他没有预先拿到了一种成见去造戏剧,也从没有想到他的创造是在为着什么'人生'。"这些见解,今天读来也是不无启发的。

张闻天在序文中说,对倍那文德的戏曲,他最欢喜的是《热情之花》《伪善者》和《白贝公主》,并许下将来再译后一篇的诺言。这个期间,他还从英文译出了俄国安特列夫的剧作《狗的跳舞》(一九二三年十二月商务印书馆初版),译者序言中说:"安特列夫对于人物的描写,不着重在外面的行动,而着重在灵魂的振动。他毫不疲倦地找求着人心中所蕴藏着的革命的、反抗的、愤激的、恐怖的、人道的、残酷的、悲哀的、凄凉的种种精神。用了写实的、象征的、神秘的笔墨传达出来,使读者时而愤怒,时而恐怖,时而悲哀,时而怜悯,时而发狂。他用铁锤敲着我们的灵魂,使得我们不得不觉到战栗!""安特列夫的作品就是我们的利剑,我们要把它拿起来像发疯一样挥舞着去破坏一切。不过破坏之后应该怎样,安特列夫没有回答我们。"一九二三年下半年,他返回祖国,很快参加到党的行列,开始了职业革命家的艰难生涯。以后一段时间,他续有译作,并且还写了剧本、短篇、中篇小说《旅途》等。不过,总的来说,环境的限制和担子的日益繁重,使他不可能有更多机会静下来思考写作什么。翻译《白贝公主》的诺言未能兑现,也许正如他早年文学创作上的诸多美好愿望一样,成为留存在脑际的一种亲切温存的回忆。

一九八〇年六月

《怀旧》的雪泥鸿爪

鲁迅的第一篇小说《怀旧》与《狂人日记》《阿Q正传》不同,是用文言写的,但其讽刺与幽默的风格,却是有迹可寻的。民元前后鲁迅留存下来的作品不多,《怀旧》理应受到重视。

鲁迅生前对这篇处女作好像并不在意,连它的写作日期,也记忆不太确切,他在致友人的一封信中说"那时恐怕还是在革命之前",实际上是写于辛亥革命之后。是作者在老家写的一篇习作,最初并不是为发表写的。后来拿出去乃至题名、署名,都是周作人一手包办。鲁迅在自己的文章中极少提到它也就可以理解了。

周作人一九三六年写了《关于鲁迅》一文,曾经说到《怀旧》的写作和发表情况:"他写小说,其实并不始于《狂人日记》,辛亥年冬天在家里的时候,曾经用古文写过一篇,以东邻的富翁为模型,写革命前夜的情形,有性质不明的革命军将要进城,富翁与清客闲汉商议迎降,颇富于讽刺色彩。这篇文章未有题名,过了两三年,由我加了一个题目与署名,寄给《小说月报》,那时还是小册,系恽铁樵编辑,承其复信大加称赏,登在卷首。"据周作人日记,是壬子(一九一二年)十二月六日,周作人将《怀旧》寄给上海《小说月报》;十二日小说月报社复函,稿收;廿八日由信局转来小说月报社稿酬洋五元。但迟至癸丑(一九一三年)四月《小说月报》第四卷第一号才刊出。那时鲁迅已由绍兴、南京而北京了。小说月报社将该期刊物寄往绍兴,由此推想鲁迅当时未必能及时阅到。

周作人不仅加了《怀旧》的题名,而且加了周逴的署名。周逴是周作人当时翻译外国小说时所用的名字。周作人自己曾说,"其后翻译小说卖钱,觉得用笔名与真姓名都不大合适,于是又来用半真半假的名氏,这便是《红星佚史》《匈奴奇士录》等的周逴。当初只读半边字,认为逴从卓声,与'作'是同音"。由于《怀旧》的署名,鲁迅死后招来过一些麻烦。《天下文章》第五期上,曾有世骥《鲁迅译的〈红星佚史〉》一文,认为署名会稽周逴译述的《红星佚史》(英国罗达哈葛德、安度阑原著)"实为鲁迅先生所译"。林辰一九四四年七月曾撰《论〈红星佚史〉非鲁迅所译》辨之,引周作人一九二六年十一月一日所写的一篇序文为证:"我最初所译的小说是哈葛德与安度阑合著的《红星佚史》,一半是受了林译《哈氏丛书》的影响,一半是阑氏著作的影响。"周作人一九四五年所写《遗失的原稿》一文亦有说明:"光绪丙午九月我到东京,住在本乡汤岛的伏见馆内,慢慢动手翻译英国哈葛德、安特路郎共著的小说《世界欲》,至丁未二月译成,改名为《红星佚史》,由故蔡谷清君介绍,卖给商务印书馆,得价洋二百元。"

《小说月报》编者恽铁樵在收到《怀旧》投稿时,不会知道这个周逴的底细。但他赏识这篇作品,发表时加以推崇,确系难得。编者在小说中有十来处圈点,文末注云:"实处可致力,空处不能致力,然初步不误,灵机,人所固也,非难事也。曾见青年才解握管,便讲辞章,卒致满纸饾饤,无有是处,极宜以此等文字药之。焦木附志。"编者的赞许偏重于"辞章",是其局限。半个世纪过去了,对《怀旧》思想艺术的细致的分析,至今也还是做得非常不够的一件事。

一九八〇年七月

文学研究会宣言的起草者

文学研究会宣言,是研究我国新文学运动发源的一篇极为重要的资料。它的起草者是谁,本来是确定的。一九二一年二月十日出版的《小说月报》第十二卷第二号上,有《文学研究会会务报告(第一次)》一文,其中说到该会发起之经过:"十二月四日,北京的同志又在万宝盖耿宅开一个会,讨论并通过会章,并推周作人君起草宣言书。"可能由于宣言的起草者后来政治上的变化,而后发表的一些当事人的回忆文章中不大提及这个事实。前些年,忽然传起宣言乃出自非会员的鲁迅之手,惜未得到有力的证实。茅盾在《革新〈小说月报〉的前后》(载《新文学史料》第三辑,一九七九年五月出版)一文中说:"文学研究会的宣言,据郑振铎说,是周作人起草而经鲁迅看过的。"由于茅盾在文学研究会中的主干地位,他的意见自然值得重视。茅盾虽是文学研究会十二个发起人之一,但酝酿成立这个组织时,他并不在北京。故他于一九三二年为《现代》杂志写的《关于文学研究会》一文,并没有提供多少该会发起筹备的具体情况。这次他谈到宣言的起草人时,用了"据说"两字,可见其写作回忆录的严肃认真态度。

我很想知道周作人在自己的文章中,是否有关于这件事的记载,平日看书时遂加以留意。结果发现两则,不妨介绍。

周作人在一九六六年一月脱稿的《知堂回想录》第一三五节中说:"民国

九年(一九二〇年)我很做了些文学的活动,十一月二十三日下午到东城万宝盖胡同(俗语王八盖)的耿济之君家里开会,大约记得是商量组织'文学研究会'的事情,大家叫我拟那宣言,我却没有存稿,所以记不得是怎么说了,但记得其中有一条,是说这个会是预备作为工会的始基,给文学工作者全体联络之用。可是事实正是相反,设立一个会便是安放一道门槛,结果反是对立的起头,这实在是当初所不及料的了。"

他在一九四四年十二月五日写的《文坛之外》一文中,有更清楚的述说:"文学研究会成立,我也是发起人之一,那篇宣言是大家委托我起草的,曾登在《新青年》八卷五号上,所以我至今保留着。宣言共分二点,除联络感情与增进知识外,其第三项云,'三、是建立著作工会的基础。将文艺当作高兴时的游戏或失意时的消遣的时代,现在已经过去了。我们相信文学是一种工作,而且又是于人生很切要的一种工作,治文学的人也当以这事为他终生的事业,正同劳农一样。所以我们发起本会,希望不但成为普通的一个文学会,还是著作同业的联合的基本,谋文学工作的发达与坚固。这虽然是将来的事,但也正是我们的一个重要的希望'。这个工会的主张在当时发起人虽然都赞成,却是终于不能实行,所以文学研究会前后活动了十年,也只是像平常一个文学团体那么活动,未能另外有什么成就。"(周作人:《立春以前》,上海太平书局一九四五年八月初版)上述引文中所说宣言"曾登在《新青年》八卷五号上",显然系作者记忆有误。是期《新青年》上有周作人的《文学上的俄国与中国》一文,还有其他译作。文学研究会宣言却是刊在一九二一年一月十日在上海出版的《小说月报》第十二卷第一期上。当时《小说月报》的主编茅盾近来回忆说:"在《小说月报》十一卷十二号付印时,'文学研究会'发起人名单及宣言、章程等尚在酝酿中。'文学研究会'的宣言、简章、发起人名单是在当年十二月中旬方由郑振铎寄来,刚刚赶上十二卷第一期最后一批发稿,就以'附录'形式全部刊出。"

弄清宣言的起草者,不仅说明我们尊重历史事实,而且对研究周作人这个有影响而又复杂的作家也是不无意义的。

一九八〇年七月

业 余 佳 作

在早期共产党人中,像张闻天这样有成绩的作家并不多。一九三六年出版的《新文学大系·史料索引》卷撰有一百四十二位作家小传,其中共产党领导者,除陈独秀、瞿秋白,仅张闻天。小传说张"是小说作者、译者、文学研究会干部。作品发表于《小说月报》甚多。有长篇《旅途》《青春的梦》。译著有科洛涟科《盲音乐家》"。

不过,早期共产党人中业余爱好文艺的,实在不是一个两个。可以说,不少人与文艺都有过因缘,并留有习作。

比如李富春同志,大家知道,大革命失败后他在上海负责江苏省省委时,曾做过革命文艺界的工作,但并不是很多人知道,早在五四时期他就写过白话小说。一九二〇年六月当富春同志在法国勤工俭学时,他写了短篇《一个法国兵的忏悔》,发表在次年一月二十九日、三十日、三十一日国内出版的《时事新报·小说》栏内,作品约四千字,以第一人称的口吻,亲切叙述了"工读之余"从"一个脱了左手的法国人——退伍兵"那里听来的"许多感人的话",表现了对帝国主义者发动的非正义的第一次世界大战的厌恶和反对。主题是进步的,且有一定的艺术感染力。在新文学运动不及一年的文苑里,这是新鲜可喜的收获。如果认真翻阅旧报刊,可能还会有这类"发现"。

周恩来同志青年时热衷于新诗写作。在他逝世后,这些诗作才得到较齐全的搜集、整理,并于一九七八年由人民文学出版社出版了《周恩来青年时代诗选》。其中有些诗,当年颇知名,虽然读者不一定明了作者即是而后的周恩来。如《游日本京都圆山公园》,作于一九一九年四月五日,刊于《觉悟》第一期,署名"五"。这首诗被北社编选的一九一九年《新诗年选》(一九二二年上海亚东图书馆初版)收入。编者自谓编选"非常谨严","所选入的,不过备选的诗全数六分之一"。编者加有评语推荐这首诗:"作者似乎是个女诗人。冰心女士的小说,句句有个我在。这首诗里深涵着自然幽雅的女性美。即使作者是个男子,也无愧乎诗人的本色。诗世界的司命本是女神呵。"所"评"未必全然精当,但能捕捉住"个性"这个鲜明的特色,在当时也就不易了。

一九八〇年七月

叶灵凤与麦绥莱勒木刻连环故事集

上海良友图书公司三十年代出版过不少有价值的文艺书籍,开本、装帧都相当别致。那皇皇十大部新文学大系更不必说了,一九三三年出版的当代比利时老版画家弗朗士·麦绥莱勒的四部木刻连环故事集亦为人称道。当其中《一个人的受难》印数达到两千册时,鲁迅在致该书编辑赵家璧的信中欣喜地写道:"我希望二千部能于一年之内卖空,……这才是木刻万岁也。"

良友为介绍这套德文版的木刻故事集,分别请了四人作序。鲁迅、郁达夫,自然求之不能;赵家璧是这套书的编辑,不解的是,为何邀请叶灵凤?叶虽是名家,又酷爱版画木刻,但稍稍读过鲁迅著作的人,都知道要将他和鲁迅联在一起,总得要有点特殊的机缘。我一直在惦记解释这个谜,冰释这个疑窦。能读到的有关文章不能使人满足。偶然看到叶灵凤六十年代初在海外写的一篇文章,使人喜出望外。他在《关于麦绥莱勒的木刻故事集》一文中说:"一九三三年夏天,我在上海一家德国书店里买了几册麦绥莱勒的木刻故事集,给当时良友图书公司的赵家璧见到了,这时良友公司正在除了画报以外,转向印新文艺书籍。赵家璧想翻印这几本木刻集,拿去征求鲁迅先生的意见,鲁迅先生认为可以,并且答应写一篇序,于是这项工作就正式进行了,这就是当年这四本麦绥莱勒木刻故事集在中国出版的由来。当时由鲁迅先生选定了那部《一个人的受难》,由他自己写序,将《我的忏悔》交给郁达夫先生作序。我因为是这几本书的'物主',我自己又一向喜欢木刻,便分配到了一本《光明的追求》,也写了一篇序。剩下一本《没有字的故事》没有人写序,因为赵家璧是《良友》的编辑,便由他自告奋勇地担任了这一册的写序工作。"文章还谈到,因制版的需要,他失去了这四册画集的原本。我想鲁迅当时未必知道这些,否则也许会说几句表扬这位"物主"功绩的话呢!

最近读到戈宝权在香港《新晚报》上发表的《忆叶灵凤》,知道叶故去已经五周年了,戈文感情深重地回忆了以往在治学写作上这位前辈给他的慷慨帮助。中国现代文坛异常复杂,活动在其中的人也够复杂,然而历史是公正的,人民决不会忘记任何一个做过有益工作的人,决不会忘记任何一个人做过的有益的工作。

一九八〇年七月

《沈尹默书曼殊上人诗稿》

苏曼殊,广东香山(今中山)人,清末文坛多才多艺的大家。诗、小说、随笔、翻译,无不染指,且均有硕果。自一九一八年五月在上海广慈医院圆寂病故,坊间赓续编印他的作品集。最早见者为蔡哲夫编纂的《曼殊上人妙墨》,次则青浦王德钟辑的《燕子龛遗诗》及段庵旋编的《燕子山僧集》等。后来愈刊愈多。一九二八年柳亚子暨其长子柳无忌编《曼殊全集》三册,连同附录二册共五大册,由北新书局出版。一九三三年柳氏父子修订增补成《普及本曼殊全集》,开华书局发行,算是当时苏曼殊遗作搜罗较齐全的一个本子。不过,据记载,现存的他的作品,可考的约三十五种,还不及原作数量之一半。

一九二一年十月,沈尹默应友人之请,曾书写《燕子龛遗诗》一卷,并佚诗九首和自作诗七首、词二阕,汇集成册,由上海亚东图书馆发行。题名《沈尹默书曼殊上人诗稿》(又作《沈尹默书苏曼殊诗册》),宣纸线装石印本。张静江(人杰)印行。流传稀少,又因系名书法家沈尹默早期罕见的墨宝,故令人格外珍惜。

《燕子龛遗诗》有五六十首,多为诗人海外漫游时期所作,爱国思亲与感伤情调,盎然其中。可读的好诗不乏,如一九〇九年所作《题拜轮集》(拜轮即今译之拜伦)一首:"秋风海上已黄昏,独向遗编吊拜轮。词客飘蓬君与我,可能异域为招魂?"诗前有一小记云:"西班牙雪鸿女诗人,过存病榻,亲持玉照一幅,拜轮集一卷,曼陀罗花共含羞草一束见贻;且殷殷勖以归计。嗟夫!予早岁披剃,学道无成,思维身世,有难言之痛!爰扶病书二十八字于《拜轮》卷首,此意惟雪鸿大家能知之耳!"

沈尹默书竟《燕子龛遗诗》附有数语,"亡友曼殊遗作据柳安如刊本写出者,曼殊意为诗,然随作随弃,无写定本,柳刊恐尚有脱佚",他补辑并书写出得之于友人处"实其为子谷(曼殊字子谷——引者)所作而柳刊失载"者九首,一九二三年秋周瘦鹃编纂《燕子龛残稿》时,这九首全被收入,唯个别字有不同。

曼殊还工于绘画。《诗稿》中沈尹默书写的自作题《曼殊画册》二首,其一为:"脱下袈裟有泪痕,旧游无处不伤神。何堪重把诗僧眼,来认江湖画里人。"观者对画家思想和情感如此了解,颇有点令人对当今某些批评家喜爱板起面孔尽说套话之积习生起几分厌恶。

一九八○年八月

《王贵与李香香》诗名的由来

李季成为有广泛影响的著名诗人,是与他的代表作《王贵与李香香》的发表分不开的。一九四五年十一月,当他在严寒中开始写作这首长篇叙事诗时,还只是个二十岁出头的年轻人。陕北人民的斗争生活激动着他,民歌信天游浑厚的感情触发着他。为将民歌体引进新诗创作,为我国新诗发展打开一条新路,他广为收集民歌,记下的民歌素材有十多本,写在粗糙的马兰纸上。诗人早年的才华和刻苦勤奋,使他在诗坛上"一鸣惊人",取得如此优异的成就。

这首诗起初是以口头的方式在群众中流传,有过手抄本,一九四六年夏天在石印的《三边报》上连载。不久投寄给延安党中央机关报《解放日报》。全诗长约千行,共三章,《解放日报》从九月二十二日起,连刊三天。第一章发表时,配有编辑写的题为《从〈王贵与李香香〉谈起》的推荐文章,二十八日发表了陆定一写的《读了一首诗》,就他夺取旧文化的堡垒与学习劳动人民所喜闻乐见的民族形式的意义加以高度赞扬。新华社当即向国内外播发了全诗(被译成英文)和陆定一的文章。宣传规模之大,是当年延安发表文艺作品所罕见的。

诗原名《太阳会从西边出来吗?》,现在的题名是编辑发表时改换的。原《解放日报》副刊编辑黎辛在一篇忆念李季的文章中说:"冯牧说起诗的标题原叫《太阳从西边出来了》,是我们和作者商量改成《王贵与李香香》的,我回忆好久才想起这件事。"这个"回忆"是可靠的(原诗名记忆不确)。新近出版的《新文学史料》上有雷达同志的《泥土和石油的歌者——记诗人李季》一文,其中说:"同年九月二十二日,《解放日报》的编者冯牧、黎辛把原题《太阳会从西边出来吗?》改为《王贵与李香香》发表了。"这篇访问记,记叙备详,据笔者所知,李季生前曾过目修订。诗人偏爱信天游,诗稿中引用了不少。《解放日报》刊登时原有副题"三边民间革命历史故事",解放后印单行本,作者自己将它去掉了。诗名就成了现在大家熟悉的"王贵与李香香"了。

对于当年给予过自己创作以热情帮助的编辑,李季念念不忘。他对有的同志数十年来始终亲切地称为"大哥",可以看成是诗人表达这种感激之情的一种方式。

一九八〇年八月

巴金第一部长篇《灭亡》的问世

三十年代,鲁迅曾称赞地说:"巴金是一个有热情的有进步思想的作家,在屈指可数的好作家之列的作家。"经过半个世纪的辛勤努力,如今,巴金已是誉满海内外的大作家了。

不过,五十多年前,当巴金初出茅庐、踏入文坛之时,他还是一位不曾引人注目的青年。文学期刊的编辑适时地向他伸出了热情之手,使他顺利地充满信心地迈开了第一步。

一九二七至一九二八年巴金旅居巴黎求学期间,写出了第一部长篇《灭亡》。一九二八年八月,巴金从法国一座小城沙多—吉里把它寄回祖国,给当时在上海开明书店门市部工作的友人索非,征求他的意见。索非将这部稿子介绍到影响广泛的《小说月报》。其时,《小说月报》的编者郑振铎正外出,临时由同是商务印书馆编辑的叶圣陶、徐调孚接替。叶圣陶是文学研究会的主干之一,"五四"新文学运动时期的活跃人物,一九二八年已写出著名的长篇小说《倪焕之》。这位有见识、为人忠厚的作家兼编辑,当接读《灭亡》原稿时,很为这位陌生的作者高兴,当即刊发,连载四期,该刊一九二九年四月号(第二十卷四月号)叶圣陶以记者的名义所写的《最后的一页》中说:"巴金君的长篇创作《灭亡》已于本月号刊毕了,曾有好些人来信问巴金君是谁,这使我们也不能知道,他是一位完全不为人认识的作家,从前似也不曾写过小说,然这篇《灭亡》却是很可使我们注意的,其后半部写得尤为紧张。"同年十二月号(第二十卷十二月号)编者又以记者名义写了《最后一页》,再次推荐这部小说,说本卷刊了两部长篇:巴金的《灭亡》和老舍的《二马》,"这两部长著在今年的文坛上很引起读者的注意,也极博得批评者的好感,他们将来当更有受到热烈的评赞的机会的"。

人们总爱谈论作家和编辑之间的关系,由于职业的偏见,我总觉得他们应该是事业上的诤友,编辑默默无闻的劳作,为许多后来成了名的作家所不忘。巴金素来对叶圣陶崇敬,与此不无关系。

一九八〇年八月

郁达夫的早期代表作《沉沦》

"五四"新文学运动在小说领域的果实是丰硕的。除鲁迅、叶绍钧(圣陶)外,在早期小说家中,郁达夫有独特成就。他的第一本书《沉沦》(一九二二年上海泰东图书局出版,内收《沉沦》《银灰色的死》《南迁》三个短篇)与当时其他小说大异其趣,在内容和技巧上显示了崭新的特色。

郁达夫一九一一年留学日本后,接触和阅读了大量外国文学作品,受到高尔基、契诃夫特别是王尔德、汤姆生、左藤春夫作品中的浪漫主义影响。一九二一年,他写出处女作《银灰色的死》(据作者说,最早在北京时还写过一篇《还乡记》,可惜烧失了),接着又写了《沉沦》和《南迁》等。《沉沦》的思想和风格可以代表达夫这一时期的创作。

《沉沦》以"惊人的取材和大胆的描写"震动了文坛,影响一时。小说真实地剖析和刻画了"五四"落潮后,一个留日青年学生在异邦眼看现实的罪恶,不忍受辱,思乡思亲而又无法解脱的苦闷。作品中虽有某些不健康的描写和伤感的情调,但基调是对封建道德伦理的揭露和鞭笞。小说表现的知识青年苦于无出路的复杂精神状态是属于那个时代的,有相当的典型性,因而发表后引起了广大青年知识分子情感上的强烈共鸣。卫道者视之,大为恼火,说它是不道德的小说,足以败坏世俗人心。两种对立的意见,有过激烈的交锋。郭沫若后来在《论郁达夫》一文中说:"他那大胆的自我暴露,对于深藏在千年万年的背甲里面的士大夫的虚伪,完全是一种风雨式的闪击,把一些假道学、假才子震惊得至于狂怒了。为什么？就因为有这样露骨的直率,使他们感受着作假的困难。"《沉沦》的结尾充满了爱国主义精神,请听主人公的声音:"祖国呀祖国！我的死是你害我的！你快富起来,强起来吧！你还有许多儿女在那里受苦呢！"达夫在《忏馀独白》一文中说:"我的抒情时代是在那荒淫残酷、军阀专权的岛国度过的。眼看到故国的陆沉,身受到异乡的屈辱,与夫所感所思,所经所历的一切,剔括起来没有一点不是失望,没有一处不是忧伤,同初丧了夫主的少妇一般,毫无气力,毫无勇毅,哀哀切切,悲鸣出来的,就是那一卷当时很惹起了许多非难的《沉沦》。"可见《沉沦》是有深刻的社会内容的,是对封建社会的一种叛逆和反抗,即使有些消极的东西,同张资平那些恋爱小说性质不同,不可相比。

郁达夫早期小说带有明显的自传性质,叙述亲切感人,富有浪漫色彩,长于心理分析和描写,唯结构稍嫌松散,这些表现手法,在当时颇有新鲜感,显然与受外国文学的影响有关。

一九八〇年八月

初版《鲁迅全集》话絮

鲁迅逝世不及两年,规模宏大的《鲁迅全集》备遭艰难在沪诞生了。这是中国现代出版史上光彩的一页。

关于一九三八年版《鲁迅全集》出书的经过,当年许广平撰《〈鲁迅全集〉编校后记》,有较具体的记述。其他当事人也陆续有所回忆。由于当时客观环境的局限,个人很难全面了解党支持下的上海进步文化界为此所做的种种努力。

比如,《全集》出版经费来源,有过几种说法。一说"社员(指复社——引者)凡二十人,各阶层的人都有。那时,社费每人是五十元,二十个人共一千元,就拿这一千元作为基础,出版了一部《鲁迅全集》";另一说复社由于出版畅销书《西行漫记》,有了一些积累,"就在这仅有的资金积累和可靠的读者组织的基础上,复社承担起出版六百万字的《鲁迅全集》的突击任务来"。此外,还有别的说法。据说,当年出版一本像样的书需千元左右的资金,印制精美的二十大本的《鲁迅全集》所耗费用就很可观了。茅盾前两年有段回忆,有助于说明这个问题。他说:"编印《鲁迅全集》的纪念委员会是一九三八年在上海成立的。当时我在香港,曾为出版全集事,与商务印书馆香港分馆洽商,但最后商务印书馆不愿担风险,所以只好由纪念委员会设法出版。但排印时就得先付排印费,由黄定慧女士担保向银行开了个支付户,解决了排印时陆续付款的问题,黄定慧当时是《中国译报》(上海出版)的发行人。"(《鲁迅研究资料》第一期)文中《中国译报》疑为《每日译报》之误。

又如,《全集》在沪的发行,也不是一个简单的事。据一九三八年五月二十三日《文汇报》副刊《世纪风》刊明,《全集》预约处为:南京路新新公司,北京路通易信托公司,四马路远东图书杂志公司,霞飞路霞飞市场四号西风社。这四处,估计均是上海地下党通过直接、间接关系联系上的。可见,动用的社会力量是相当广泛的。

郑振铎生前回忆《鲁迅全集》最初出版情况时说过:"这工作,虽然发动于'复社',虽为'复社'所主持,而其成功,'复社'实不敢独居。这是联合了各阶层的'开明'的'正直'的力量才能完成的。"(《记复社》——《蛰居散记》第十五节)复社对出版一九三八年版《鲁迅全集》有巨大功绩。作为主要当事人之一,郑振铎这几句话既谦虚又实际。

一九八〇年八月

我国第一份"诗刊"

一九二二年初,我国第一份专刊新诗和诗评的杂志——《诗》在上海诞生。

创刊号一月十五日出版,月刊,第一卷五期。第二卷次年四月十五日始,出两期,共七本。每期发行千余份。创刊号两个月后曾再版一次。后来由于稿件短缺,编者分散,自动终刊了。

《诗》在倡导新诗上颇有功绩。它的经常撰稿人有胡适、周作人、沈雁冰、郑振铎、叶圣陶、俞平伯、朱自清、王统照、郭绍虞、刘延陵、徐玉诺等名家,又有汪静之、冯雪峰、潘漠华、应修人等后起的湖畔派青年诗人。

《诗》的创刊号版权页上注明编者是"中国新诗社",这是虚设的,并非真有这么一个实际存在的文学组织。《诗》的编者,或"中国新诗社"的成员,就是叶圣陶、朱自清、刘延陵三人。实际负责编辑工作的是叶、刘。《诗》三号、四号封二刊登的记者所写《投稿诸君鉴》中说:"本刊系我们三数同志所办","今请以后诸君惠稿,都寄苏州甪直叶圣陶收,或杭州第一师范转刘延陵收"。第五号又申明"收稿处——苏州大太平巷五十号叶圣陶;杭州第一师范转刘延陵",二卷第一号收稿处仅"上海闸北永兴路八十八号弄内第四家叶圣陶"。叶、朱、刘都是文学研究会成员,新诗的先驱者。叶、朱大家比较熟悉,无须介绍。刘延陵在海外漂泊了五十多年,现很少为国内人所知,当年他写过不少新诗,还有译诗,发表于《小说月报》《诗》《文学周刊》。三十年代的中学课本几乎都选有他的诗,最常见的是那首十一行不足八十字的《水手》。《新文学大系·史料索引卷》列有他的小传。一九二一年秋,叶、朱、刘同任教于上海吴淞中国公学中学部,朱与刘是苏北老乡,早就要好,经朱的介绍,叶、刘相识。出于对新诗的共同爱好,他们商定办一个杂志。冬天,叶圣陶去找上海中华书局编辑部负责人左舜生(左也写新诗)洽谈,书局允诺承印,但不给稿费,每期仅送刊物部分(编者曾在刊物上公开讲明:"本刊每期出版,中华书局都以数十册交同人分赠投稿诸君;同人所能报答诸君盛意者不过如此。")。创刊时,编者未署"文学研究会",是因为酝酿办这个刊物,不是文学研究会研究决定的,而是凭几个人的兴致弄起来的。第四号起编者改为"文学研究会",据叶圣陶回忆,这是郑振铎的动议。新诗当时颇遭守旧派的非难,郑振铎所编文学研究会的《文学旬刊》为新诗大声呐喊。《诗》办起来了,有相当的影响,编者和主要作者又是文学研究会的主干,将它改为"会刊",加强新诗的阵地,是顺理成章的事。第四号编者写的《读者赐览》中说:"现因本刊创办人都是文学研究会的会员,故大家协议,将本刊作为文学研究会定期出版物之一。"第五号封面上标明"文学研究会定期刊物之一"。改刊之后,编者想增强论争性,第四号《编辑余谈》中说:"《学衡》杂志里常常有反对新诗的文章,有许多,已经被《文学旬刊》驳过。最近《学衡》第六期里又翻译了美国某教授底一篇《论新》,其中也说到新诗。本刊第五期里将有一篇文字和他为有趣味的商酌;不妨在此预告一声。"可惜,由于"作者患病",这篇文章第五号未见。

一九八〇年九月

"诗人的欢喜"

《诗》成为文学研究会的刊物之后,编者并不想把它办成同人刊物,在第四号上,就公开表明了这点心迹:"我们并不愿意专门把自家几个朋友的稿件颠来倒去地登载;如果读者有佳妙之作寄来,我们总当尽先采用。"有言,有行。是期卷首发表了几位陌生作者的作品,编者说:"我们故意把这些新的投稿者的作品编在头上,用以表示我们的热烈欢迎。"

翻检几期刊物,发觉编者的这种"度量"从始就有。创刊号上有陈南士一首《诗人的欢喜》,诗前有一小引:"午后过市,见一卖铜器小贩,手《女神》读之,不觉惊喜赞叹。"全诗十行:

> 你能够听取诗声,
> 你便是女神所要寻索的人!
> 你若为了一切愁烦、劳苦,
> 要从伊求得安慰;
> 我相信伊真能给你的。
>
> 诗声散布市上,
> 诗声散布田里,

诗声散布工场，

诗声散布各处。

诗声超度了各人的灵魂，

这便是诗人的欢喜。

读后使人真有点"欢喜"。诗本身并无什么出众之处，甚至可以说，对《女神》意义的捕捉也不是很准。但它用诗的形式反映了这个事实：《女神》在当时所产生的广泛的影响。创造社与文学研究会在文艺思潮上很不一致，有过争执，编者能将这首诗发出来，这样做，并不容易。

同一期还有一首署名"失名"的小诗《冬天》：

冬天到了，

这些树叶儿全冻死了。

朱自清为这句诗写了《跋》："我今夏在扬州审查小学国文成绩，偶然从一本国民学校的课文里，看到这一句。当时颇欢喜，以为很像日本的俳句，只有儿童纯洁柔美的小心里，有这样轻妙的句子流露。又以为他实兼写景、抒情之美。后来钞给平伯看，平伯也以为佳，原文无题目，无句读，也不曾分行。现有却用句首二字作题，又加了标点，分两行写了；但这都没大关系。"短短的十三个字，引来了编者这段热情的文字。数十年后读来，依然令人感动。

一九八〇年九月

"湖畔"诗人

新文学运动不久,湖畔(西湖之畔)诗社在杭州成立。这是一个青年诗人的自由结社,成员有潘漠华、应修人、冯雪峰、汪静之。当时都不足二十岁。除应修人外,均在杭州第一师范就读。

他们以具有反封建意义的淳朴的爱情诗冲进了诗坛。诗体自由,情感率直,充满了对恋爱和婚姻自由的向往。朱自清后来在《选诗杂记》一文中曾说:"中国缺少情诗,有的只是'忆内''寄内',或曲喻隐指之作,坦率地告白恋爱者绝少,为爱情而歌咏爱情的更是没有。……真正专心致志作情诗的,是湖畔的四个年轻人。他们那时候差不多可以说生活在诗里。潘漠华氏最是凄苦,不胜掩抑之致;冯雪峰氏明快多了,笑中可也有泪;汪静之氏一味天真的稚气;应修人却嫌味儿淡些。"朱氏的这段话,对了解他们的为人诗风,极为精到。

湖畔四诗人最初的作品,不少发表在《诗》上。《诗》的几位编者,先后在浙江一师执教,他们的热情浇灌,对青年诗人的成长很有影响。

现存冯雪峰最早的两首诗《小诗》和《桃树下》,刊于《诗》一卷二号。《小诗》写于一九二一年十一月二十一日,诗人时年十八,短短四行:"我爱小孩子,小狗,小鸟,小树,小草,所以我也爱作小诗。但我吃饭偏要大碗,吃肉偏要大块呵!"表明诗人虽爱写小诗,但不囿于小诗,诗歌创作上有更多的企求。

汪静之的诗在《诗》上披露的不少于十五首。创刊号一次用了短诗七首。其中有当时激起强烈反响的名篇《蕙的风》。这首诗描写爱情之真实大胆,遭到封建卫道士的非议,其境遇与郁达夫短篇小说《沉沦》的发表颇有相似。"文艺与道德"问题讨论,即由《沉沦》与此集所掀起。《诗》编者对它加以肯定推荐,第二期《国内诗坛消息》中说:"汪静之君作诗很多,现在编成一集,名是《蕙的风》。听说这部集子将由亚东图书馆出版。"该集一九二二年由亚东图书馆出版发行。卷首有朱自清、胡适、刘延陵的序文,共四辑。大部分是歌咏恋爱的抒情诗,长诗《愉快之歌》《海滨》也是不错的。

湖畔四诗人一九二二年出了合集《湖畔》,湖畔诗社版。次年湖畔诗社又出了冯、潘、应三人合集《春的歌集》。汪静之除《蕙的风》外,开明书店一九二七年出版了他的另一部诗集《寂寞的国》。

一九八〇年十月

《大观园名媛百花诗》

《大观园名媛百花诗》一卷,旧抄本,不知谁氏所作。郑振铎原藏,现归北京图书馆。

《红楼梦》自世间流传后,很快有了各种方式的议论。诗词题咏是其一。这类作品现存不少。如嘉道间焕明撰稿本《金陵十二钗咏》,共林黛玉、薛宝钗、史湘云、贾元春、贾迎春、贾探春、贾惜春、妙玉、王熙凤、巧姐、李纨、秦可卿七律十二首。《大观园名媛百花诗》抄写年代约在嘉道间,可想成稿之日当更早。

书名"百花诗",实九十九人,七绝九十八首。第五十首《四姐儿珍珠花》重出,李绮、李纨两人一首。有趣的是,作者将"宝玉"也列入"大观园名媛"。原抄本秩序凌乱,间有讹误。一粟编《红楼梦书录》未录。

当年这类题咏,多是游戏之作。此书有些不同。作者对"名媛"的评骘,难免也有俗气、偏见,但不乏可贵的见地。如对王熙凤,《金陵十二钗咏》:"门户全凭妇主持,风流公子让蛾眉,闺房笑谑含羞夜,帷薄纷争带醉时。未必仓庚能愈病,应教周姥早传诗。丈夫尽有床前乐,借问男儿若个知。"实在没有什么意思。《凤姐笑靥花》却是:"春风满面弄眉颦,笑里锋芒可畏人,巾帼丛中称辣手,居然魏武是前身。"就多少有点内容。作者往往几句能道出人物性格的某一侧面。《薛宝钗芍药花》:"葳蕤四出灿高枝,密叶葱茏隐陆离,玉色微酣光并照,春风秋月总相宜。"平儿性格中也有"总相宜"的特点:"芳姿旖旎最宜人,得免莺啼与燕嗔,信是此花能耐久,红腮常占四时春。"对宝玉"无情"的微词和对黛玉"情痴"的同情:"聪明心性自天成,疑是神仙降玉京,幻海茫茫轻一转,多情到底却无情";"绛珠仙草降瑶池,还泪酬恩事更奇,莫道情情情不了,人间天上总情痴。"将妙玉比作"梅花"——"玉骨冰肌耐岁寒,暗香疏影自盘桓,仙姑欲比梅花洁,孤僻心高历劫难。"淡淡几笔勾勒出刘姥姥的轮廓:"村老积年多阅历,侯门献笑结欢心,漫言赚得银钱去,患难扶持报亦深。"援引以上数首,意在说明,《大观园名媛百花诗》不失为一部早期有价值的"评红"著作。

一九八〇年十月

徐玉诺与散文诗

他不是一位非常闻名的新诗探求者。但在新诗发展的漫长的路上留有他的足迹。尤其对散文诗的兴起,他有不该被忘却的功绩。

徐玉诺,河南鲁山县人,一八九四年生,一九五八年卒。早年读过中等师范,一九一八年在家乡受《新青年》提倡的白话文运动的影响开始写新诗。处女作刊登在北京《晨报》上。一九二一年文学研究会成立,不久被吸收入会。诗歌创作激情炽热。所作大都发表于《诗》和《小说月报》。一九二二年与周作人、俞平伯、朱自清、叶绍钧、郑振铎、郭绍虞、刘延陵合出诗集《雪朝》。同年八月商务印书馆出版了他的诗集《将来之花园》,文学研究会丛书之一。可惜诗人在文坛活动的时间太短,一九二五年以后他的名字渐渐在报刊上消失。他是诗人,又是小说作者,第一篇小说叫《良心》。茅盾在《新文学大系·小说一集》的《导言》中说:"徐玉诺是一个有才能的作者,然而他在尚未充分发展以前,就从文坛上退隐了。他在一九二三至一九二四年顷,创作力颇旺,一九二六年起就没有看见他(我不知道他是否尚在人间)。这一位《将来之花园》(诗集)的作者正像叶绍钧在短篇小说(《火灾》)里所写,一方面是热情的,带点原始性的粗犷的,另一方面却是个Diana(月亮女神——引者)型的梦想者……前者的表现是他的小说,后者的是他的诗。不过在诗方面他的成就比在小说方面似乎要高些。"

在诗方面，他的散文诗成就较大。我国现代散文诗从沈尹默、刘半农开始写作，至徐玉诺有发展。《将来之花园》里除小诗外，有像《命运》《记忆》《不可捉摸的遗像》这样短小的散文诗，也有如《紫罗兰与蜜蜂》《花园里边的岗警》《失败的赌棍底门》《梦》等较长的散文诗，文字、意境都是较讲究的。

郭绍虞、叶绍钧对诗人有过不少帮助。叶绍钧欣赏徐玉诺的诗，一九二二年用"圣陶"的名字发表了《玉诺的诗》（《文学周报》第三十九期），称赞他描写景物的诗有"奇妙的表现力，微美的思想，绘画一般的技术和吸引人心的句调"。

《将来之花园》有西谛（郑振铎）写的《卷头语》，末附叶绍钧的《玉诺的诗》，郑振铎在文中指出玉诺诗内容上"悲感"的特点。他引用杜勃罗留波夫的话；"近代俄国著名的诗人，没有一个人不唱颂他自己的挽歌的"，认为玉诺的诗里"曾闪耀着美丽的将来之梦"，"但是挽歌般的歌声，却较这朦胧梦境之希望来得响亮多了"，"玉诺总之是中国新诗人里第一个高唱'他自己的挽歌'的人。"

一九八〇年十月

郁达夫的自序

郁达夫的第一个短篇小说集《沉沦》,一九二一年十月上海泰东图书局初版。创造社丛书第三种。这个本子之所以珍贵,与有一篇简短精彩的自序颇有关系。

是序写于一九二一年七月三十日东京旅次。作者写作这些短篇的初衷,自序中有坦率的说明。

《银灰色的死》(一九二一年正月初二脱稿),是达夫正式发表的第一篇作品,最初没有署名投寄到《时事新报·学灯》栏,半年后突然揭载了出来。在这之前,他在北京作过一篇《还乡记》,可惜原稿被烧毁了。

关于《沉沦》这篇名作,序文说"是描写着一个病的青年的心理,也可以说是青年忧郁病 Hypoc-hondair 的解剖,里边也带叙着现代人的苦闷——便是性的要求与灵肉的冲突——但是我的描写是失败了"。《南迁》"描写一个无为的理想主义者的没落,主人公的思想在他的那篇演说里头就可以看得出来"。这两篇是一类的东西,作者建议把它们作"连续的小说看"。序文还谈道:"这两篇东西里,也有几处说及日本的国家主义对于我们中国留学生的压迫的地方,但是怕被人看作了宣传的小说,所以描写的时候,不敢用力,不过烘云托月地点缀了几笔。"

达夫是个热情诚挚的作家。不独这篇自序,可以说在他的全部作品(包括序文)中,都能使人触摸到他的肉体和灵魂的颤动。他在字里行间,将心灵之扉如此敞开,是很少有作家能匹比的。一九三三年上海天马书店出了一本《达夫自选集》,他在自序中,对被选的十篇小说一一加以评骘,有褒有贬,仿佛是在议论别家的作品。如《二诗人》,他说:"虽近于荒唐,但中国迩来,似乎也在要求这一种幽默文字的增加,因风趣和其他各篇不同,故列在头上,以备一格。""《春风沉醉的晚上》《薄奠》《微雪的早晨》,多少也带一点社会主义的色彩,但因创作年代很旧,故而意识不明,力量微薄,标语口号,不曾提出,本拟删去,免致遗恶影响于后来的作品,但似闻这数篇已被外人翻出了,一旦割去,恐辜负俄日英德诸同志的盛意。因仍留着,以永遗羞。"

最低能的读者和评论家,也不可能完全赞同哪怕是最伟大的作家对自己创作的解释,但详细了解作家的创作动机、背景和自我评诠,无论从什么意义上说,对欣赏和研究都是非常重要的。这就是为什么人们欢迎亲切朴实的自序和创作回忆录一类文字的原因之一。

一九八〇年十月

包天笑与鸳鸯蝴蝶派

我国现代作家中,最长寿的要算包天笑。他活了九十八岁。一九七三年十一月二十四日在香港病逝。

包天笑在文坛前后七十年。中外作家年逾九十而能执笔者可数,而他九十八岁还能每日写作,谢世前一个多月,写了一篇五六万字的长文,可谓奇迹。

现在中年人,对包天笑这个名字熟悉的可能不多,但在老一辈人的记忆里,他可曾是一位活跃非凡的作家,说起清末民初风行的白话通俗小说,不能不想起他。包天笑一生教过书,办过报,主要精力从事小说的译著。作品数量尤多。他通日文,意译为主,有人批评他不忠于原作,但译文读者易懂。翻译以教育小说《馨儿就学记》为代表,一九二六年七月已出八版,可见其影响。一九二四年中华书局出版的他的历史小说《留芳记》(二十回,未完),以梅兰芳为主人公连缀了许多故事,借以反映清末民初的社会政治生活。林纾为小说写了"弁言"。初版三个月即销罄,两三年后才得以再版。日寇侵占时期,被禁止发行,因此绝版。包天笑八十三岁后在香港,写了三十万字的长篇《新白蛇传》和《钏影楼回忆录》正、续集。他谢世后,友人高伯雨替他刊印了《衣食住行的百年变迁》,这些回忆录蕴藏着许多宝贵的资料,对研究民元以来的文化史有价值。

辛亥革命后至三十年代,鸳鸯蝴蝶派在我国文坛影响一时。对这个文学流派的思想和创作倾向,鲁迅、郭沫若、沈雁冰、郑振铎等,均有文进行过批评。过去一些研究文章和文学史,在谈及鸳鸯蝴蝶派作家时,往往提到包天笑,并且将他视为首位。作家本人对此说不同意。

一九六〇年七月二十日香港《大公报》刊有宁远《关于鸳鸯蝴蝶派》一文,其中说鸳鸯蝴蝶派作品的发祥地是上海,但执笔者大多是苏州人,他们也有过一个小小的组织,叫作"星社",主要人物有包天笑、周瘦鹃、程小青、范烟桥等,但还有不少鸳鸯蝴蝶派作家因为原籍不是苏州,所以没有参加。包天笑和周瘦鹃两位的作品发表得比较早,也比较多,但以风格而论,倒还不是道地的鸳鸯蝴蝶派,真正可以代表这一派的前期是徐枕亚、李定夷,后期则是张恨水。包天笑看到这篇文章,于同年七月二十七日在香港《文汇报》写《我与鸳鸯蝴蝶派》进行答辩:"据说,近今有许多评论中国文学史实的书上,都目我为鸳鸯蝴蝶派,有的且以我为鸳鸯蝴蝶派的主流,我名总是首列。我于这些刊物,都未曾寓目,均承朋友们告知,且为之不平者。我说:我已硬戴定这顶鸳鸯蝴蝶的帽子,复何容辞。行将就木之年,'身后是非谁管得',付之苦笑而已。""实在我之写小说,乃出于偶然。第一部翻译小说《迦因小传》,与杨君合作(后林琴南亦译之)。嗣后,有友人自日本归,赠我几部日人所译西方小说,如科学小说《铁世界》等等,均译出由文明书局出版,以后为商务印书馆写教育小说,又为《时报》写连载小说以及编辑小说杂志等。至于《礼拜六》,我从未投过稿,徐枕亚直至他死,未识其人,我所不了解者,不知哪部我所写的小说是属于鸳鸯蝴蝶派。(某文学史曾举出了数部,但都非我写)……苏州的星社,我不是主要人物,它是范烟桥、程小青、姚苏凤、郑逸梅诸君所组织的,他们出版刊物,我亦未参加。"七十年代初,他在回答美国一位青年汉学研究者所问时,再次重申:"人家说我是鸳鸯蝴蝶派的主流,我不承认。"

对鸳鸯蝴蝶派全面历史的分析,是我国近现代文学史回避不了的一个问题。看来弄清史实,在调查的基础上,才可望做出较为公允的评价。

一九八〇年十月

当年的《赛金花》

一个意外的机会,使匆忙了多年的夏衍突然沉静下来,潜心阅读了许多史籍记载,写作了历史剧《赛金花》。

一九三五年二月,中共江苏省委及上海文委遭破坏,夏衍避居到上海一家俄国人开的小公寓。冬天气氛才松动。在这大半年的几乎与世隔绝的生活中,他集中精力完成了这个剧本。夏衍在此之前写过一些电影剧本,但创作七场话剧还是第一次。

夏衍避难后,曾有意放出空气,说到日本或北方去了。一九三六年二月,作者请人将原稿带到北平,再寄投到上海《文学》杂志社。并初次署了"夏衍"(取自父字"雅言"之谐音)这个笔名。"保密"程度之高,竟瞒过了一些好友。《赛金花》于同年四月《文学》六卷四期刊出。十一月韬奋主持的生活书店出版了单行本。十一月十九日"四十年代剧社"在上海金城大戏院首次公演了《赛金花》。由尤兢(于伶)、史东山、洪深、石凌鹤、孙师毅、应云卫、司徒慧敏、欧阳予倩等组成导演团,执行导演洪深(于伶协助)。演员有王莹、王献斋、金山、梅熹、刘琼等。王莹饰赛金花,金山饰李鸿章。演出成功,上座极盛。按约连演六天,租界工部局曾借故扣留布景。年底该社去南京演出,最后一场演出时,国民党文化特务头子张道藩亲自率领打手起哄、捣乱,以后又宣布了对该剧的禁令。

《赛金花》反日反汉奸的主题鲜明。作者说,写作该剧的目的在于"揭露汉奸丑态,唤起大众注意国境以内的'国防'","为了骂国民党的媚外求和",是"在那种政治环境下表达一点自己对政治的看法","这部习作只是以反汉奸为中心的奴隶文学的一种,高居庙堂之上,对同胞昂首怒目,对敌人屈膝蛇行的人物,从李鸿章、孙家鼐一直到求为一个大洋人的听差而不可得的魏邦贤止,固然同样的是作者要讽刺的奴隶,就是以肉体博取敌人的欢心而苟延性命于乱世的主人公,我也只当她是这些奴隶里面的一个。我想描画的一幅以庚子事变为后景的奴才群像,从赛金花到魏邦贤,都想安置在焦点之内。我不想将女主人公写成一个'民族英雄',而只想将她写成一个当时乃至中国习见的包藏着一切女性所通有的弱点的平常的女性"。当时的评论,称赞它是"国防戏剧之力作"。郑伯奇说:"主题的鲜明,布局的紧凑,讽刺的辛辣,情调的悱侧,单以一个文学作品来讲,已经是近年来不可多得的收获。"陈白尘说:"《赛金花》给我们看了一幅汉奸百丑图。"李健吾四十年代初写的一篇文章中将夏衍的《赛金花》和熊佛西写的同名剧加以比较:"和熊佛西先生同时写作的《赛金花》一比,他的剧本洋溢着更多的时代空气。熊佛西先生胆怯,甚至于感伤,把阳光集中于一个可怜的弱女子身上。夏衍先生虽说同情,他的理智,让他明白赛金花'多少保留着一些人性',仍然是'形形色色的奴隶'之中的一个。"自然,对《赛金花》的评价,从始就有分歧,对其缺点、不足,不少人发表过坦率的意见,作者也自认为有不成功之处。但是,十年动乱中,将它打成投降主义的"大毒草",这个"闹剧",却是史无前例的。

一九八〇年十一月

元戎兼诗人的黄兴

辛亥革命期间,涌现出众多文武兼身的先烈。当时与孙中山齐名的黄兴(克强),是军事行动的重要指挥。为革命工作需要,他的行踪,很带有点神秘的色彩,他是神枪手,从海外南洋进出大陆几十次,甚至还乔装过"和尚"呢!

我国现代大画师齐白石在其"自述"一书中,谈到他壮年时在桂林与一姓"张"的"和尚"邂逅的趣事:

> 有一天在朋友那里,遇到一位和尚,自称姓张,名中正,人都称他为张和尚,我看他行动不甚正常,说话也多可疑,问他从哪里来,往何处去,他都闪烁其词,没曾说出一个准地方,只是吞吞吐吐唔了几声,我也不便多问了。他还托我画过四条屏,送了我二十块银圆。我打算回家的时候,他知道了,特地跑来对我说:"你哪天走?我预备骑马,送你出城去!"这位和尚待友,倒是很殷勤的。到了民国初年,报纸上常有黄克强的名字,是人人知道的。朋友问我:"你认识黄克强先生吗?"我说:"不认识。"又问我:"你总见过他?"我说:"素昧平生。"朋友笑着说:"你在桂林遇到的张和尚,既不姓张,又不是和尚,就是黄先生。"我才恍然大悟,但是我和黄先生始终没曾再见过。

一九〇七年下半年黄兴为发动钦州、防城起义和镇南关（今友谊关）起义，两次去广西。据《蔡松坡先生年谱》记载，是年十月，黄兴变姓名为张愚诚，偕赵声潜赴桂，密计起事镇南关。这就从旁证实了白石老人回忆之可靠。

黄兴在戎马倥偬性命朝夕未卜中，不忘向白石求画，足见其对艺文之喜爱。他虽事军务，却写得一手好诗词，以清丽婉约之笔，抒发英雄豪迈之情，风格别致，读来感人至深。作品为数不多，大抵写于武昌起义之前，赠送战友，吊挽烈士，感情沉痛悲愤，充分体现了诗人视死如归的革命决心。萍乡、浏阳、醴凌起义事败，挚友刘道一被害，黄兴在日本听到这个消息时，和刘道一兄刘揆一相抱痛哭，当下写了《吊刘道一烈士》："英雄无命哭刘郎，惨淡中原侠骨香。我未吞胡恢汉业，君先悬首看吴荒。啾啾赤子天何意，猎猎黄旗日有光。眼底人才思国士，万方多难立苍茫。"结尾两句，诗人因痛失人才而久久伫立，凝望苍茫大地，一位忧愤深广、胸臆开阔的革命领导者的形象活现在我们眼前。《蝶恋花·赠李沛基》是一首赠友的佳作："画舸天风吹客去，一段清秋，不诵新词句。闻道高楼人独住，感怀定有登临赋！昨夜晚凉添几许！梦枕惊回，独自思君语：莫道珠江行役苦，只愁博浪椎难铸！"这首词作于一九一一年秋，黄花岗起义失败后在香港写给准备暗杀清朝驻粤大员的李沛基兄弟的。下半阕，写诗人得悉李氏由香港抵达广州后自己的思念，他想起李沛基临行时的壮语："莫道珠江行役苦，只愁博浪椎难铸！"行役之苦算得了什么，担心完成不了指派的任务！诗人既勉励战友，又在鞭策自己。一九一一年四月二十七日黄兴率众在广州举事，凌晨他向党人写了绝命书："本日当驰赴阵地，誓身先士卒，努力杀贼，书此以当绝笔。"这更是一曲激越人心、振奋我民族精神的革命赞歌。

一九八一年一月

茅盾与"ABC"

茅盾一生的文学业绩丰富多样。他既创作了如《子夜》这样的鸿篇巨制，又写过普及文学知识一类的通俗读物。他既是一位伟大的革命作家，又是一位文学园地里的热心园丁。他活在我们记忆里的,就是这样"矛盾"统一着的难忘的形象。

二十年代末,上海世界书局出版了一套供社会青年自学用的"ABC"丛书。编者约请茅盾承担了几个选题。其时的茅盾,名气已很大了。他还是欣然地答应下来,这就是以玄珠的笔名刊行的《小说研究 ABC》《骑士文学 ABC》《中国神话研究 ABC》(上、下)和署名方璧的《希腊文学 ABC》。

这四本"ABC",在茅盾的一生著作中,算不了什么大作。除《中国神话研究 ABC》前两年收进一个集子里重印过,其他三种现在难以找到了。当年却是广大文学青年爱读的书,对他们踏上文学之途助益良多。

茅盾编写"ABC",本是轻易的事。为了将书写好,写得青年读者爱读,读后能获取比较丰富可靠的文学史知识和一定的分析引导,茅盾认真地做这件事。他阅读、参考了大量中西文的原著。每本书篇末,作者开列的"参考用书表",足以说明这点。作者自谦地说是对读者的"微末的贡献"。由于茅盾有渊博的知识和活泼的文艺思想,因此在叙述时,常有独到的见解。他在《骑士文学 ABC》中,除对中世纪西方骑士文学的发展及流派作了介绍,还从文学发展的角度上,对被他称为"中世纪的大废物堆——骑士文学"作了评价,"骑士文学是上承神话传说,下起近代小说的","所以骑士文学的研究,也不一定是多事的"。茅盾甚至在这种小册子里,对一些西方专门研究者长期有争议的问题,也发表自己的意见。据说,二十世纪五十年代,已故翻译家黄素封在翻译英国骑士文学名作、散文史诗《亚瑟王之死》时,就得益于茅盾三十年前写的这本《骑士文学ABC》。

出于同样为青年读者着想的考虑,茅盾力求采用生动活泼的叙述方式。他在《骑士文学ABC》的"例言"中说:"本篇的叙述方法是'说故事'的方法。著者相信这个方法或者可以减少些沉闷,使现在的读者不至于被催眠。但是不得不略加说及的近乎'考据'的叙述,却也间或有一点。"读茅盾的这几本书,饶有兴味,毫不使人感到枯燥。

茅盾对我国现代文学的发展有卓越的贡献。热情关怀培养文学干才是其中一个方面。在这一方面值得大书特书的事实在太多,"ABC"之作,只是微末的一起,但也说明了茅盾在做文学的普及工作时,是何等用心和讲究质量,今天我们很需要学习他的这点精神。

一九八一年四月

孙中山的诗作与诗论

辛亥革命时期的领导人和宣传鼓动家几乎都爱好诗歌,且有作品传世。他们偶尔挥笔,或抒发革命情怀,或悼念壮烈牺牲的战友,写下了一些情感真切的诗歌,在实际斗争中起着强烈的鼓舞斗志的作用。

相比之下,孙中山的诗作就不算多了。甚至还不及年仅三十过早遇难的武将吴禄贞留给我们的诗作数量。孙中山现存最早的一首,是他一八九八年在日本写的一首民谣,以备起义时作联络暗号用:

万象阴霾打不开,红羊劫运日相催。顶天立地奇男子,要把乾坤扭转来。

这类供联络用的诗歌一般文字较粗糙,而孙中山的这一首,却不然,有一定的文学价值。孙中山写得最好,也最为人称道的要算那首七律《挽刘道一》:

半壁东南三楚雄,刘郎死去霸图空。
尚余遗业艰难甚,谁与斯人慷慨同!
塞上秋风悲战马,神州落日泣哀鸿。

> 几时痛饮黄龙酒,横揽江流一奠公!

刘道一是留日湖南籍学生,同盟会会员。一九〇六年春,同盟会总部派他在湖南、江西交界地区宣传革命、联络会党、策划起义。举事失败后,刘道一于十二月三十一日在长沙浏阳门外就义。这是同盟会成立后第一次武装起义,刘道一是第一个为革命捐躯的留学青年,噩耗传来,革命党人无不悲痛,纷纷写挽诗,寄托哀思。孙中山的这一首,写得较早,感情深沉悲壮。此外,他晚年还写有一首七律《祝童洁泉七十寿》。能见到的孙中山的诗概就是此数了。

至于孙中山的诗论,更是绝少为人所留意。胡汉民(展堂)《不匮室诗钞》卷八《与协之谈述中山先生论诗叠至韵》一首自注云:

"……中山先生辄诏吾辈曰,中国诗之美,逾越各国,如三百篇以逮唐宋名家,有一韵数句,可演为彼方数千百言而不尽者。或以格律为束缚,不知能者以是益见其工巧,至于涂饰无意味,自非好诗,然如床前明月光之绝唱,谓妙手偶得则可。唯士非寻常人能道也。今倡为至粗率浅俚之诗,不复求二千余年吾国之粹美,或者人人能诗而中国已无诗矣。"

这则材料间接表明,孙中山对中国旧体诗殊赞美而对正在尝试的白话新诗并不赞许。孙中山是辛亥革命的伟大领袖,其政治立张是变革进步的,他对西方文化思想亦持积极的欢迎态度,何以对白话新诗态度如此?我们常说,文艺现象是复杂的,一个人的文艺偏爱与观点,不简单地等同于其政治倾向与见解。孙中山对中国旧体诗与白话新诗的褒贬,就是一个例证。

一九八一年八月

引进西方艺术的第一人——李叔同

李叔同(即弘一法师,一八八〇——一九四二年)这个名字,对今天的青年读者来说是陌生的,但在七十多年前,在辛亥革命的风云里,他却是文坛上的一位活跃人物,一位创新的勇士。他是我国最早介绍西方文学艺术的先驱者之一。

清末,西学东渐,西洋的文艺被一些热心的维新志士陆续传播到中国。最早翻译西洋小说的,有周桂笙,特别是林纾(一八五二——九二四年)的林译小说风行一时;最早翻译西洋诗歌的,有苏曼殊和马君武(一八八二——九三九年);至于介绍西洋艺术的创始者,非李叔同莫属。有人用"三一"来赞誉李叔同这方面的卓著贡献。所谓"三一",即是第一个介绍西洋戏剧至中国,第一个介绍西洋画至中国,第一个介绍西洋钢琴音乐至中国。这绝非溢美之词,而是恰当中肯的概括。

李叔同原籍浙江平湖,一八八〇年九月二十日,生于天津河东区地藏前故居,初名康侯,字叔同。自幼喜读《史》《汉》及《左氏传》,从赵幼梅学词,从唐敬严学篆及刻石,二十一岁即刊行《李庐印谱》《李庐诗录》。他文艺的底子厚实,既是奇才,又是全才。他的高足丰子恺(一八九八——一九七五年)曾这样谈论他:"李先生不但能作曲,能作歌,又能作画、作文、吟诗、填词、写字、治金石、演剧。他对艺术差不多全般皆能,而且每种都很出色。"比如,他的书法艺术,早有所谓"一绝"之誉。

一九○六年,李叔同以官费被派往日本留学。一九一○年学成归国。他在日本留学期间,民族意识增强(间有民主意识),立志推翻清皇朝腐朽统治,振兴中华。他专攻西洋绘画和西洋音乐,业余对戏剧活动有狂热的兴趣,他结集曾孝谷、唐肯君等留日学友组织了"春柳剧社"。这是我国第一个专演新剧(话剧)的团体。他们在日本首次公演的剧目是法国十九世纪作家小仲马的名作《茶花女》。春柳剧社之所以第一个上演剧目选中《茶花女》,乃是考虑剧本的内容,希望将这一炮打响,同时获取较好的收入,赈济国内两淮水灾受难的劳苦民众。演出地点在东京青年会。这次演出是中国人演话剧的第一次。李叔同自饰女主角,他善于表情,说白、动作恰到好处,演出意外地成功,使在场的中日观众感到惊异。日本著名戏剧评论家松居松翁说,李叔同"确为中国新剧点燃了最初的火把"。

春柳剧社第二次在东京公演的是《黑奴吁天录》,李叔同饰美柳夫人,欧阳予倩饰小海雷。这次演出同样获得好评。李叔同倡导的这种严肃的艺术表演作风,为我国后来话剧运动开创了新风气。李叔同回国后,一度仍从事话剧活动。他设法在上海南京路东口办起了春柳剧场,使话剧演出有了一个基地。李叔同对话剧运动如此热心、孜孜不倦,出于对话剧社会教育作用认识之提高。他在我国话剧事业滥觞期是一位难得的开疆拓土的功臣。

李叔同在东京,先进的是上野美术专门学校,不久,又在音乐学校兼习钢琴,并分别求教于黑田清辉与音上郎二氏。由于他在国内时对金石书画已有偏嗜,并有相当的基础,故他主要精力在习画。他学的是西洋画,精擅西洋的油画和水彩画。

据说,李叔同习画的处女作,是一幅油画。画的是一个娴静的淑女,垂发披至两肩,眼帘微掩,若有所思。他受印象派影响,而又兼有写实派之长。后来的画作,日趋老练。他在西洋画上的造诣和达到的成就,美术界评价甚高。有的评论者以为,他的佳作,与世界某些名画相比,亦不逊色。可惜他的西洋画流传下来的很少。

李叔同将西洋画传播至我国,不只通过他自己创作的流播,通过多年的美术教育,还发挥他图案画的特长,使美术为报刊版面配合服务。

辛亥革命后,他应邀为陈英士(一八七八——一九一六年)主办的《太平洋报》编辑副刊和画报。他的绘画才能得到了自如的施展。《太平洋报》的报头,是他的手笔;报上的广告文字与图案,大半也是他写的和画的。当时中国报纸广告,一般只有文字,没有图案;《太平洋报》广告则图文并茂。李叔同设计的广告,文字和图案简单明了,很醒目。画报是随报赠送的。画报一律用宣纸。画报的内容既不像"点石斋"的新闻画,也不像沈泊尘的百美图,更不似钱病鹤、马星驰的讽刺画,它是一幅立轴,或一方册页,或一副对联,大半出自李叔同之手。画报当时影响广泛,苏曼殊的长篇名作《断鸿零雁记》就初刊在这上面。

李叔同不仅最早介绍西洋音乐至中国,同时也是当时音乐界作曲兼作歌的佼佼者。

他深知学好音乐之艰难,曾说:"平生于音乐用力最苦,盖乐律与演奏皆非长期练修,无由适度,不若他种艺事之可凭天才也。"他在日本学习钢琴时,因手指距离短,有时感觉飞纵不灵,竟不惜动手术以助长之。他回国后长期教习音乐,极力推广钢琴。他任教杭州第一师范时,配备了钢琴三架、风琴五十六具,为全国造就一大批音乐教师。

李叔同民国七年(一九一八年)在杭州虎跑寺皈佛出家前,创作了大量歌曲,既作曲,又填歌词。这些歌曲,社会上竞相流传,后来大都被丰子恺选入《中文名歌五十曲》(一九二七年,上海开明书店)里。这本小册子选了当代音乐家的歌曲五十首,其中李叔同一人就有二十余首。如《朝阳》《忆儿时》《月》《送别》《晚钟》等。丰子恺说:"西洋名曲之所以传诵于全世界者,是因为它们都有那样优美的旋律;而李先生有深大的心灵,又兼备文才与乐才,据我们所知,中国能作曲又作歌的乐家,也只有先生一人。"如果我们不忘记李叔同活动的年代是中国西乐勃兴的初期，那么他在音乐方面所做的启蒙与探索工作，就格外显出其历史价值。

李叔同为何到了中年，毅然舍弃名盛一时的艺术家和教育家而不为，离俗出家，去当和尚？多年来，不少人在试图解开这个谜。有人从他的家庭和幼时的性情找原因，说他出生于一个巨富而又崇佛的家庭，父亲李筱楼是清朝进士，笃信佛教，晚年尤乐善好施，李叔同自小生活在这个环境中，耳濡目染，潜移默化，使他自小就带有佛性的悯世怜人的人道主义精神和沧桑幻灭之感。在幼年即有"人生犹似西沉日，富贵终如草上霜"之诗句，中年以后出家，岂是偶然？有的则侧重李叔同有过一段放浪形骸的享乐生活，说这种极端的享乐，常常是极端枯寂的前奏，也有人指出，李叔同前半生事业上虽有爱国思想和革命精神，但这种思想和精神并不充沛地表现在他的艺术作品中，他的作品多抒发个人的悲欢情绪，广大深厚的社会意义包含不够。李叔同一九一八年剃度出家之前，即由一位资产阶级民主革命者的生活转入僧侣生活之时，其间已有一段相当闲适的隐士生活过渡，这段宁寂的生活使他原来保有的革命热情大大减去。一九一六年，由于他在一本日本杂志上读到一篇关于断食的文章，遂萌生了断食的念头，并实践了三个星期，可见，他的出家是有相当的思想基础的。但是，应该看到，在李叔同成为弘一法师的诸多外在内在因素中，时代的影响是最重要的一面。辛亥革命的不彻底，封建复辟势力的一度反扑，革命给人民和国家带来新生希望的渺茫、幻灭，这种资产阶级民主革命必然具有的局限使时代涂上了一层悲观的色彩，原先积极参加革命的一批勇士，革命成功之后，退隐的、消沉的，转而搞学术的，乃至像李叔同出家的，绝不是一两个。这种特定的历史背景，是诱发李叔同皈依三宝的更为深邃的原因。

李叔同出家后，律己极严，操行至苦，致使他成为我国当代专治律宗的大法师。据说，他的日本籍的副室，得知他出家的消息，从日本赶来泣劝，他默不作答，合十诵佛号以绝之，她只好恸哭而东返。可见，这位辛亥革命浪潮中的猛士,出家后完全遁迹到另一个世界里去了。

一九四二年九月四日,在抗战的烽火炮声中,这位素以"生宏律范,死归安养"自期的弘一法师,安然与世长辞了。

李叔同在辛亥文坛上的冲杀,是早年的事。那时他对文艺有深邃的认识。晚年他曾回忆早年说过的两句话,"应使文艺以人传,不可人以文艺传",主张对一个文艺家来说,人格比其作品更为重要。他一生的艺术活动忠实地体现了他这一美学思想。人们敬重他的为人,也珍爱他的艺术。一九二七年十月,叶圣陶和七八位友人,在一个星期日的上午,怀着崇敬、好奇的心理,去上海功德林会见已经成了弘一法师的李叔同。事后他写了精彩的《两法师》一文,这样描绘弘一法师:"清癯的脸,颔下有稀疏的长髯","带笑的容颜,细小的眼里眸子放出晶莹的光","他的脚是赤了的,穿一双布缕缠成的行脚鞋","弘一法师坐下来之后,便悠然地数着手里的念珠","大家默然不多开口","晴秋的午前的时光在恬然的默静中经过,觉得有难言的美"。面对中国当代著名的法师,"我看他那曾经挥洒书画弹奏音乐的手郑重地夹起一荚豇豆来……"在归途中,他想:"这位带有通常所谓仙气的和尚,将使我永远怀念了。"

是的,中国文艺界应该永远怀念李叔同先生。他圆寂已整整四十年了。但至今对他的纪念是不够的,他的诗文专集还不曾整理出版。至于他在我国近现代文艺史上占有的位置,更是缺乏研究。在纪念辛亥革命七十周年之际,我们深深地怀念他,怀念之余,也引起我们的思索:李叔同,弘一法师;弘一法师,李叔同;一分为二,合二而一,多么矛盾的人,多么奇特复杂的历史现象!

一九八一年八月

曾朴佚诗《燕都小吟》

曾朴(一八七二——九三五年),是清末著名的小说家。他的长篇代表作《孽海花》被鲁迅誉为晚清四大谴责小说之一。曾朴著译丰富,凡六七百万言。曾氏不仅长于小说,而且工于诗,先后整理了六部诗集:《未理集》、《羌无集》、《响沫集》、《毗辋集》(系三十岁以前之古今体诗集)、《龙灰集》(系三十岁以后之诗集)、《续未理集》(为晚年之诗集)。可惜均未得以刊行。他写诗似兴之所至,信手写来,随写随弃,发表得极稀。曾见《小说林》杂志第四、五期(一九〇七年)载数首,后被选入《近人诗录续编》(一九二八年扫叶山房)。现在能读到曾朴的诗作实非易事,不仅对研究近代文坛这一大奇才极其有助,从欣赏的意味上说,也是一件乐事。

最近,从友人处见到曾朴一九一八年旅居北京时写的《燕都小吟》抄录稿。这组诗保存下来的情况是这样的:录存者先人与曾朴有戚谊关系,一九二九年曾朴在泸主办真善美书店(时年五十有七,居马思南路),一天录者去看望他,曾朴娓娓谈起少年往事,不胜感慨,知其好诗,遂出示诗稿多页,内中有《燕都小吟》,录者喜其叙事真切,特为录归。

《燕都小吟》共十八首,多为吟诵北京古迹名胜之作。现择出其中七首先行发表,并略加绍介。

清三殿

昆明劫后话沧桑，

宫阙巍峨近汉唐。

荆棘铜驼隋地冷，

蓬蒿金雀邺台荒。

五云楼阁消王气，

三代钟彝寄下方。

差幸子婴甘让国，

不成焦土胜阿房。

（民国后，太和、中和、保和三殿开放，且于武英殿陈列清宫古玩，任人参观。）

社稷坛（民国改作中央公园）

古柏参天畔路长，

名园高占地中央；

笙歌院落人声沸，

灯火楼台夜色凉（园为都人消夏之所，游人甚众）。

树影深藏清社屋，

月明近照汉宫墙（园东即清宫大内）。

谁如紫禁森严处，

辟作民间游戏场。

天坛

帝国郊坛近日边，

六飞莅止想当年。

红墙碧瓦斋宫绕，

翠柏苍松御道连。

禁苑畅游三五夜(时值中元节,同游者数人),

圜丘高仿九重天。

皇穹宇对祈年殿,

古树蝉声起暮烟。

先农坛(民国改作城南游艺园)

十里农坛尽绿杨,

平原芳草下斜阳。

匝堤槐荫人忘暑,

满苑荷风夜纳凉(园中荷花甚盛,游人皆于此纳凉)。

曼衍鱼龙烟吐火,

娇痴莺燕剧登场(园中燃放烟火,有新旧女剧场)

休提故国兴亡事,

且领莲花自在香。

国子监

巍然国学辟雍亭,

桧柏干霄匝地青。

广厦宏开千万户,

长廊分列十三经(有蒋拙老人书十三经石刊两庑)。

桥门现听沿周制(辟雍亭外有桥门璧水),

石鼓凋残列孔庭(有宣玉石鼓十列孔子庙庭)。

礼乐犹存多土散,

野鹰飞上校官厅。

碧云寺

乔狱森森地不埃,

碧云深处现楼台。

金刚塔石摧风雨,

罗汉堂空没草莱(寺中上有金刚座,塔下有罗汉堂)。

涧水潺湲通地脉,

石阶层叠上天台。

清泉煮茗乘凉坐,

闲与山僧话劫灰。

王贝子花园

金谷园林一刹那,

依然风景感山河。

亭台深处皆杨柳,

池馆周围尽芰荷。

春草鸡坊禽鸟乐,

秋风萤苑果蔬多(民国后,园即开放,东为动物院,西作农事试验场)。

畅现楼外湖边月,

曾照当年凤辇过。

上述几首诗,如借助作者的自注,并不难体味。曾朴曾积极参加过辛亥革命,他甚至还站在民众运动的前列。一九〇七年,曾朴在江苏带头抵制清廷将杀害秋瑾的浙江巡抚张曾敭调职江苏的命令。风潮逐渐扩大,清廷十分恼怒,曾密电缉捕先生等三人。先生凛然不动,率众迫使清廷屈服,收回成命,将张另调陕西。这是清末民众运动战胜清廷成功的一次,曾朴实为其主要人物。他在《孽海花》中,对孙中山先生的形象亦有光辉的描写。辛亥革命成功,清廷被推翻,他欢欣雀跃。不久,他来到北京,政治上的风云变化,使他对古都的名胜景物感触丛生。看到一些长年被关锁的清代遗址开放,任人参观,他为民众高兴。但,辛亥革命后,窃国大盗袁世凯篡权称帝,使他大为不满。虽然这场称帝的丑剧不久就收场了,但他心里对祖国的前途命运不免产生了悲观失望。曾朴毕竟是一个资产阶级的改良者,充其量是一个不彻底的变革者,晚年他政治上日趋保守,绝非偶然。他在一九二八年五月二十二日的日记中说:"世间那一件事,不是同泡幻一般。"(载《宇宙风》第二期,一九三五年十月一日)这是潜流在他内心深处的真实情感,不时撒落于当时诗作的字里行间,也就不足为怪了。

一九八一年八月

《茶花女》的中译和演出

十九世纪法国作家小仲马(1824~1895)先后写了小说和剧本《茶花女》。长篇小说《茶花女》最早被介绍到中国来是林琴南(纾)和王寿昌的功劳。林译的这部小说译名为《巴黎茶花女遗事》,出版于1899年,距原著问世(1848年)有半个世纪之久。这是林译小说的第一部,开创了清末翻译西洋小说的风气。虽然用的是典雅的文言,是通过别人口述译成的,忠实于原文不够,但在当时,影响却不小。严复1904年《出都留别林纾》诗,有"可怜一卷《茶花女》,断尽支那荡子肠"之句。陈衍撰写的《林纾传》中也说"《巴黎茶花女》小说行世,中国人见所未见,不胫走万本"。林纾自己很得意这个译本的成功,自诩"所译《巴黎茶花女遗事》,尤凄婉有情致"。

这部小说浓重的悲剧成分,拨动了许多人的心弦。仿作也随之甚多。有人说在苏曼殊的一些小说中,也能明显地见到它的痕迹,可见当时一般人对它的喜爱。

中国人首先将《茶花女》搬上舞台的,是辛亥革命前一批赴日留学生组织的春柳剧社,春柳剧社是我国第一个话剧团体,创始人是后来成为弘一法师的李叔同。他们在东京青年会首次公演的话剧就是《茶花女》。李叔同等人眼看当时两淮人民受水灾之难,他们身在异邦而心向往祖国,热爱同胞。为了急筹赈灾,决定捐款义演《茶花女》。李叔同(艺名李息霜)自任剧中的女主角玛格丽特,演出获得了意外的成功。游艺会演出结束后,李叔同写了两首诗,题为《茶花女遗事演后感赋》,刊于《醒狮》杂志第二期,诗云:

> 东邻有儿背佝偻,西邻有女犹含羞。
> 蟪蛄宁识春与秋,金莲鞋子玉搔头。
> 誓度众生成佛果,为现歌台说法身。
> 孟旃不作吾道绝,中原滚地皆胡尘。

李叔同的这两首诗均有所指,前一首形象地概括了《茶花女》一剧的主题思想,后一首则道出了春柳社上演该剧的意图。

小仲马的小说和剧本《茶花女》,揭露了当时法国社会的诸多不合理现象,抨击了封建贵族的虚伪和险毒,颂扬了以自由平等为基础的纯洁的爱情。辛亥革命前夕,小仲马的小说《茶花女》的中译和剧本《茶花女》的演出,可视为与当时中国革命党人正在进行的反对封建主义的伟大斗争思想上一种默契的配合。

不过,这次演出的剧本乃是根据林译小说《巴黎茶花女遗事》改编的,也许他们当时不知道,小仲马在完成了小说四年之后,在小说的基础上又写了剧本《茶花女》,而后者比前者更为成功。1852年2月2日在巴黎通俗剧院首次演出该剧时,小仲马自己也说,演出获得了"巨大的、巨大的成功"。民国初年,上海天蟾舞台上演《茶花女》,剧本还是据林译小说改编的。

最初把《茶花女》剧本译成中文的,是刘复(半农)。北新书局1926年出版了他的这个译本。由于刘复译本误译不少,剧团上演很少采用。二十世纪30年代后期中国旅行剧团演出《茶花女》,用的是陈绵译本(商务印书馆1937年2月版)。

中国旅行剧团在上海演出话剧《茶花女》时,曾轰动一时。饰茶花女的是唐若青,饰阿芒的是陶金,白杨、赵慧琛、唐槐秋等名演员,也都参加了。场场满座,尤其是三五两幕感动得不少观众垂泪。

话剧《茶花女》曾由意大利威尔第和皮阿维改编成著名歌剧《茶花女》,在我国不仅上演过,而且据此还改编成了沪剧——六幕抒情悲剧《茶花女》也上演了,效果亦好。

一九八一年九月
后又修订

跛少年的译作

茅盾在《世界名著杂谈》一书中说，十八世纪英国作家笛福的长篇小说《鲁滨孙漂流记》最早有林纾的文言译本（商务版），其实，先于清末大翻译家林纾《鲁滨孙漂流记》译本问世前三年（一九〇二年），这部世界名著就被介绍到中国来，中译书名叫《绝岛漂流记》。

译者沈祖芬，杭州人，是个残疾青年，故卷首署"钱塘跛少年笔译"。据知，译者三岁染足疾，行走不便，长大益甚，但他意志顽强，不以病废学，日夜自习攻读英文，二十二岁时，已译著多种。《绝岛漂流记》译成于一八九八年，经师长的润饰与资助，一九〇二年始得以刊布，杭州惠兰学堂印刷，上海开明书店发行。

跛少年自小喜爱这部小说，并暗中立志要将它翻译介绍给中国同胞。他希望借小说冒险进取之志气"以药吾国人"，他在《译者志》中说，"英人狄福，小说名家也，因事系狱，抑郁无聊，爱作是以述其不遇之志，原名劳卞生克罗沙，在西书中久已脍炙人口，莫不家置一编，法人卢梭谓教科书中能实施教育者，首推是书，日人译以和文，名绝岛漂流记，兹用其名，乃就英文译出，用以激励少年。"笛福写作《鲁滨孙漂流记》，原是为了歌颂资本主义原始积累时期个人冒险进取精神，赞美个人的智慧与毅力，明显有美化殖民者反动思想的一面，但在十九世纪末，中国伟大的反封建民主革命斗争勃兴时，西学为用,译介传播这本书,多少能起到"激励少年"、唤起民众觉醒的积极作用。

就译本说,自然并不理想。译者采用的仍是林译文言笔调,译文也多有删节,由于印数少,实际影响并不太大,不能与稍后的林纾译本相比。但译者的这股上进精神实在可嘉。近代知名学士高凤谦(梦旦)在序文中称赞译者"不恤呻楚,勤事此书,以觉吾四万万之众"。他感慨地说,一个病废者尚且能"不自暇逸,以无负于其群",那"四体皆备,俨然为完人者所以自处又当何如也"。他说自己有愧于译者,当然这是一种自谦之词。

一八九四年孙中山组织兴中会,并开始发动反清武装斗争,揭开了中国资产阶级民主革命的帷幕。一九〇一年以来,革命团体林立,鼓吹革命的书刊、译述如雨后春笋般地出现,民族、民主思想得到广泛播种,为一九一一年的辛亥革命成功做了思想准备。过去人们纪念辛亥革命运动,每每谈论、颂扬的只是政坛、文坛上的那些风云人物,看来如跛少年这样怀有振兴中华大志和实干精神的小人物也不应该被我们忘记。

一九八一年九月

漫话《野草》

我爱读散文,对新诗也不乏兴趣,由此便自然爱读散文诗。巴金翻译的屠格涅夫的《散文诗》,五十年代在西单商场旧书摊上购得一本,七十年代初下干校期间不慎失落,心里一直悬着这个不快。前年去上海书店,猛然见到书堆里有两本,情不自禁地统统买了回来,赠友人同好者一本,自留一本,不时摩挲,自有乐趣。

爱什么书,并不等于能读懂它。屠格涅夫的散文诗我读过多遍(连同近年发表在文学杂志上新译的篇什),也不能说就读懂了。这使我想起,五十年代初,上中学时如痴如狂地诵读鲁迅先生散文诗杰作《野草》,当时一味对它着迷,似懂非懂地理解它、感受它。不仅思想内容颇有费解处,即如表现方法也有迷惑。

据说,《野草》中的篇章初发表时,由于其思想的深刻和艺术的新奇,一下就吸引了许多文学青年,他们也是怀着似懂非懂的着迷的心情来欣赏这部名著的。《野草》和《呐喊》《彷徨》一样强烈地感染、鼓舞过一代又一代广大读者。现在成为国际闻名的艺术大师的巴金,回忆二十年代中期踏上文学之路的情景时说:"几年中间,我一直没有离开过《呐喊》,带着它走过好多地方,后来我又得到《彷徨》和散文诗集《野草》,更热爱地熟读着它们。"鲁迅的作品,"安慰了我这个失望的孩子的心,我第一次感到了、相信了艺术的力量"。

《野草》和鲁迅其他作品在中国现代文学发展史上，同样具有开创的价值。如果说，《呐喊》《彷徨》催发了中国现代短篇小说的新生，那么，《野草》则标志着五四文学革命以来散文诗这个新品种的逐渐成熟。可惜，我们对鲁迅的作品，思想的和艺术的入微分析做得太不够了，对《野草》深入独到的研究更为匮乏。比如，从散文诗在我国的兴起看，一九二六年《野草》的出现与几乎同时的刘半农、徐玉若、谢采江（这是今天广大文学青年很陌生的一个名字，但他确是新诗滥觞期一位颇有成就的诗人，有诗集《野火》行世，他还是孙犁在保定求学时的文学启蒙老师）、焦菊隐、高长虹等散文诗创作的关系；又如，《野草》充满诗意又富有哲理，在表现方法和表现手法上，有哪些奇异的色彩？

　　我尽可能地读了已经发表出版的研究《野草》的著述，想冰释长久存留在我心头的关于《野草》的种种疑团。但常常感到失望。

　　今年夏天，去北大约稿，同一位学友谈起《野草》，他是专治现代文学史的，正在讲授五四时期的新诗，当我们扯起《野草》的表现方法时，都有同感。过去说《野草》是革命现实主义的，另说是革命浪漫主义的，后来两结合创作方法兴盛时，又说是革命现实主义与革命浪漫主义相结合的，总之，哪个创作方法时髦，"革命"，就给它强冠上哪个"方法"。其实，从作品的实际出发，《野草》的表现方法，其基调和倾向，应该说是象征主义的。清末民初，外国各种文艺思潮纷至沓来，鲁迅和其他许多有成就的作家一样，多方面受到这些文艺思潮的影响，创作上呈现出繁杂的现象。《野草》写作之前，鲁迅就翻译过日本厨川白村的《苦闷的象征》一书。这本书对象征主义持有分析的肯定的态度："生命力受了压抑而生的苦闷懊恼乃是文艺的根苗，而其表现法乃是广义的象征主义。""所谓象征主义者，绝非单是前世纪末法兰西诗坛的一派所曾经标榜的主义，凡是一切文艺，古往今来，是无不在这样的意义上，用着象征主义的表现法的。"《野草》中的思想内容是作者内心矛盾的严峻解剖，这是作者世界观转换时期的一种反映。特定的内容需要合适的艺术形式和表现方法去适应,鲁迅在散文诗《野草》里选用、尝试象征主义表现方法是合理的,并取得了显著的成绩,使他的创作表现方法、表现手法更为丰富多彩。这说明似乎没落了的某些艺术表现方法经过批判、借鉴,并与新的内容结合,也会以带有新的生命力的方式出现。当然,鲁迅在使用象征主义表现方法时有自己的理解和创造,这就是说,他使用的象征主义,不可能完全等同于十九世纪法国诗坛上流行的象征主义。至于这种不同,是否需要用"革命"两字加以区别,那是可以斟酌的。

近日读到清末小说名家曾朴一九二八年写的一则日记,其中记载了他对鲁迅《野草》的印象。他说《野草》"别有风味,《过客》和《执叶》两篇,尤凄婉可诵","是象征的影像主义"。曾朴是被鲁迅称为晚清四大谴责小说之一《孽海花》的作者,有丰富的创作体验,又精通法文,谙熟法国文学,译介了大量法国文学作品,是我国最早介绍法国文学成就卓著者。他关于《野草》艺术的见解,不曾为鲁迅研究者们所注意,不管他的意见是否完全恰当,但值得重视,值得我们仔细玩索。

一九八一年九月

文艺作品中的秋瑾

秋瑾(1875~1907)是中国近代史上妇女为革命献出头颅的第一人。她从一个封建阶级家庭妇女,迅速成长为一名坚强的旧民主主义革命战士。郭沫若1958年在为《秋瑾史迹》一书所写的序文中说:"秋瑾烈士是中华民族觉醒初期的一位前驱人物。她是一位先觉者,并把自己的生命奉献给了反封建主义和争取民族解放的崇高事业。她在生前和死后都起了很大的推动作用。"清政府杀害秋瑾,实在是干了一件大蠢事。如火上泼油,使革命的火苗愈益炽旺。史学家范文澜在《女革命家秋瑾》一文中说:"不知道秋瑾的人都因此知道了秋瑾,不懂得革命的人也因此受到了革命的教育。"

秋瑾的一生具有高度的典型意义,文艺作品着重表现她、讴歌她,也就很自然的了。

1907年6月秋瑾遇害,痛悼的诗词像雪片似的出现,上海《文娱报》成月在头版刊登征集追悼秋瑾作品的广告,如1907年9月8日"追悼秋瑾广征著作启":"敬求诗界男女同胞竞赐佳章,无论祭文、挽联、诔词、铭赞,邮寄上海英租界广西路宝安里浦东同人会谢企石收,限中秋截止,揭晓从速,酬报从优,如赐传奇或剧本或短篇小说,则更欢迎……"《文娱报》在当时是一张影响不大的小报,对秋瑾的热情尚如此,可想一斑。当时各报刊披露的悼念秋瑾的诗文甚多,由于报刊的散佚,难以精确统计。见到的有黄民编的《秋风秋雨》和湘灵子编的《越恨》。许多革命名人、文人都有所作。如章太炎在其主编的《民报》第 17 号上发表了《祭徐锡麟陈伯平秋瑾文》和《秋瑾集序》，秋瑾的盟姐吴芝瑛和宁太一等均有。革命诗人柳亚子 1907 年写的《悼鉴湖秋女士》共四首，影响一时。诗人对这位"红颜是党魁"的女革命家秋瑾表达了深切的哀思和敬意。其中第三、第四两首尤为感人：

引刃匆匆别鉴湖，秋风秋雨血模糊。填平沧海怜精卫，啼断空山泣鹧鸪。马革裹尸原不负，峨眉短命竟何如！凭君莫把沉冤说，十日扬州抵得无？

漫说天飞六月霜，珠沉玉碎不须伤。已拼侠骨成孤注，赢得英名震万方。碧血摧残酬祖国，怒潮呜咽怨钱塘。于祠岳庙中间路，留取荒坟葬女郎。

值得记述的是，秋瑾遇害当年，出现了一个追念秋瑾的短篇小说：无生著的《轩亭复活记》，初刊在 1907 年的《女子世界》增刊上。文言，写秋瑾复生的故事，小说通过神话（其中不免有荒诞）的表现方式，在想象中寄托了人们思念秋瑾的强烈感情。1908 年还有哀民作的短篇小说《轩亭恨》，通智社刊，是写秋瑾生平传记的。值得重视、影响最大的要算辛亥革命那年改良小说社刊印的《六月霜》（静观子著），十二回，作者对秋瑾的同情溢于言辞，演其生平事迹时有不少想象创造，明显有小说虚构的特点。传奇杂剧方面，最早有吴梅的《轩亭秋杂剧》，谱秋瑾殉难事，《小说林》本，1907 年刊；龙禅居士著的《碧血碑杂剧》，《小说林》本，1908 年刊，谱吴芝瑛营葬秋瑾事；《鉴湖女侠传奇》（湘灵子著），上洋小说支卖社刊，别题《中华第一女杰轩亭怨传奇》及《秋瑾含怨传奇》，八出，有自序；《六月霜传奇》（古越嬴宗季女著），改良小说社本，1907 年刊，谱秋瑾遇难事，是小说《六月霜》别种。此后涉及秋瑾的诗文不绝。

辛亥革命后，国人给予秋瑾高度的评价。1912 年冬，孙中山抵杭州时致祭秋瑾烈士墓,并在"秋社"参加追悼会,面允担任"秋社"名誉社长;又撰挽秋瑾联曰:"江户矢丹忱,重君首赞同盟会;轩亭洒碧血,愧我今招侠女魂。"他还亲书"巾帼英雄"四字以赞烈士。1918年,鲁迅通过他的小说《药》中夏瑜的形象,赞扬了秋瑾的革命硬骨头精神,并以夏瑜坟上的花环寄托哀思和敬意。1939年,周恩来在绍兴为其表妹王去病题词曰:"勿忘鉴湖女侠之遗风,望为我越东女儿争光!"1942年,郭沫若在其文《娜拉的答案》中说:"求得应分的学识与技能以谋生活的独立,在社会的总解放中争取妇女自身的解放;在社会的总解放中担负妇女应负的任务;为完成这些任务不惜以自己的生命作牺牲——这些便是正确的答案。这答案,易卜生自己并不曾写出的,但秋瑾是用自己的生命来替他写出了。"1958年,他又为《秋瑾史迹》作序,再度评价秋瑾曰:"秋瑾不仅为民族解放运动,并为妇女解放运动,树立了一个先觉者的典型。"1956年,范文澜著文《女革命家秋瑾》,对秋瑾作了热情的赞颂,称"秋瑾是中国历史上妇女的伟大代表人物","是伟大的爱国主义者",是"千古不朽的伟人",文末并进而以画龙点睛的史笔总结道:"谁的行动能够符合于当时社会的发展规律,谁就能够成为人民敬爱的英雄豪杰,秋瑾正是这样的一个英雄豪杰。"1961年吴玉章在其专著《辛亥革命》中赞秋瑾云:"秋瑾是中国近代史上一位伟大的女英雄,她为民族解放和妇女解放事业付出了自己的生命,从而成为旧民主主义革命时期中国革命妇女的楷模。"1979年,宋庆龄为"秋瑾故居"题词:"志在革命,千秋万代传侠名。"夏衍在《秋瑾不朽》一文中,赞秋瑾是"为民主主义革命而第一个被杀头的革命女性"。柯灵说:"秋瑾是近代史上一位传奇式的巾帼英雄。"她留在近代史上的"这块丰碑,是应当用黄金浇铸的"。

　　书写和反映秋瑾的文字和作品不少,夏衍30年代写了话剧《秋瑾传》,周恩来曾建议将《秋瑾传》拍成电影,柯灵60年代初改编了电影剧本《秋瑾传》。秋瑾将永远鲜活在中国人民的心里。

一九八一年八月

宣传《猛回头》被杀一乡民

陈天华是辛亥革命先驱者之一,是一位出色的民主革命宣传家,他只活了三十岁(1875~1905),1903年赴日留学,1905年8月,同盟会在东京成立,他是发起人之一,被推选为会章起草员,并参与了《革命方略》的拟定工作,《民报》创刊,他任撰述员。陈天华在短促的一生中,写有大量揭露清廷卖国丑行,宣传爱国、鼓吹革命的激扬文字。爱国和革命,反对帝国主义与反对清朝封建专制统治,两者密不可分。陈天华在政论和文艺作品中将这个思想说得透彻明白。

陈天华自少年时代起,就非常喜爱弹词小说一类的通俗文艺形式作品。在文言文风行之时,陈天华大胆使用白话文,他的作品,形式浅显易懂,内容先进,情感涤荡,深得民众欢迎,在酿造革命舆论上起了不小的作用。清廷官府对此非常恼火,严为查禁,反而激起民众争相诵读的热情。陈天华的论述除散见于《民报》等报刊上一些短文外,出版流传的有通俗文艺作品《猛回头》《警世钟》《狮子吼》和《国民必读》《最近政见之评决》《最近之方针》《中国革命史论》等书。其中《猛回头》写于1903年,流传广泛,在革命宣传中发生作用最大。

"《猛回头》案"发生在1906年。

1903年,湖南新华(陈的家乡)学生杨源浚自东京归,带有《猛回头》七千册,放在新华中学堂,被校董会发现,全数烧毁。《猛回头》是一部小型"鼓词",是当时革命党人秘密宣传册子之一。全书唱词共二百二十句,内八句是引结词,加有一些说白。陶成章(1878~1912,字焕卿,浙江会稽县[今绍兴]人,著有《中国民族史》,编《浙案纪略》一书,凡三卷,记载徐锡麟、秋瑾二烈士事迹),他在所编《浙案纪略》中有生动的记载。1904年后,"内地革命风潮大起,农工平民亦多自相聚议以谋举革命之事业者",1906年浙江金华乡民曹阿狗"善拳勇,性喜锄强扶弱,闻革命之说而悦之",遂申请加入当地的秘密的排满会党龙华会,得《猛回头》一册,"阿狗既得此书,携带身边,日夜讽诵不缀,又到处演说",一日至其姻戚家,有豪者抢夺其戚之牛,阿狗怒,奋身往夺,豪者挥众围之,势急,阿狗遽以怀中票布及《猛回头》书授与旁人,不慎为豪者所持,身亦被擒。豪者以阿狗私通革命党罪名上告,事关重大,金华知府嵩连亲自提讯阿狗,希图从阿狗身上寻蛛丝马迹,查获革命组织,搜捕革命党人。不济,阿狗"体无完肤",乃被杀。事后,知府广出告示,严禁逆书《猛回头》,阅者杀不赦,以曹阿狗为例。但是,愚蠢的清王朝不曾想到,杀死一个曹阿狗,岂能逆转高涨的革命形势?告示一出,而索观此"逆书"者反转多,"自相翻刊,私相分送者"不绝。《猛回头》在长江流域革命军、会堂、学校中广为流传,是辛亥革命宣传品中影响极大的一部。

孙中山领导成立的同盟会成立后,革命影响日益扩大,清封建王朝要求日本帝国主义政府镇压中国留日学生的革命运动。1905年11月,日本政府文部省颁布了"取缔清韩留日学生规则",留日学界群起反对,陈天华愤而于12月8日在日本大森海湾跳海自杀,临死前,他写了一篇"绝命辞",勉励人们"去绝非行,共讲爱国",并留有给留日学生总会的一封信,要求他们坚持斗争。陈天华推翻清封建王朝、推动我中华民族历史前进的革命意志极为坚定,他在《猛回头》结尾的一首诗中沉痛地写道:"瓜分豆剖逼人来,同种沉沦剧可哀。太息神州今去矣!劝君猛醒莫徘徊。"充分表达了他对时局的深切忧虑和对同胞的殷切期望。

一九八一年九月

陈天华、秋瑾、朱执信的三篇小说

我们在缅怀辛亥革命先烈时,发现一个有趣的事实:他们,无论是革命活动家、理论家抑或是军事家,几乎没有不与文艺攀上因缘的。他们在用头颅撞醒国民沉酣大梦的同时,也在文艺作品中滴进血和泪,借以唤醒国魂。我们通过那些情感激越、热血喷涌的作品,看到他们对亲人、国家和民族的深厚的爱,对反动压迫和卖国丑类的无比的恨,先烈们崇高的献身精神,不仅彪炳青史,而且至今仍然在激励我们为建设社会主义的祖国奋勇前进。

清末资产阶级改良文学运动举起了"诗界革命""小说界革命"的旗帜,促使小说的社会地位大大提高。文学被视为一种通俗有效的宣传工具。从宣传出发,一些先烈,在写诗填词之外,也大胆尝试写小说。如陈天华的《狮子吼》、秋瑾的《某宫人传》和朱执信的《超儿》,就是明显的例证。

陈天华(一八七五——九〇五年)是辛亥革命的先驱者之一,著名的《革命方略》就出自他的手笔。他是出色的宣传鼓动家,他在短暂的一生中,写了许多鼓吹民主革命、宣传爱国主义、反抗帝国主义侵略和国内民族压迫的文章,其中以说唱文学作品《猛回头》《警世钟》《狮子吼》最为著名。他的著作直抒胸臆,感情强烈,通俗浅显,富有感染力,在群众中影响巨大。《狮子吼》八回,是他的遗作,初载《民报》二至九号(一九〇五——一九〇六年)。天华因参加抗议日本政府《取缔清韩留日学生规则》的斗争,愤而投海自杀,此书未写完。但现存八回,仍清晰地表现了作者资产阶级民主革命的政治理想。首回为楔子,名中国为"混沌国",指出事关危急,大家如不齐心协力,不久将被列强所瓜分。第一回的题诗,交代了作者写作此书的目的:

> 红种陵夷黑种休,滔天白祸亚东流;黄人存续争俄顷,消息从中仔细求。

希望国人通过小说来寻找拯救中国的办法。书中描写的几个人物,眼看中国处境艰危,急图自救:兴学校,倡科学,从事种族革命。主人公叫狄必攘,是一个学生出身的文武全才,为革命,奔走于汉口、四川,引起清廷的严加防范。小说写到这里,便戛然中止。这部小说,在写法上采用了我国传统的章回小说形式,但有所变化,每回有组诗,文中夹有唱词,语言通俗晓畅,故有的选本将它视为"戏剧"。《陈天华集》(湖南人民出版社一九五八年版)和阿英编《晚清文学丛钞·小说三卷》均收入。

在文学上,秋瑾(一八七五——一九〇七年)是位有才华的女诗人,她的遗稿中诗词占了半数,诸如"世界和平赖武装"等诗,闪烁着革命思想。她写过一篇历史题材的短篇小说《某宫人传》(见《秋瑾集》)。原稿用红墨水缮写于旧书页背面,当秋案发生时(一九〇七年),为清绍兴府搜去当作"罪状"公布,故确切的写作时间不详。这篇小说不足二千字,是用文言文写的,笔力凝练。小说描写了明末受崇祯皇帝宠幸的某宫女营救公主,刺杀李自成手下罗将军,最后举刀自刎的故事。这原是史书笔记上记载的一件事,小说有所丰富和变动。作者赞扬某宫女为大明尽忠的献身精神:"伟哉宫人!其爱国之热心也如此!其思想之毅烈也如此!其魄力之圆满也如此!"作者用意是借此鼓舞人们反抗腐败的清廷统治者的勇气:"同胞姊妹,联袂而起,勿使宫人专美于前焉可也。"但小说在表达强烈的种族革命情绪之时,也暴露了作者政治思想上缺乏阶级观念的严重缺陷,秋瑾对人民的革命要求和革命力量认识不足,对待中国历史上的农民起义持错误态度。如小说中称农民起义军为"流寇",李自成为"李贼"。这是资产阶级民主革命家常有的通病,连秋瑾也难以幸免。这不能不使人深思他们英勇就义壮烈图景背后深藏的教训。

朱执信(一八八五——九二〇年)是我国资产阶级民主派著名的活动家和理论家。他具有相当进步的战略眼光,曾说:"国家之中最有力者为人民,人民所归向者,始谓之实力。"他还把日益增长的"工人的力量"视为中国革命的真正力量。朱执信除写政论文之外,也爱写诗词,先写旧体,后改写白话诗。他于一九一九年八月写过一篇五千多字的小说《超儿》,用"前进"的署名,发表在《建设》第一卷第二号上。现收入《朱执信集》(中华书局一九七九年版),用的是白话文,初具西方近代小说的结构和手法,算得上是中国现代短篇小说的滥觞。《超儿》初刊时,作者有附志,说明小说是通过议论婚事来探讨"人生问题"的。其艺术结构与人物对话带有明显的戏剧特色。作者通过两名少女柳如意和小颦的对话,铺开情节,刻画出未出场的男主人公凤生的性格特征——"他只有一个情欲,就是支配欲,支配一种别人不能支配的人。把人家现在支配着的人,夺了来放在他支配底下,这就是他的趣味,就是他的生命。"小说对超人式的极端利己主义思想给予诙谐的嘲讽。作者启迪人们:"世界是永久的!欲望是不会满足的!人还要生出人来!不知谁又支配超儿!"作者说,他写作此篇"本拟翻萧伯纳《人与超人》一剧之案"。萧氏系英国杰出的现实主义戏剧家,但由于其受改良主义政治观局限,不可能用历史唯物主义观点去解决作品中提出来的复杂的社会矛盾。朱执信看出了《人与超人》一剧中存在的这一根本弱点,但他本人的政治观点也有时代和阶级的局限,同样也不可能给《超儿》中提出来的人生观以正确的回答。

上面列举的革命先烈的三篇小说,主要由于其思想倾向的先进,当时都起过或强或弱的积极作用,但它们都有一个明显的通病:思想和艺术结合得不够好,算不上是成功的珍品。但是,它们出现在清末民初哀情、艳情、侦探、黑幕等无聊消遣小说盛行之际,无疑是浑水中的一股清流,具有为旧民主主义革命呐喊的积极意义。革命先烈创作的小说,数量虽少,从内容和形式来看,也是我国近代小说发展史上有价值的一环,特别是他们有意识地将小说与宣传革命理想、阐明人生哲学紧密连接起来,并在题材的开拓、表现方法的多样上也有所探求,这对促进"五四"文学革命浪潮中小说的迅速发展有所助益。

一九八一年十二月

不以诗人自居的马君武

马君武(1882~1939)是我国近代早期第一流学者。马君武原名马和,字君武,生于广西桂林,幼年丧父,家贫如洗,又无兄弟姊妹相助,他的成才,完全是自幼随母攻读的结果。少年时,他晚间常常站在街头路灯下读书。1901年留学日本。1906年回国,在"中国公学"任教。因参加同盟会的革命活动,被清政府两广总督端方搜捕,逃亡德国,在柏林大学学冶金,获德国柏林大学工科博士学位,是中国留学生中第一个获得自然科学博士学位者。他精通日、英、德、法诸国文字,译著丰富。在柏林求学时,工余之暇,耗两年时间,译著了《德华字典》,一千一百多页,该书1916年由中华书局出版,长期成为沟通德华文化交流的重要媒介。他是中国现代科学家中第一位输入西欧科学文化者。他最早将英国生物学家达尔文名著《物种原始》译成中文,1902年开始摘译,1904年集数章成《物种由来》,1906年将该书全部译出,名《达尔文物种原始》,中华书局印行,广为读者欢迎。他还研究化学,为中国制无烟火药第一人。他长期热心教育事业,抗战时在梧州一手筹办广西大学,任该校校长,1939年秋,逝于桂林西大良丰校内。

马君武作诗,与他的科学、教育事业相比,分量并不重。他与诗攀上亲缘,与他早年的漂泊生涯和从事的反清廷革命活动密切相关。

马君武1901年东渡日本,因生活窘迫,常给报馆投稿,其中多为诗作。

他自己说过"壬癸间(1902～1903)作文最多",这时政治上他与保皇党康有为、梁启超交往多。他的不少诗文发表在梁启超主办的《新民丛报》上。后来他在横滨晤见孙中山,常常聆听孙中山的反清封建朝廷革命的伟论,他的人生路向有了很大的转变,写作活动也随之转变。他在大庭广众之间放言高论:"康、梁系过去人物,而孙公则未来人物也!"从此,他的诗,用来"鼓吹新学思潮,标榜爱国主义"。1911年辛亥革命之后,他从欧洲归国,历任孙中山总统府秘书长、国会议员、实业部长、司法部长、教育总长、广西省长等要职。他即使在公务缠身时,也从未撇开过诗,诗往往透露出他内心的真情。

1912年他曾说:"自兹以后,予将利用所学,以图新民国工业之发展,殆不复作诗文矣。"这话不实,兹后他作的诗文未断,只不过他对自己的文字并不爱惜,尤其是官场上一些应酬之作,随写随弃,不曾汇集。马君武留存下来的唯一一本诗集,是友人、同为南社社员的朱少屏(1881～1941,上海市人)为他刊印的《马君武诗稿》(下均简称《诗稿》)(上海文明书局1914年6月版),内收七古十七首、七绝二十一首、五古九首、五律三十二首、五绝四首、译诗三十八首。卷首有作者1913年5月写的一篇自序,云:

……此寥寥短篇断无文学界存在之价值。惟十年以前,君武于鼓吹新学思潮,标榜爱国主义,固有微力焉.以作个人之纪念而已。

这篇自序是研究马君武的一页珍贵文字。

《诗稿》中的作品,大都写成于所谓"南社时代",亦即写于光绪壬癸至民国初年间,先后发表于《新民丛报》《民报》和《南社社刊》。马君武是南社的"革命诗人"之一,他的古近体诗,从词旨、韵味上说,有浓厚的晚唐诗的气息,但具有一种"慷慨以使气,磊落以使才"的新精神。当时他的诗流传甚广,人们乐于传诵。《从军行》则是一首富于爱国主义思想的作品:

北狄寇边郡，飞电羽书急。军人别慈母，整装赴前敌。母亦无所恋，母亦无所愁。生儿奉祖国，岂为室家谋？儿父战死日，儿生未十年。不辞教养儿，望儿成立贤。教儿读历史，往事足歌泣。祖国岂不美？世界昔第一。教儿练身体，丈夫之本领。周处除三害，项籍力扛鼎。教儿习射击，典钗买枪剑。刺肌戒爱国，隐隐字可见。儿今年二十，投身事戎行。父志既已继，母愿志已偿。北狄吾世仇，膺惩今所急。祖国尺寸地，不许今人失。母亦无所愁，母亦无所恋。不望儿生还，恐儿不力战！

这首诗作于1904年，当时中国人民反对沙俄违约，不从东北撤军的浪潮，还没有平息；日、俄两个帝国主义国家在中国的分赃战争跟着又爆发了。作者当时在日本，愤恨于沙俄一贯对我国的侵略，通过这首诗，从侧面反映了中国近代史上抗俄斗争悲壮的一页。诗中这位辞别母亲上前线的军人的父亲，就是在十年前一次抗俄战争中战死的。十年来母亲把儿子抚养教育成人，希望他能够继承父亲遗志，杀敌复仇；现在他又要走上战场，母亲十年来的愿望就要实现，她刚毅沉着地嘱咐儿子要勇敢作战："北狄吾世仇，膺惩今所急。祖国尺寸地，不许今人失。"狠狠打击沙俄侵略者，保卫祖国的神圣领土。"生儿奉祖国，岂为室家谋？""不望儿生还，恐儿不力战！"这是多么壮烈的语言！

1906年他在日本追随孙中山参加同盟会时，曾作了五首《华族祖国歌》，兹选录其中两首：

华族祖国今何方？西极昆仑尽卫藏，层峦万叠金沙黄，水草无际多牛羊，黄河之源际天长，祖国无乃西界印度洋，非欤非欤，华族不以西为疆。

尔祖黄帝不可忘，挥斥八极拓土疆；尔祖夏后不可忘，平治水土流泽长，热血偾张气发扬，以铳以剑誓死为之防。华族华族，祖国沦亡，尔罪不能偿！

其辞豪放,热情横溢,由血泪交织而成,在当时流行的革命鼓动诗中,算是感染力强的上品。马君武不仅有古人豪放的气派,还别开生面,独具一格,在诗中加入时代新术语或引入科学原理,如《华族祖国歌》又一首:

地球之寿不能详,生物竞争始洪荒;万物次第归灭亡,最宜之族为最强,优胜劣败理彰彰,天择无情彷徨何所望?华族华族,肩枪腰剑奋勇赴战场。

诗中竟把达尔文的"物竞天择"理论也引进去了,但读来并不使人感到枯燥。

《华族祖国歌》无论思想上或艺术上均系马君武的代表作。又在民初马君武与谢无量游扬州,归时曾作诗一首寄予杨杏佛,胡适曾抄入其留学日记中。此诗之作,正马君武从政得意之时,欲搜罗四海人才,共襄国事。

偕谢无量扬州

风云欲卷人才尽,时势不许江山闲,
涛声寂寞明月没,我自扬州吊古还。

马君武的诗词,气魄浩大,言辞活跃,梁启超、胡适称赞过马君武的绝律。民国以后,他也写过不少诗,1931年"九·一八"时,他写的《哀沈阳》七绝二首,讽寓之事虽不属实,但激荡其间的爱国主义精神异常强烈,故此二诗当时传遍全国。总的来说,《马君武诗稿》以后的诗其成就无法与作者前期诗媲美。这也许是诗人不愿再辑印后期诗作的一个隐秘的原因。

《诗稿》中所收的译诗,显示了马君武在诗歌革新上的另一面成就,也许比他的自作成就还大、影响更深远。这里不能不提到他翻译的英国诗人拜伦的《哀希腊歌》。这首诗译于1905年。两年前(1903年),梁启超在他的白话小说《新中国未来记》第四回中就摘译了拜伦的这首抒情诗。几乎与马君武译《哀希腊歌》同时，苏曼殊（1884～1918）在《拜伦诗选》中用五言古风体也翻译了这首名篇。马君武还翻译了歌德《米娘之歌》《衬衣之歌》等。这些译诗对传播爱国主义与民主主义思想起了积极作用，对新诗的形成起了促进作用。据说马君武译诗很敏捷，一面阅西文原作，一面译为中文，同时又吸烟与朋友交谈。这与他中文诗词底子深，精通外语有关。他的译诗自成一家，译笔简洁老练，受到文学史家们的称赞。时人曾有评论说：

近人译诗有三式。一曰马君武式。以格律谨严之近体译之……二曰苏玄瑛式。以格律较疏之古体译之……三曰胡适式。则白话直译，尽驰格律矣。

陈炳坤的《最近三十年中国文学史》说：

三二式中却爱马式，如译嚣俄（雨果）《题其情人阿黛儿遗札》诗云，"此是青年红叶书，而今重展泪盈裾。斜风斜雨人将老，青史青山事总虚。两字题碑记恩爱，十年去国共艰虞。茫茫尔土知何在？人世苍黄一梦知。"诵之令人荡气回肠，不能自已也。

马君武于译诗之外，还翻译过一些世界文学名著，如俄国托尔斯泰的《心狱》（后通译为《复活》），其中以德国席勒的戏剧《威廉·退尔》（中华书局1925年12月版）最为人称道。马君武是不以诗人自居的诗人。他在诗上花的功夫实在不多。他的兴趣过于广泛，科学、教育、文化无不涉足。他晚年曾与欧阳予倩合作致力于桂剧改革，还编了《木兰从军》及《梁红玉》等剧，并演出于桂林、柳州一带。

一九八二年元月

周瘦鹃与花花草草

谁人不爱美？凡是花草树木，都有它一种自然美的形态，只要有心，看在人们眼里，就会引起心中的愉悦。每逢阳春三月，村头孩童眺望烂烂漫漫的一树红霞，使人想起《诗经》中的名句"桃之夭夭，灼灼其华"；城市公园里经年争奇斗妍的百花，逗引了多少男女青年的情趣；即便在北国严寒的冬日，家家户户也短不了插些鲜花，置些盆栽，使室内春意盎然。人们在生活中需要花。花，就是这样被赋予性灵，与人为侣。

花木经常成为文人咏叹之物。咏花诗在中国古典诗词中自成一体。仅山茶花，陆游就一再赋诗咏叹，如"雪里开花到春晚，世间耐久孰如君；凭栏叹息无人会，三十年前宴海云"。又见山茶一树，自冬直至清明后，著花不已，宠以诗云"东园三日雨兼风，桃李飘零扫地空；唯有山茶偏耐久，绿丛又放数枝红"。陆游不愧为陆游，山茶耐久的性格特征，一下被他捉准了。英国十九世纪名诗人柯尔瑞基，在自己的日记中记下了他长久对花草飞鸟的观察和在观察时的零思断想。我国现代散文家写花草的也不少，其中，首先不能不想到江南园艺名家周瘦鹃。他先后出版了有关花木的著述七八本，大部分同时又是清新的散文小品。周瘦鹃一九六八年被"四人帮"迫害致死，为了怀念这位正直善良的老作家，友人替他编选了散文集《花木丛中》（南京金陵书画社一九八一年版）。

"五四"之前,周瘦鹃曾翻译欧美短篇小说,为鲁迅称许过。二三十年代写了大量小说散文,创作倾向属于文学史家所谓的"礼拜六派",受到进步文艺界的批评。三十年代中期,他从繁闹的上海退隐苏州老家,兴致转向园艺,爱好花木,进一步爱好盆景。除了偶尔执笔,白天黑夜,风里雨里,常与花木为伍。他自叹到了热恋和着迷的地步。古人所谓"一年无事为花忙",《花木丛中》正是他一生爱花的写照。

《花木丛中》百余篇。其中所记如迎春花、梅花、桃花、牡丹、蔷薇、杜鹃花、莲花、菊花等等,俱是江南名花,是大家熟悉喜爱的花。作者用深入浅出清灵秀丽的笔触,博古通今,将种种关于花的知识、与花有关的文学典故和风土习尚徐徐引进,同时铸进作者徘徊花前饱餐秀色时的神思遐想,读来风趣逸生,不仅增长见识,分享乐趣,而且使人丛生联想,扩展想象力。作者对花木自然形态的变化体察入微,自如地将花木的繁荣凋谢与国事兴衰、个人遭际贴切在一起,借一花一木抒发感情,因而具有更宽阔深厚的内容。"秋菊有佳色",是陶潜关于秋菊的警句。作者赞同道:"秋天实在少不了菊花,有了菊花,就把这秋的世界装点得分外地清丽起来。"于是作者对菊花有了一种"偏爱"。但是,作者笔锋一转,话说一九三七年,他种植菊花为全盛时期,却不料未到菊花时节,日寇大举进犯,恬静安闲的苏州城中,也吃到了"铁鸟"下的"蛋"。一连七年,作者羁身海上,三径荒芜,菊花也断了种。"到了秋天,就连一朵平凡的菊花都没有了,这没有菊花的秋天,实在太寂寞,太无聊了。"在日本侵略者铁蹄肆意践踏的年月,这种寂寞之感,绝非个人仅有。解放后,国家新生,周瘦鹃的感情有了巨大变化。他说:"我这陶渊明和林和靖式的现代隐士,突然走出了栗里,跑下了孤山,大踏步赶到了十字街头,面向广大的群众了。"作家这种雀跃的心情,对生活的希望,在花木丛中,在花瓣花蕊上随时可以觅到。周恩来、朱德等同志曾去参观过他经营多年的采莲堂。有一次,周瘦鹃指着枯木说:"梅花时节,我用竹管插上一枝红梅放在上面,那就好像是枯木逢春了。"委员长听了这话,点头微笑。古人对春之去,有不胜依恋而含着怨恨的,有持乐观态度去送春的,作者在《花雨缤纷春去了》一文中,肯定送春的乐观态度是"合理的":"好在今年送去了春,明年此时,春还是要来的啊!"这与他最初养花时,寄托的消极、郁闷之情相去多远啊!

散文是最广阔自由、无拘无束的。新文学以来的散文名家,有以议论著,有以学问名,有以情见胜,有以知识渊博见长,有的风趣,有的幽默……不管题材、风格如何多样,都缺不了作品的灵气、作家的真情实感。就如写花木的散文,过去一些闲适之士写过不少,周瘦鹃本人早年也写有不少,花木在他们笔下往往是无病呻吟之物。目前有些人热衷于写山水游记或花草虫鱼,追求新老八股辞藻的堆砌,不妨常去《花木丛中》观赏一番。

一九八二年二月

屠格涅夫的散文诗

最近读了两本喜爱的书：萧珊、巴金合译的《屠格涅夫中短篇小说集》（四川人民出版社重排本）和黄伟经译的屠格涅夫散文诗集《爱之路》（湖南人民出版社出版）。

我对屠格涅夫的作品有些偏爱。那部奠定了他在俄国十九世纪现实主义文学中地位的《猎人笔记》，以及誉满全球的《罗亭》《贵族之家》《前夜》《父与子》《烟》《处女地》等六部长篇小说，我都是二十多年前一气读下的。巴金翻译的屠格涅夫散文诗单行本，我先存有一九四五年文化生活出版社重庆版，前些年从上海书店又购得一本上海文化生活出版社重版本。广大读者最初接触屠格涅夫的散文诗就借助于这个译本。屠格涅夫散文诗共有八十二篇，巴金从法文本转译了五十一篇。

诗笔亲切流畅，原作中蕴含的诗意美被活泼泼地揭示了出来。这个译本一再重版，在读者中流传很广。

屠格涅夫的散文诗，集中写于作家衰老、多病的晚年，是他一八七七年脱稿《处女地》之后文学创作活动中最后的收获。当时他侨居国外。这些散文诗的部分，在他生前曾先后刊登在俄国和西欧一些报刊上，未曾辑印。在我国，最早介绍屠格涅夫散文诗的，是清末民初名翻译家刘复。他在《中华小说界》第二卷第七期（一九一五年七月一日出版，署名"半侬"），翻译了杜瑾讷夫(屠格涅夫)散文诗四篇:《乞食之兄》(巴金译为《乞丐》)、《地胡吞我之妻》(巴金译为《马霞》)、《可畏哉愚夫》(巴金译为《愚人》)、《嫠妇与菜汁》(巴金译为《白菜汤》)。译者对屠格涅夫这四篇散文诗很看重,在标题上注明是"名家小说","杜瑾讷夫之名著"。但当时译者心目中小说与散文诗的概念似乎还分不清楚。四篇译文前有译者一段小引,是我国早期评价屠格涅夫及其散文诗的珍贵文字:"俄国文学家杜瑾讷夫。Ivan Turgenev 与托尔斯泰齐名。托氏为文。浅淡平易者居大半。其书易读。故知之者较多。杜氏文以古健胜。且立言不如托氏显。故知之者少。至举二氏并论。则译本的珍惜。翻译是一种创造性的劳动。一部名著经不同的译家生花之笔可以成为同是质地好而又各具特色的译本,并且相互补充地流传下去。

一九八二年二月

《郁达夫诗词抄》晚出之谜

郁达夫是现代名小说家，又写得一手漂亮的旧体诗词。作家本人甚至觉得自己的诗词比自己的新小说更好。郭沫若说："他的旧诗词却颇耐人寻味，真可谓名实相副，'郁郁乎文哉'了。"

一九八一年，浙江人民出版社出版的《郁达夫诗词抄》刚一投放书市，人们就叫嚷得之不易。达夫一生写了大量诗词，散佚不少，难以搜齐。六十年代初海外出版过陆丹林编的达夫诗词集，比这本单薄多了，且有多处讹误。这样看来，《诗词抄》引起人们的重视、喜爱就很自然了。我曾亲耳听到文艺界两位老前辈对该书异口同声地称赞。一位小说家说："现代作家中，达夫的旧诗词写得好，还有田汉。"另一位美学家说："旧诗词写得够味的是达夫，田汉的也不错。"这么好的书，初版印了一万两千册，怎么能满足广泛的需求呢？去年四月初，我从杭州冒雨去富阳，原想在达夫家乡代友人购买几本，书店说进货不多，几天就卖光了，很使人失望。

有些读者，读书读得真仔细，有一位问道："郭老《郁达夫诗词抄》序文写于一九五九年，离'史无前例'还有六七年，书何故迟迟未能出版？"香港《新晚报》《星海》副刊上，有篇评介文章，也正正经经地将这个问题，当作一个谜提了出来。

编者周艾文、于听（达夫长子天民）在《编后记》中谈到搜集、编订这本书

"历经三十年",至于为何未得付梓,不曾交代清楚。

一九五九年,这本书天津百花文艺出版社原拟出版。一九六二年四五月间,编者将原稿加以增订,并送请郭老审阅。郭老据此将写成的序文做了些修改,一九六二年八月四日在《光明日报》上发表了。郭老事忙,将稿子转给了阿英、孟超,希望他俩帮助阅看。阿英、孟超都是达夫的老友,一九二八年,在太阳社时期,他们曾征得达夫同意编选过一本《达夫代表作》。一九六二年,阿英时在中国文联,孟超在人民文学出版社,郭老将此事转托给他们两位,也是放心的。岂知稿子转到阿英、孟超手里,一年左右没有下文。编者之一周艾文着急,数次催问。另一位编者于听一九六三年八月写信给郭老,问及此事。郭老将原信转给阿英,建议直接回他一信。接着,文艺界整风开始,继之十年动乱。"四人帮"垮台后,编者又过问起这件事。

郁天民从富阳来京,看望了郭老,并向重病之中的阿英打听这部稿子的下落。当时阿英劫后剩余凌乱地堆放着,查找几遍未见。幸亏编者手头还保存了一份复本,《郁达夫诗词抄》的出版才有可能。

一九七七年四月初,阿英最后一次住院前夕,晚上,他精神尚好,和老伴林莉在闲谈往事。近些天,他偶尔翻看他在新四军时期写的《敌后日记》,有时叫我念一段,他对日记中某些记载不详的部分,做些解释、补充。因下午达夫的侄女郁风、侄女婿黄苗子来,话锋转到达夫诗词的事,我问他,郭老转来的那部稿子为什么在他这里搁置许久,是忙,身体不好,还是有别的原因。阿英说,忙也忙,那时他正在筹备纪念曹雪芹逝世二百周年展览,但这不是主要的。姚雪垠的《李自成》第一卷原稿比这字数多,他很快看了。《郁达夫诗词抄》原稿他也看了,不止一遍,当时对是否就这样出版拿不准。他说,达夫诗词写得虽好,但其中有不少应酬之作,被赠者的政治情况相当复杂,有些弄不清楚,有的明显不好,一九六三年前后文艺界的气氛不太适宜这样出书。阿英想,要么精选一下,要么晚出,但又不便将这些考虑写信明白告诉编者,于是就拖下来了。他曾同孟超商量过,孟超同意这一考虑,郭老转来郁天民信后,他又当面与郭老谈过,谁知事态如此发展,一拖就十几年。阿英说,他在原稿上做过一些校记,对其中个别是否系达夫之作,表示过怀疑。阿英说,专案组为此事查问过他,他估计稿子是被当作罪证拿走失落了。

《郁达夫诗词抄》问世时,阿英、孟超均已遭"四人帮"迫害致死。他们当年为出版郁达夫这样有成就作家的诗词集,思虑过多,不得已采取了这种拖延的态度。这对编者的急切心情,无疑是泼了一瓢冷水。特别是当阿英后来得知,周艾文在"文革"期间因此受罪吃苦,阿英更有一种歉意,希望以后有机会向他解释一下。

还是细心的读者会想问题,他们说,达夫诗词抄如果早出了几年,说不定十年动乱中作家本人连同编者、出版者会因此吃更大的苦头呢!

一九八二年五月

朱自清的欧游二记

朱自清(一八九八——一九四八年)是我国现代文坛上一位人品文品堪受敬重的著名作家。他早年热心提倡写作新诗。一九二一年春参加文学研究会后,创作精力主要付诸写散文的实践。他认为散文是"表现着、批评着、解释着人生的各面"的运用自如的工具。他发表了名篇《桨声灯影里的秦淮河》(一九二三年)、《背影》(一九二五年)、《荷塘月色》(一九二七年)等,显示了他在散文创作方面的突出成就。郁达夫在《新文学大系·散文二集》的导言中说:"朱自清虽则是一个诗人,可是他的散文,仍能满贮着那一种诗意,文学研究会的散文作家中,除冰心女士外,文字之美,要算他了。"

朱自清早期散文,具有绵密和深厚的情致、朴素清新的艺术风格。他的作品抹上了浓重的个人感情色彩,不啻自序性的抒情散文,即便描绘自然景色的散文,也是善于通过精确的观察,细腻地抒写出对自然风光的内心感受,并将这种感受,融化到所描述的见闻中去,造成诗情画意的境界。

朱自清的散文有独特的风格,自然这种风格是多样的、变化的。一九三一年三月他在清华大学教书时,曾游学欧洲,翌年七月归国。这段异国生活使他写出了两本游记散文《欧游杂记》和《伦敦杂记》。虽然依旧保持了作家认真观察、工笔勾勒的作风,文字也更为洗练和成熟,且带上了现代口语的亲切韵味,但作家的心胸视野较前开阔多了。他在《欧游杂记·自序》中说:

"书中各篇以记述景物为主,极少说到自己的地方。"他又在《伦敦杂记·序》中说:"写这些杂记时,我还是抱着写《欧游杂记》的态度,就是避免'我'的出现。"散文尤贵真情实感,这浓重的个人之情里,自然应包含恢宏的时代内容。朱自清早期有广泛影响的一些散文中流露的情虽真挚,但一般说较狭窄,个人之情过重。有的评论早已指出了这点。作家写作这两本游记,力避"我"在文中的出现,肯定与此有关。但散文毕竟是要以情动人的,问题不在有无"我",而是在纯属个人的"我",还是与人民心灵相通的"我"。既要有情致,又要能激起广大读者的情感共鸣,这才是我们力求的散文。

《欧游杂记》《伦敦杂记》最初都是在朱自清的挚友叶圣陶负责编辑的《中学生》杂志上连载的。一九三二年始,一九三四年由开明书店集印单行本。叶圣陶在《中学生》一九三二年第二十六卷(七月)《编辑后记》中说:"朱自清先生游历欧洲,最近归国,把他的《欧游杂记》交本杂志发表。所记多为观赏名胜和艺术品印象,至甚玩味。文字益趋于平淡,而造诣更深。有人说:'把一篇文字回环往复地念,想增加一字办不到,想减去一字也办不到,这样的文字才是完作,读朱先生的文字,便觉得它已能达到这样的境界。'这个话,我们颇表同意,朱先生的文字确是十年来很难得的收获。"

如果文学评论的形式不是单一的,不一定硬要摆开架势的长篇议论才是文学评论,那么,叶先生这则随谈式的后记,也可算作是关于《欧游杂记》最早的一篇评论文字吧!

一九八二年

孙犁的《书林秋草》

三联书店近两年出的一套有关书的书很引起人们的兴趣。先是拿到重排本陈原的《书林漫步》和增订本唐弢的《晦庵书话》不久，初版本李一氓的《一氓题跋》和黄裳的《榆下说书》也问世了。郑振铎的《西谛书话》预告了两三年，至今不见出书。我催问过几次，编者总是笑嘻嘻地说："快了，别着急，不仅这一本，还有好几本呢！"

后来才知道，三联打算有选择地再印几本国内知名作家、学者的"书话"。这中间，就有老作家孙犁的这本《书林秋草》。

孙犁没有精力编选这本书，他同意董秀玉同志和我帮忙。我们都是他的作品的爱好者。这是一件愉快的工作。

孙犁出色的文学成就的一个重要方面在散文，他是当今的散文名家。他的散文不但文风精练隽永、亲切自然，且以不时闪烁的思想光彩引人入胜，启人遐思。孙犁不曾刻意写过什么"书话"，他的这些"秋草"散漫在一大堆各种形式的散文丛林之中。读过几本"书话"的人会猛然感到，他的"书话"与其他作家的"书话"有多么鲜明的区别。

"书话"是信手写来的文字，其内容风格也是多样的。内容各有侧重，或记觅书之甘苦；或重版本之绍介，其中又分善本书、西洋书、现代书；或联系社会写书的命运……有的朴实拘谨，节制而谈；有的娓娓动听，恣意汪洋。

孙犁不是一名藏书家,他也不想当一名藏书家。他是四十年代在解放区成长起来的作家。他之好读书,好收书,完全是从写作、喜爱出发的。他不同于郑振铎、阿英等老一辈的作家兼藏书家。他的这一经历,决定了在他的有关书的文章里,较少版本知识和书人书事的趣闻逸话。他过眼的书多是常见的普通书,他的特点在于,结合自己的创作体验和人生阅历,用心地读,认真地咀嚼,在普通的书里尝出自己的滋味来。可以说,他的这本"书话"是一位诚实的有独到见解的作家读书的实感。

一般写"书话",喜谈古书、洋书,至少是我国现代的名家佳作。孙犁则不然。他津津乐道的作品大多是当代的,有不少是近两年的。这就使习见的"书话"的内容有所开拓,使这一活泼的散文品种与现实生活和文学发展接近。《晦庵书话》被认为是研究中国现代文学的一部有益之作,《书林秋草》无疑将会被看成是一部研究中国当代文学的有益之作。

多年来,我们的学风不太正,一些文章的观点往往为时所趋,缺乏主见,不是作者自己认真研究思索的结果。孙犁对作品有自己的看法。他坚持从作品出发,力求用正确观点做具体分析,因而常有深刻精辟的见解。例如,他的《〈红楼梦〉的现实主义成就》一文,虽写于一九五四年,今天重读,使人觉得比当年影响一时的某些文章内容扎实、有见解得多。当然,这并不是说,孙犁对他所谈及的全部作品都有正确的认识,偏颇甚或个别不够正确之处总是难免的,有谁会做这样不近人情的要求呢?率直地说出自己阅读作品的真实感受,给人以启发,这是读者所期望的。我想,《书林秋草》在这方面定会受到读者欢迎,赢得读者的赞赏。

一九八三年四月十八日

开 卷 有 益

三九严寒,二十年前这个时节,在北京宽街附近,我几次见到一位瘦削的老人,衣着单薄,手拎酒瓶,任刺骨的朔风扑打,踱着碎步。

我认出,是巴人同志。在我的记忆里,突然回响起他那浓重的浙东口音:"开——卷——有——益!"

一九五八年,我所在的学校年级同学,意气风发,二三个月里集体编写了一部《中国文学史》。人民文学出版社将作为国庆献礼出书。九月初,同学们去京郊长城脚下支援秋收了。我和其他三位留下完成这本书的定稿工作。住在出版社的办公室里,就着阳光和灯光,夜以继日地干。巴人同志是这家出版社的总编辑,晚上陪着我们。他和我们斜对着屋,我们改完一章即送他审阅。有次他叫我过去,指着一页稿纸说:"这段引文好像有漏字,是转引来的吧?转引不太可靠,用原书核对一下。"那时我们才大学三年级,真是初生牛犊不怕虎,敢想敢干,居然著书立说起来。事后想来,这股闯劲固然可贵,但学业上确实准备不足。就说引用材料,有些来自原书,有些就靠第二手转述。巴人同志眼力准,抓住了我们的弱点。我用原书核对几段引文,发现有讹错,有他指出的,也有他未及指出的。这样反复几次,我对正式出版的著作(有些还是名人的名著)中所引材料的准确程度不完全放心,有时生起个问号。我又主动找了几段巴人同志放行了的引文核对,竟然也会发现差错。我高兴地拿着书去向巴人同志"表功"。这时,临近深夜了。马路上的行车声渐渐稀落。他从书桌前站起来,乡音显得格外清朗:"对,书就是要这么读,我也常有受骗的时候。"他笑呵呵地走到我们的屋子里来,叫大家轻松一下。夜宵,一种食堂自制的土面包送上来了。巴人,还有常陪我们的老编辑黄肃秋同志,给我们每人发一个,巴人也顾不得洗手,嚼一口,对我们说:"开——卷——有——益!"我吃着松软香甜的面包,贪婪地、不停顿地嚼着,那四个乡音仿佛也跟着下肚了。

下半夜,最困人。那时我还年少,连续几夜通宵不算什么,能熬得住,但眼皮有时也会不由自主地下垂,每当这时,我会在心底默诵"开卷有益",精神又振作起来。

几年之后,我当上了一家杂志的编辑。二十年来,跟无数页稿纸打过交道。巴人同志夹在面包里送给我的这个教益,一直蹲在我的心里。

一九八四年一月

最早评论《子夜》的文字

茅盾的长篇杰作《子夜》,于一九三三年一月出版后,就得到文坛的好评。最早有影响的评论,一是瞿秋白的《〈子夜〉和国货年》,称《子夜》为"中国第一部写实主义的成功的长篇小说",说《子夜》的出版是"中国文艺界的大事件"。另外就是,同年二月九日,鲁迅在给曹靖华的信中说:"国内文坛除我们仍受压迫及反对者趁势活动外,亦无甚新闻。但我们这面,亦颇有新作家出现;茅盾作一小说曰《子夜》(此书将来当寄上),计三十余万字,是他们所不及的。"曹氏当时在苏联,鲁迅是怀着异常欣喜的心情,向他推荐《子夜》这部作品的。次年四月,鲁迅又在《文人无行》一文中称赞《子夜》为"大作",他说:"我们在两三年前,就看见刊物上说某诗人到西湖吟诗去了,某文豪在作五十万字的小说了,但直到现在,除了并未预告的一部《子夜》而外,别的大作都没有出现。"茅盾对鲁迅的鼓励感激不已,据《鲁迅日记》载,一九三三年二月三日,鲁迅收到茅盾《子夜》赠书;六月十九日,茅盾访问鲁迅,又面赠精装本《子夜》一册,并在书的扉页上写"鲁迅先生指正"。

不久前,查阅《中学生》杂志,在一九三三年一月出版的第三十一号的扉页上见到有一则介绍《子夜》的提要。《中学生》的出版者又同是《子夜》的出版者——上海的开明书店认为,《子夜》的出版是该店一九三三年新年的一大贡献,又说:"本书为茅盾最近创作,描写一九三〇年的中国社会现象。书中人物多至八九十，主角为工业资本家、金融资本家、工人、知识分子青年等四类。书中故事除工业资本家与金融资本家的利害冲突为总结构外，又包括了许多互相关联的小结构，如农村骚动、罢工、公债市场上的斗争、青年的恋爱等，成为复杂生动的描写。全书三十余万言，而首尾经过时间，不过两个月，即此可见全书动作之紧张。"此文不足二百字，将这部头绪纷繁的小说情节概括得脉络分明，对原作不熟悉只匆匆过眼是做不到的。《子夜》的个别篇章曾在一九三二年六、七月出版的左联刊物《文学月报》一、二期上发表，绝大部分是开明书店经手直接出版的。所以，《子夜》出版的当月，《中学生》配合介绍这部书是自然的事。这段提要可以看成是最早的一段介绍《子夜》的文字。这很可能出自开明书店的主要编辑，也是当时《中学生》的主要编辑叶圣陶之手。可惜这则介绍至今不曾为研究者留意。《子夜》初版本封面篆字就是叶圣陶书写的。近年有文章说"叶老当年看重《子夜》，特意题签"，有次听叶老说，看重《子夜》是事实，题签之"特意"就未必了，因为当年开明出版的不少书的书名都是他书写的。

一九八四年二月

读《东海渔歌》李一氓钞配本随记

数起中国古代文学的家珍,莫不是《诗经》、楚辞、汉赋、唐诗、宋词、元曲、明清小说。这只是就巅峰而言。其实,某一历史时期文学发展的成就是多方面的。读了钱钟书的《宋诗选注》,谁不惊叹唐诗大家之后还有风味独绝的宋词。词亦然。有人以为,两宋是词的黄金时代,清代是词的第二个黄金时代。爱读清词的人不少。清末以后藏书家,如徐乃昌、叶恭绰、林葆恒等,都热心搜求过清词。

清代词学昌盛,名家辈出。积学斋刻了好几种词学丛书,近年出版的叶玉虎的《全清词钞》,是个较齐全的本子,如果程千帆编辑的《全清词》问世,无疑会将清一代词人的作品备尽。

清代词人中有个耀眼的特点:男词人多,女子工词者也不少。小檀栾室刊《闺秀词》收清一代女词人专集,至百余家之谱。在如云的女词人中,当首推顾太清。况周颐(蕙笙)说:"太清词得力于周清真,旁参白石之清隽,深稳沉着,不琢不率,极合倚声家消息。求其诣此之由,大概明以后词未常寓目,纯乎宋人法乳,故能不烦洗伐,绝无一毫纤艳,涉其笔端。"清代名词学家王鹏运(半塘)谓满词人"男中成容若,女中太清春"。纳兰容若,作有《饮水词》,人谓李后主再世。以太清与纳兰作比,其声名之显和造诣之深可想而知。况周颐更认为"今以两家词互校,求其妍秀韶令,自是容若擅长,若以格调论,似乎容若不逮太清。太清词其佳处在气格,不在字句,当于全体大段求之,不能以一二阕为论定,一声一字为工拙。此等词无人能知,无人能爱,夫以绝代佳人而能填无人能爱之词,是亦奇矣"。况氏此论未必精当,但有其独到之处。

历史上常有怪事。太清生于清嘉庆四年(一七九九年),距今才二百年光景,我们对她的了解,就难说清晰了。她的卒年不详,身世传说不一。她的籍贯,一云为辽宁铁岭人,另云为吴人。她的姓和名也有几种写法,如西林春,顾春字太清,顾太清字子春,词集署西林顾春太清著。太清为贝勒奕绘侧室。才色双绝,诗词书画均精诣,诗有《天游阁集》,词有《东海渔歌》。奕绘别号太素道人,亦酷爱文学,著有《明善堂集》。太素的词名《西山樵唱》,太清的词名《东海渔歌》,恰成对偶。

《东海渔歌》一书久负盛名,然湮没已久。直至光绪年间,还是仅闻其名,难见其书。顾词在清代仅有极少传钞本,徐乃昌汇刻《闺秀词》,未见刊入。词学名家王鹏运也不曾见过。后经陈士可在北京厂肆收得钞本,迨民国三年癸丑仲冬(一九一四年)由况周颐作序交西泠印社木活字排印发行。但仅有一、三、四卷,缺第二卷。一九四〇年王寿森觅得朱祖谋(强村)所藏钞本《东海渔歌》一卷,即第二卷,遂连同况本三卷于一九四一年铅印。从此,人们才得以窥见太清词全貌。不过,这个铅印本也流传稀少,从《西谛书目》中可知,连郑振铎这样的大藏书家也还只收存到西泠印社活字印本二册。

现欣喜读到《东海渔歌》最完备、最精美之本,即击楫词人李一氓《东海渔歌》钞配本。承一氓老慨然借阅,去岁至今,常在夜阑人静时翻阅诵读。大学读书时,我虽听过名师讲授古典诗词,但对词的爱好远不及对小说。三十年过去了。今天对这本词集怀有的兴趣如此浓厚,连我自己也多少有点奇怪。我想,除了词本身的造诣,这个钞配本成册的情况也是一个直接的原因吧!

关于这个钞配本,李一氓在《一氓题跋》《东海渔歌》条中曾说明:"清顾春(女)撰,四卷。木活字本三卷,钞配一卷。顾词在清代有极少传抄本,徐乃昌汇刻《闺秀词》时,亦未见刊入。况夔笙一九一三年得钞本,缺第二卷,一九一四年由杭州西泠印社以木活字排印发行。予藏此本。王寿森一九四〇年得朱祖谋钞本一卷,恰为第二卷,遂加三卷于一九四一年铅印发行。齐燕铭有藏本。一九七七年假得,依活字本规模,框行为同一式,用罗纹纸墨印,钞配第二卷,遂成全帙。书前,余倩潘絜兹同志写作者图像一幅,后悉启功先生藏所者'听雪小照'——作者有金缕曲一阕,自题此图,再倩絜兹同志重抚一过,置于第三卷之首。书分订二册,重加装整,复护以锦套,甚阔矣。"

这确是个可堪玩赏,值得珍贵的"善本"。

内容丰富、精确是一九四一年铅印本无法比及的。全书四卷外,还有补遗部分:录太清《天游阁集》中柳枝词十二首,钝宦曰:此十二首,太清有朱笔自题其上,曰:此移入《东海渔歌》集。又太清逸事数则,王寿森《东海渔歌》序。另,补刊集外逸作《齐天乐》一阕。《香珊瑚馆》载:"家藏善孕斋《王孙乘槎载妓图》,中有天游老人(即顾春)齐天乐一阕,为集外之作。"兹转录于右:"众香国里香风起,灵槎御风而下。天女腰肢,维摩眉宇,闻是王孙自写。欲何为也? 有百八年尼,一函般若,不著纤尘;屏除一切,更娴雅。本来心在云水,现官身说法,恁般潇洒。不染峰峦,不增泉石,一片春天光射。翠鬟娇姹。岂谢传东山,管弦游冶,载个人儿,散天花待者。"此外,经李一氓考证,况本补入之五首,见沈宝善《闺秀词话》,然有两阕在第二卷,余三阕,加上补刊一阕,因此,集外《补遗》,应为四阕。

钞配本最宝贵之处在于一氓老约请了几位学者名流题跋。这些信手写来真切自然的文字不仅是一曲曲有关这本词集的趣闻佳话,读来饶有兴味,增长见识,而且对理解清词乃至整个清代文化都大有价值。茅盾、齐燕铭、周叔弢等已先后作古,他们的遗墨就愈令人珍惜了。

李一氓在一九八一年四月为《文艺报》写的悼念茅公的文章中说:"一九七六年以后,我多次与茅公相约,去他家一次,都未去成。后一九七八年我为了请他题几条书签,就登门拜访他了。闲谈中,不知怎么提起这个清代女词人的书,他大感兴趣,说在商务印书馆时,同事王西神怎么有一残本,秘不示人。我就顺便请他替我这个藏本写几句,就是现在这个手迹的跋文。"茅公的这个跋不长,写得风趣:"无锡王西神(余与王为商务印馆编译所同事),江浙骚客,竞相推许,认为能手。王之词,常见于当时王所编之《小说月报》。西神辑有清闺秀词补遗,未刊行。藏有铅印本《东海渔歌》残本,仅第一卷之半。西神视为至宝,今读一氓兄所得西泠印社活字本,并钞配第二卷,辑录王序及太清逸事若干则,幸得诵读,快何如之。一九七八年六月二十日茅盾。"现在一般读者未必熟悉王西神这个名字,清末民初文坛上他可是个显赫的人物。他是改革前《小说月报》的主笔。叶圣陶、郑逸梅的回忆文章里常常提到这位王西神。茅盾在回忆录《我走过的道路》中说:"王莼农,名蕴章,别号西神,南社(清末的爱国民主派文人的组织,但不纯,柳亚子是其领袖)社员,善骈文、词曲,无锡人。有人说他曾为某省巡抚衙门的幕僚。他亦懂英文。他不是鸳鸯蝶派,但他属于当时封建思想的旧文人一类,则从他的诗、词与杂纂掌故之书,可以断定。他曾在《小说月报》上连载的《燃脂余韵》,是搜罗清代闺秀诗文、词曲、歌赋铭诔,并详述这些女作者的逸闻逸事。写这本书,他花了些工夫。这本书,也有点史料价值,但终不免于'玩物丧志'之讥。"笔者曾读过《燃脂余韵》部分,其中有涉及《红楼梦》的,似乎还未引起红学家们的留意:《红楼梦》为说部名著,形诸题咏,无虑百十人,惟荆石山樵《散套》一种,最擅胜场,余则粟陈碗脱,言所不必言,皆拾人唾余而已。遂宁张船山以诗名嘉道间,其女弟淑徽有和次女采芝读《红楼梦》偶作韵云:

奇才有意惜风流
真假分明笔自由
色界原空终有尽
情魔不著本无愁
良缘仍照钗分股

妙谛应教石点头

梦短梦长浑是梦

几人如此读红楼

  拈花微笑,神在个中,愿以之质世之善读《红楼梦》者。采芝适同邑邹廷扬,著有《芝润山房集》。佳句如"十载离家愁见月,一身多病怕逢秋","鸡唱五更残月白,车行一路晓灯红",皆卓卓可传。又有句云,"事因太好违初愿,人到无聊见旧吟",非阅历有得之人,不能为此语也。

  齐燕铭是满人,熟谙清人文化故实,他的长跋,内容翔实,有论有据。他说:"顾太清词集《东海渔歌》、诗集《天游阁集》,初未有刊本。一九〇九年即清宣统元年己酉,黄陂陈士可(毅)得两稿于北京厂肆。诗五卷,缺第四卷;词四卷,缺第二卷。冒鹤亭(广生,号钝宧)钞得后以诗集第五卷前半折出,聊补第四卷之缺,并加考证,付风雨楼以铅字排印。越四年,以词集家况夔笙(周颐号蕙风),次年况复据沈宝善《闺秀词话》所载五首辑为补遗,付西泠印社又木刻活字排印,原缺第二卷,仍之。一九四一年为王寿森(佳)得朱强村钞本《渔歌》一卷,适足补原第二卷之缺,又辑近人笔记有关太清者为太清逸事一卷,附集排印。一氓同志见而喜之,乃出所藏西泠排印本倩人钞配第二卷,并录王序及所辑逸事于后,又《天游阁诗集》移录柳枝词十二首于《补遗》之后,此十二首者太清在集中自注移入《东海渔歌》。至此,《东海渔歌》乃成今日所见最完之本,一氓可谓好事者矣。论有清一代词人,向以太清与纳兰并称,余尝以为容若词自秀雅,而太清之真淳本色,则非容若所及。况蕙风云,以格调论,似容若不及太清,可称谠论。……一九七七年十二月,一氓钞补装成后,属题数言,因拉杂书之。"

  我国近代著名收藏家天津周叔弢先生所题,着眼于版本,他说:"清代木活字本始于乾隆年武英殿聚珍版,继之者不下千余家,辛亥革命以后,西泠印社最为有名,字仿赵宋,宣纸徽墨,光彩夺目,超越前人。一九七九年八月周叔弢时年八十有九。"

同是满人的名书法家启功一九七八年四月亲题西林觉罗夫人词集一首:"渔歌响答海天风,南欲齐眉唱和同。词品欲评听自赞,花枝不作可怜红。"词学专家夏承焘也填词一首。

清代闺秀词中不乏上品,然往往失之纤弱,像太清这样笔端豪迈而以气格胜者,实不多见。虽然她的词大部分为咏花题画之作,夫妇唱和友人酬答之作次之,题材较为狭窄,她生活于封建贵族家庭之中,境遇不佳,但她的词还没有过于消沉的情绪。她具有高度的文学素养和才能,词的艺术造诣高,况周颐说太清词不浅露,"深隐沉着",算是说到了点子上。她的词耐读,经得起咀嚼。

太清的词情文相生,自然合拍,如《雨中接云姜信》:

故人千里寄书来,快些开,慢些开,不知书中安否费疑猜。别后炎凉时序改,江南北,动离愁,自徘徊?徘徊,徘徊,渺予怀,天一涯,水一涯,梦也,梦也,梦不见当日裙钗。谁念碧云凝伫费肠回,明岁君归重见我,应不是别离时旧形骸!

又《久不接云姜信用柳耆卿韵》:

又盼到冬深,不见故人消息,况当雪后几枝,寒梅绿萼如滴,对疏香瘦影思佳客,细思量两地相思,怕梦里行踪无准,各自都成悲戚。无极,九回柔肠,十分幽怨,几度写付宫阙。鸿雁空延伫,虽暂成小别也劳心力。回首当初,在众香国里花同惜。凭无端雪来柳往,天天使人疏隔。

知何时共剪西窗烛,万千言与语,叨叨向说。却还愁,说不尽从前相忆。

此词情真意切。况周颐赞曰:"朴实言情,宋人法乳,非纤艳之笔,藻缋之工所能梦见。"

太清喜咏物,咏花,尤爱咏海棠。有名的一首临江仙,题为《清明前一日种海棠》:

万点猩红将吐萼,嫣然迥出凡尘。移来古寺种朱门。明朝寒食了,又是一春。　　细干柔条才数尺,千寻起自微因。绿云蔽日树轮囷。成阴结子后,记取种花人。(自注:末句用刘克庄种海棠词)

这首词将花喻人,不落纤艳,有人称太清为清代的李易安。又《落花》云:

花开花落一年中,惜残红,怨东风。恼煞纷纷如雪扑帘栊。坐对飞花花事了,春又去,太匆匆。惜花有恨与谁同?晓妆慵,忒愁侬,燕子来时,红雨画楼东。尽有春愁衔不去,无才思,是游蜂!

因落花而想及游蜂,联想巧妙。前人评曰:"一片空灵,天仙化人之笔!"太素以十金易得古笛一支,约太清同咏,先成《翠羽吟》一阕,太清乃作十六字令:

听,黄鹤楼中三两声。仙人去,天地有余青!

这"天地有余青"五字,寄情深远,与"曲终人不见,江上数峰青"异曲同工。

像上面所引的好词，集中尚有许多。当然太清词还算不上是大家之作。可惜，像这样一位有才华有成就的少数民族女词人，在她谢世一百多年之后，还不曾有个较好的本子流传，实在是件遗憾的事。由此，人们很自然地珍爱一氓老精心钞配的这个"善本"也就毫不奇怪了。

李一氓是大家熟悉而又敬重的老同志，数十年他在繁重的行政领导工作之余，搞过一个时期的书画的收藏和鉴赏。他这方面兴趣之浓是一般人难以料想的。一九五七年八月，他出任大使回国度假期间，曾上黄山。他在黄山给有同好的老友阿英写了一封长信，谈他沿途访书的见闻，"徽州有一西厢记，大方宋字，书口题'北西厢'，书无叙，是会真记，或书名重刻订正元本批点画意'北西厢'，继题'元——大都——王实甫编，次行关汉卿续'。共五卷，每卷有图二幅。书顶有行楷写到批语，每卷后有行楷写刻总评，半页八行，行二十字，宾白用小字，双行。批语总评总是如明人评时文语，匆匆未暇细阅也。另有一玉簪记，一唐诗画谱（残，七绝一本）。皆未成，主其事甚傲慢。别在屯溪见一西厢记，为董西厢，书口'西厢定本'。书两卷，上卷为序，玩西厢记评，楔目——注名仍'改定''仍旧'等。图十五幅，为唐寅、魏之光、魏之璜、吴彬、董其昌等，书题'词坛清玩'，继题'槃迈顾人增改定本'。我在屯溪得如下各残本书。（一）西厢记，上下两卷，上卷缺残前十四页，后卷缺残后十余页，图尚存十幅，即西厢图录中那个人物秀长的本子，将来补装，可望成一全书。（二）墨煜斋今古奇观首册，有序目。图八十幅，稍后印。（三）新刊校正古本出象大字音释三国志传通俗演义，存三、四、五、六、九、十六卷，恰为半部（佚一、二、七、八、十一、十二六卷），每卷图二十幅，共尚有图一百二十幅。蛀蚀过甚，须大修补，题'明书林'周日从刊行，半页十三行，行二十六字。（四）康熙五年刊黄山志（十卷本，佚后八卷），编定、阅者均是和尚，有序，存图十幅，中有梅清一幅，与'黄山志定本'不同。序中尚有熊鱼山的一篇，极可贵。（五）康熙本杜律详注，选评者、校阅者，皆徽州人，只有徽州可得，外边不见有此书,唯书的意义不大。(六)萧曹随笔全四卷,为明代刑名课本,书特异,著书人题'锦水竹林浪客',疑是成都人,故收之。(七)最后一种为消长玄机八谱,带图,为琴谱,围棋谱,象棋谱,双陆谱,牙牌谱,投壶谱,蹴鞠谱,骰子谱,可谓集游戏之大成,为明代公子哥儿帮闲食客之必读者矣。唯琴谱有词有调,围棋例局甚多,此外则可供研究者参考之处不少,诚海内孤本也。唯无序,无编者人名,无刊刻时间为憾。说不定为万历刊。"读了这封信,足见一氓老访书之勤、之细。他的丰富收藏大都捐赠国家了,手头只留了一些词集偶尔翻翻。收藏家谁不刻意搜求所缺的善本奇书?一氓老一九七七年,遭难十年重返领导岗位不久之际,为何对一本花一元钱买来的普通词集《东海渔歌》如此兴致勃勃地钞配、整装,而茅盾、齐燕铭、周叔弢、启功、夏承焘、王爱兰、潘絜兹等名人学者却又一个个乐于赋词、题跋、作画,难道仅仅是出于文人雅兴?"四人帮"践踏文苑时,爱国正直的文化志士,对祖国文化传统被毁无比痛心,他们的这种心情需要发泄交流。每当我翻看这个"善本"时,就想到这些,思考这些。我想,他日若能刊印这个"善本",千万别忘了用浓厚的墨渍,将几位前辈,不,将一代知识分子珍爱祖国优秀文化的缕缕情意辙印在字里行间。

一九八四年五—六月

冯宪章发表于《东山学生》的诗

极其难得地读到大革命时期一个中学编印的杂志。这就是广东省梅县东山中学学生会出版的《东山学生》。小三十二开,三十六页,薄薄的一本。我见到的是第一卷第九期,问世于一九二七年四月五日(第一卷的前八期和之后的期数,尚不清楚)。刊物封面上印有镰刀斧头的图案。从卷末"本刊征文"的启事看,这是本有关青年学生的综合性的刊物。主要反映的是:"一、青年生活状况;二、青年运动状况及其经验;三、旧势力压迫下的青年真像(相);四、个人奋斗生涯的经过;五、革命文艺;六、通信讨论关于社会及青年诸问题。"刊物的面貌很容易使人联想起当今杂志丛林中那本历史悠久、富有革命传统的《中国青年》。

这期杂志上,有一个从事革命文艺的热心者,他就是后来成为太阳社重要诗人、"左联"成员的冯宪章。冯是广东省兴宁县人,活到二十一岁,死在敌人的牢房里。他从中学时代起,就喜好革命文学,尤其是新诗。一九二七年,他才十七岁,上了高中。目前弄不清他是不是该刊的编者,或编者之一。一卷九期的《东山学生》里,一次发表了他的七篇作品。除杂谈《情场失意者之苏醒》(续前)外,还有长诗《告沉溺于恋海的青年》,以及短诗《致——》、《赠友》三首、《给女战士》等。

大革命失败后,冯宪章来到上海,在《太阳月刊》《海风周报》《白华》上发表了许多战斗诗篇,出版了诗集《梦后》。作者收存自己早年的诗作不多,假如我们能更多地读到他写于革命情绪高涨时期的诗歌,也许会更好理解大革命失败后他为什么继续引颈高唱革命赞歌。他的这首《告沉溺于恋海的青年》,尽管思想有点简单、偏激,艺术上也较稚嫩,多少有点标语口号化的毛病,但仍不失为一首具有鼓动力的诗篇:

> 快快放下汝的葡萄美酒,
> 莫再把汝的恋爱之梦保守;
> 烈火已经烧到汝的身后,
> 汝怎么还不设法盾(遁)走?
>
> 看呀,恋爱之魔正向汝引诱,
> 想把汝有为的青年为其走狗,
> 勿说祸未临头,还可以持久,
> 得知她随时都可把汝战负。
> 现社会已经腐朽,
>
> 汝莫枉想得"佳耦(偶)";
> 可知一切都操于金钱之手,
> 无钱当然不能得着美夫妇。
>
> 要恋爱定要把金钱铲除,
> 享乐须在革命成功之后;
> 请快去与劳苦的农工携手,
> 努力冲锋,努力向前走。

啊,趁汝的喉咙还会呼,
去唤起一般迷途的朋友;
趁汝的热血还在通流,
去为恶魔决个谁胜负。

啊,朋友,快乐之神正在前面招手,
请快整齐着队伍前走,向前走;
莫计较身死与名丑,
努力达到我们的乐土。
(以下重复前四段,从略)

又如《赠友》(之三)这首小诗:

如今还是纷乱之时,
安琪儿还在母怀未起,
一切幸福都难获取,
除非先从改革社会起。

青年的朋友,前去!
去把红旗高举,
去,去把一般人民唤起
置一切恶魔于死地!

《给女战士》只有四句:

你莫羡慕有钱白面的君郎,

金钱美貌正是你的致命伤。

得知他们偶然给你以物质上的赐赏,

是想引诱你的肉体供他们玩赏!

上面介绍的这几首诗,在少有的冯宪章的资料中,都不曾涉及。而《东山学生》这一种杂志,我现在也只能读到这仅有的一期。冯宪章及大革命时期其他革命青年作者的佚文,散存在世而未被我们发现的,一定不在少数。我以为,在新文学的研究中,对大革命时期的革命文艺作品的收集、整理、出版、评价都很不够。有些人看来极满足于对初期革命文艺的简单批评,而不愿去做更多切实的资料钩沉和研究工作,这真是一件令人十分遗憾的事。

一九八四年八—九月

蒋光慈谈新诗的一篇序文

在人们的印象中,蒋光慈是早期革命作家中一位重要的小说家,这可能与他一九二六年发表的中篇小说《少年漂泊者》的广泛影响有关。其实,他最早是以诗人的面目出现于新文坛的。一九二五年由上海书店出版的诗集《新梦》,收集了作者一九二一年七月至一九二四年七月在苏联留学时创作的主要诗歌。孟超在六十年代的一篇回忆文章中说:"老实讲,在没有认识他(指光慈——引者)以前,我是早已被他的《新梦》等诗歌触发了革命热情的,而且在当时不止我一个人受到他的鼓励,不少的青年也因为他昂扬的歌声而得到鼓舞,迈上了革命的第一步。"蒋光慈应该说也是早期一位重要的革命诗人。他不仅有《新梦》《哀中国》这样的作品,而且有对新诗的见解。他一九二八年五月十八日以华西里的笔名为钱杏邨的诗集《暴风雨的前夜》写的序文,就是一篇有关新诗的重要文章。

但是,一九六二年《中国现代文艺资料丛刊》第一期瞿光熙的《蒋光慈著译系年目录》及该刊第三期(一九六三年十一月)小余《读〈蒋光慈著译系年目录〉》中均未提到这篇文章,近几年出版的有关蒋光慈的评传、系年表、著译目录中,仍短缺。

《暴风雨的前夜》是钱杏邨出版的第一个诗集。上海泰东图书局一九二八年七月初版。诗人假托一个狱中青年的口气,记"七·一三"汪精卫叛变后的见闻。所录取的时代画面,富有强烈的历史感,很能窥探到"四·一二"政变以后一部分革命青年的激愤心理。作者在后记中说:"这是一篇纪事诗。""在意义方面,是很重要的一篇史诗,只是技巧不纯熟。"

蒋光慈为这首长篇叙事诗原稿"改动了几处"。他在序文中对诗集加以热情肯定:"作者这一首长诗,很无疑地,是革命文学运动中的一个很重要的礼物。在内容方面,不消说是革命浪潮中的产物,完全表现出现代中国革命的情景,它的意义是不会消灭的。就是在形式方面说,虽然不能说有什么伟大的成功,却不能说不是中国诗坛上稀有的创作。固然,这首诗与布洛克的《十二个》相比,当然相差得很远,——《十二个》不但在意义方面是伟大的,就是在技巧方面,它那种音韵的自然与活跃,也为世界文学的绝唱。中国语的不完全当然很有关系,我们不能够向作者加以苛求,我们只有希望作者顺着这条路儿走去……"

序文对新文坛特别是诗歌进行了回顾与剖析。他说:

> 这十年来的中国文坛,在小说的创作方面,还可以说有相当的成绩,但是在诗的创作方面,那成绩就微乎其小了。虽然我们也有了许多新诗集,但其中好的而可以保留的,实在是很少。这是因为什么缘故呢?我想,第一是因为所谓新诗人之流,他们还未脱去旧诗人的根性——以诗为消遣的,吟风弄月的玩物,而不把诗当作一种重要的工作,因之,不过随便写写而已,不去注意内容的伟大和形式的改进。第二是因为我们的言语文字太缺少诗性了,要想作一首有音韵而自然的,同时又不违背我们言语的好诗来,实在是一件不容易的事情。旧诗因为有一定的死的韵律和格式,还有记忆的和歌颂的可能;可是我们现在的新诗,不但不能放在口中歌颂,而且连记忆都不容易,这实在是对新诗不能发展的一个很重大的原因。

> 关于后一层原因,我们无法即时把它消灭掉,只得慢慢地走上改进

的道路；但是关于第一个原因，我想，我们即时就有纠正的必要，而且这于诗的发展有很重大的关系，因为诗人的态度是消闲的，对于社会生活是漠然的，所以不能写出有什么伟大的意义的诗来。在这十年来的新诗坛内，我们又可以寻出趣味的小诗，莫名其妙的哲学诗，好哥哥甜妹妹的肉麻诗……而很少能寻出能够代表时代精神的呼声，虽然有一二革命诗集的出现，然终不能引起一般读者们的注意。一般的读者为趣味，恋爱所麻醉住了，以为诗只是美的表现，而不应与革命发生什么关系——革命与诗是两不相容的东西。这么一来，就是有很好的，能够代表时代精神的诗的作品出现，也不能给读者社会以热烈的刺激，结果只是没落不张而已。

时至今日，我们的文坛在开始转变方向了。因为受了社会政治环境的影响，无怪作者和读者，对于文学的观念都起了大的变动，所谓革命文学、革命诗，文学应当为革命服务……这些都似乎成了时代的重要潮流，没有人敢公然地反对了，就是有人起来反对，那恐怕他所能得到的回答，只是被唾弃和讥笑而已。这是当然的事情，时代是这样地需要着，任你谁个有什么伟大的力量，也不能将这个潮流堵住啊！我们对此只有欢欣，只有庆祝，只有希望……因为现在是新中国伟大的文学的开始期。

上述意见中自然不无偏颇之处。作者对新诗的成绩肯定不够，但蒋光慈是一位重要的从新诗浪潮中走过来的人，他对新诗的这些见解，也是一家之言，对于研究中国无产阶级文艺准备期的理论情况，显然是极重要的资料，理应引起我们的重视。

一九八四年九月

《抗战独幕剧选》及田汉的序

阿英编《抗战独幕剧选》于一九三七年十一月由上海抗战读物出版社出版,列为《抗战文艺丛刊》之一。郭沫若题签。编者在《编例》中谈到此书编辑的缘起、选题的范围时说:"从淞沪战争爆发以后,陆续在报纸杂志上所发表取材于淞沪前后方的独幕剧,近三十种。兹选出九篇,编辑成册,以应各剧团需要,兼为战期学校讲授之用。"入选的九篇中有夏衍的《咱们要反攻》、尤兢(于伶)的《我们打冲锋》、凌鹤的《到前线去》、沈西苓的《在烽火中》、陈白尘的《扫射》、姚时晓的《汉奸末路》、方岩的《专门造谣》、子幽的《开里弄会去》、夏蔡的《改良拾黄金》。附录三篇:欧阳予倩的《戏剧在抗战中》、田汉的《从民族战争谈到儿童剧》、阿英的《淞沪战争戏剧初录》。其中的《初录》,提要介绍了二十七个短剧,每则一二百字,介绍剧情的梗概和刊载的情况。这里,除入选的九部短剧外,保存了夏衍的另外一个剧目《八一三之夜》,尤兢的另外三个剧目《省一粒子弹》《皇军的伟绩》《以身许国》,司徒慧敏的《我们的飞机》、孙瑜的《最初的一课》等,弥足珍贵。介绍文字扼要,如《咱们要反攻》,编者谓:"夏衍作。载十月十日《救亡日报》'国庆慰劳将士特刊'。军中短剧。演一伤兵,得保定沦陷消息,愤激异常。虽经医士制止,亦不肯静休,与同院伤兵,誓死要反攻,要收复一切失地。"《省一粒子弹》:"尤兢作。九月六日《救亡日报》,街头剧。演汉奸放毒,为难民所捉,欲加痛殴。为一童子军所见,要求将其带至官厅究办。难民妇恨极,以口咬之,谓此可以'省一粒子弹'。难民为之大快。"《到前线去》:"凌鹤作。载九月五日及六日《大公报》晚刊。街头短剧。写一工人携妻儿从虹口逃出,妻为日人所杀,愤激异常。适友人阿大与之遇,劝其同加入别动队,于是把孩子委托给一老者,二人同上前线去。"《扫射》:"陈白尘作。载《战时联合旬刊》第三期。街头报告剧。演一群难民途遇日本兵,遭受扫射。一妇一孩未死,日本兵以极残酷手段杀戮之。……最后的结果,是一人佯死,待日兵去后起来,向观众告白:'不要逃!没有地方逃!只有和日本鬼子拼。'"《最初的一课》:"孙瑜作。载十月二十四日及二十五日《救亡日报》。以太仓小学校被敌机轰炸为蓝本。以一名叫史大力者为小学生中心。学校要放假,他反对,他主张继续上课,敌机把他炸伤了,他仍不屈服。大家要去上新的一课,在敌人的袭击下,接受'民族抗战的第一课'。"

选本的眼光,应当允许多样不一。有选择经时间淘汰沉淀者,也有重在及时保存资料者。此选在时间上紧承大的历史事件之后,显然着眼于后者。它选采或介绍的短剧都是淞沪战争发生后两个月间上海报刊上出现的。剧的作者都是当时实践"国防戏剧"主张的活跃而有成绩的年轻人,作品的思想和艺术水准未必高,文学史上也难以都留名,但这些作品在当时所起的积极作用,却是值得热情肯定和认真研究的。由于战火的焚毁,现在能找到这些作品实在不易,所以从现代戏剧史的研究意义上说,这个选集有其重要的价值。

翌年春,阿英又将《初录》重加增益,编入杂文集《抗战期间的文学》(广州北新书局一九三八年版),易名《淞沪战争戏剧录》,编者附记曰:"淞沪战争《戏剧录》一卷,初稿成于十月下旬题《初录》刊拙编《抗战独幕剧选》后,我军既退出上海,乃续录俟后所得八种,以成全稿,未见未刊者只得付阙。取材于北方战事者,亦三数种,单行本更有欧阳予倩所作三幕剧《青纱帐里》,以在预定范围之外,不录。至淞沪抗战期间所刊之单册,除拙编剧选外,有尤兢

《皇军的伟绩》一册,内收各篇,本稿均已著录,外埠报纸杂志亦有所刊,以所见不多且或殊缺,本篇亦不谈及。"一九四〇年一月阿英将从友人处得舒畅先生《抗战期间内地出版戏剧目》一稿附入舒湮编《演剧艺术讲话》中。阿英说,这是一个完备戏曲录之编制,存一代戏剧文献之著录也。

《抗战独幕剧选》卷首印有田汉的一段题词,可视作序文。编者将其手迹照相制版,足见其重视。因篇幅不长,亦录于后:

> 阿英兄集合夏衍、尤兢、凌鹤诸兄所为短剧都为一册,题名"抗战戏剧集"。我们常常说文艺必领与国防联系,为国防而服务,此次英勇壮烈的抗战实际上动员了许多优秀的进步戏剧家,这一个集子也就是他们努力的初步成就。此次抗战必然是长期的,而且我们民众也一定要使它是长期的,在长期的血腥战斗中我们必然要取得更伟大的胜利,我们进步的作家们也必然要取得更深刻的体验,鼓出更高的热情,产生更好的作品。我们尤其希望的是广大的民族战士都能参加抗战戏剧的写作,使将来的抗战戏剧更精湛而丰富,成为庆祝抗战胜利的最好礼物。
>
> 田汉

这则短序,是一篇精彩的国防文学(国防戏剧)的宣言文字。它提示我们对抗战初期"国防文学"创作实践以应有的重视,还可以了解当时积极鼓励人民群众投入抗战戏剧运动的时代文学风尚。可惜至今未被文学史家所留意。去年出版的《田汉文集》中也将它遗漏了。

一九八四年九月

阿英有关晚清文学的三本书

一、《晚清小说史》

《晚清小说史》它是一本晚清小说研究专著。清末由于资产阶级改良派和革命派都看重小说的社会功能,小说的地位空前提高,晚清小说空前繁荣,这部断代专史,对晚清小说的发生、发展进行了较全面深入的讨论。此书分十六章,除总述晚清小说概况及其繁荣原因外,分晚清社会概观、庚子事变、反华工禁约运动、工商业战争、立宪运动、种族革命、妇女解放、反迷信、官僚生活、讲史与公案、翻译小说等各类主题,紧密地结合晚清社会政治背景,对重要作家、作品作了比较中肯的介绍和评论。特别着重论述了谴责小说和资产阶级革命派的小说和一向不甚为文学史家谈及的清末翻译小说。

《晚清小说史》最早于一九三七年由商务印书馆刊行。一九五五年作者略加删节,由作家出版社出版。一九八〇年我据作者生前嘱修的材料加以校勘,由人民文学出版社出版。

一九五五年和一九六〇年前后,作者曾两度着手修改并已改出书中《官场现形记》《二十年目睹之怪现状》《老残游记》三节,曾在报刊上发表,后收入作者的《小说三谈》。此外有阿尔夫雷·霍夫曼德译一、二章,载一九三九年汉堡《亚洲周报》;饭冢郎、中野美代子的日译本,东京平凡社一九七九年出版。

二、《晚清戏曲小说目》

《晚清戏曲小说目》是近代文学书目专集,由上海文艺联合出版社一九五四年出版,包括《晚清戏曲录》《晚清小说目》两部分。阿英收藏晚清文史资料丰富。一九三四至一九四一年旅沪期间,曾编成晚清书目多种,此书内容即属其中两种。《戏曲录》初稿,拟成于一九三四年,嗣后陆续增补,至一九四〇年重行写定,较初稿多数十目。《小说目》成于《晚清小说史》完稿后四五年,亦一九四〇年所编订。

《戏曲录》所录,以晚清为界,略及民初,以石印本、排印本为主,兼及木刻本,未刊稿,限于已收得者,仅知其名者不录。共录一百六十一种书,其中传奇五十四种、杂剧四十种、地方戏五十一种、话剧十六种。所录各书均有扼要说明,叙明著者、版本、出版年月、内容本事等。《小说目》分创作、翻译二卷,以单行本为主,旁及杂志所刊,录创作四百六十二种,翻译六百六十七种。以笔画为序,每书说明,详略不一,基本包括著者、卷数(回数、册数)、各种版本等。

晚清戏曲,大都为石、铅印本。藏书家注重版本,多不予收录。《戏曲录》意在补缺。郑振铎称此录"不仅补静庵先生(王国维)《曲录》所未备,亦大有助于民族精神之发扬"。中国小说书目,先有孙楷第《中国通俗小说目》及《日本东京所见中国小说书目》两种行世,两本著录中国旧刊小说,六七百种,唯于晚清部分,仅得四十余目。《小说目》则补充了这一部分。

《晚清戏曲小说目》系就家藏所编印,难免有遗漏,编者拟据嗣后所得,加以增补订正,未果。此书为研究近代文学有价值的工具书。

三、《晚清文艺报刊述略》

《晚清文艺报刊述略》为近代文学研究专著，由上海古典文学出版社一九五八年出版，包括《晚清文学期刊述略》《晚清小报考》《辛亥革命书征》三部分。

《晚清文学期刊述略》写于一九五七年，为配合中国作家协会召开的全国文学期刊编辑工作会议而作，曾在《文艺报》上连载。《述略》介绍了清末主要文学杂志，从十九世纪七十年代的《瀛寰琐记》《四溟琐记》等起，至辛亥革命前的《小说月报》《南社》止，共二十四种。书中阐述了这些杂志的基本内容和性质，概括出晚清文学期刊发展的轮廓，从中可看到从一八七二到一九一一年四十年间，文学的流派、创作的成果，以及文学运动怎样结合政治运动发展的过程。

《晚清小报考》作于一九三六年。《文汇报》一九五六年发表。晚清小报可考的有八十二种。藜床卧读生《绘图沿游上海杂记》（一九〇五年），说"以游戏笔墨，备人消闲"的报纸，计有十种；李宝嘉《上海已佚各报表》（一九〇六年）中列举小报十二种。报学史一类著作涉及尤少。作者认为这些小报"也揭露了当时的社会黑暗，抨击了买办官僚以及帝国主义，奠定了晚清谴责小说发展的基础"（《引言补充》）。因而在抗战初期，著者就自己所藏著录成册，共收录《世界繁华报》（一八九六年）、《演义白话报》（一八九七年）、《笑林报》（一九〇一年）、《方言报》（一九〇二年）、《上海白话报》（一九一〇年）等二十六种。作者对每一种小报以有趣的闲话随笔，叙其大略。附录《中国画报发展之经过》，则扼要叙述了中国画报发展的简况。

《辛亥革命书征》原载《学林》杂志第六卷（一九四一年四月刊），张静庐《中国近代出版史料》初编曾转载。这次收编，作者"就近年所得，重加删补订正"(《附记》)。《书征》分专著、虫乘、诗文集、丛书、说部、杂志及附编,是有关辛亥革命书籍较齐全的书目。

一九八四年九月

朱光潜与对话体

朱光潜先生是一位有六七百万言译著的大学者,他的著作,不论是长篇专论,还是数百字的随笔杂谈,都赢得了学术界和文艺界广大读者的喜爱。能做到这点并非容易。他善于将精深博大的内容用亲切活泼的形式表达出来。他自己曾说:"我一直是写通俗文章和读者道家常谈心来的。"这分明是自谦之词,却多少道出了朱先生为文的一个秘密:重视文章的写法,讲究文体,追求平易,做到与读者交流思想。

朱先生写评论文章变化多样,但他最喜欢使用对话体。他认为这是论辩中既自由又见功效的一种文体。对话直接记载主宾应对语,记载者据闻实录,自己不另加论断。这种文体是写理论和评论文章的一种特殊文体。

朱先生二三十年代写美学欣赏和文艺随笔大多用书信体,《给青年的十二封信》和《谈美》是这方面成果的结集。七十年代末,他青春焕发,又为青年朋友写了《谈美书简》。但朱先生一直认为,对话体比书信体更宜于论事说理。因为思想是一长串流动生发的活动过程,曲折起伏。一般单刀直入的文章不易显示这种思想的过程,而仅叙述思想的成就。思想的生发线索和惨淡经营的甘苦,比已成就的思想还更富于启发性。对话的好处就在反复问答,逐渐鞭辟入里,辩论在生发也就是思想在生发,次第条理,曲折起伏,都如实呈现,一目了然。再次,就文格说,对话体也有一种特长,就是戏剧性般地生动,在名家的手中,它还可以流露戏剧性的幽默。所以,朱先生为了表达一种较深入复杂的思想,写作带有一定学术性的文章时,他就往往用对话体。三十年代朱先生写过几篇字数达万言影响一时的对话,其中《诗时实质与形式》和《诗与散文》原是《诗论》初稿第三、四章,曾由北京大学打印过发给同学。到四十年代初《诗论》正式出版时,因全书体例不一致,删去了。朱先生很偏爱这两篇对话。他记不清当年是否公开发表过。一九八〇年北大一位老校友将他保存的《诗论》原稿中的这两篇讲义的打印稿复印了一份交给他,他很高兴。当时我正在替朱先生编选《艺文杂谈》一书,他希望将这两篇入集。一九八四年三联书店重版《诗论》,朱先生特意关照,将这两篇补进去。

朱先生一生翻译了大量的西方美学名著,五十年代末,他先翻译了《柏拉图文艺对话集》。朱先生从英文翻译这部名著,除了重视它在美学发展史上的价值之外,与他一向看重对话体也有关。朱先生在四十年代就说过:"比较一般对话,柏拉图所写的有许多优点。首先,他不仅是设问答难,只有一宾一主;他的对话中人物往往有七八位之多,而每人所代表的见地都很充分地有力地表现出来,宾不只是主的扣钟锤或应声虫。其次,他的文笔流利而生动,于琐事见哲理,融哲理于诗情,他的每篇对话都像是一首散文诗,节节引人入胜,读之令人不忍释手。对话文的胜境于此可叹观止。"难怪六十年代初他在北大给研究生和青年教师讲探《西方美学史》时,一再强调要我们认真仔细地读这部名著,至少三遍。

朱先生认为,从历史上看,对话最盛行的时代,往往也就是思想最焕发的时代。他在讲课或著作中列举了西方和中国许多例子说明这个问题。他不认为对话体单纯是个文体的问题,他说主要是思想的活跃。思想窒息,即便采用对话体,文章也不会有生气。朱先生解放后十几年自己为文不用对话体,而且也绝少提起对话体,与当年学术的空气和作家的心境直接相关。岂止是他一人如此?李健吾先生那一双写过许多洒脱自如的文艺评论的手不也变得有些滞涩了吗?一九八〇年以后,政治局面的安定,学术空气的活跃,使年已八旬的朱先生也随之活跃了起来。他在埋头翻译维柯《新科学》之余，又想起了对话体这位久别的老朋友。当时周扬同志希望文艺评论写得更有文采，形式更活泼多样，曾建议《文艺报》组织些对话体的评论文章。我去请过朱先生再带头。他恳切地说，手头现在正忙，写对话体不是件容易的事，很费脑筋，但他表示愿意试试。后来由于他太忙，刊物计划也有变化，这个想法没能实现。朱先生说应该动员一些年轻人来写对话体。恰巧这时，我从他主编的《文学杂志》上发现了他写过一篇《谈对话体》的文章，他说写这篇东西很花了些功夫，从未收过集子，现在很少为人所知。他极愿意将它放进《艺文杂谈》，他亲自将原文校阅过一遍，改正了几处错字，作了些许删节。其中有一处值得一提的重要修改。文章结尾有一段话："对话体的衰落是一件可惋惜的事。近代思想派别比从前更多，各派入主出奴的风气也更甚；如果多用对话体写说理文，同时也多用对话体的思路去权衡各派不同见解，也许思想和文章都可望再达到一个高潮。"他加了以下这句话："这就说明了百家争鸣的必要。"这篇文章原刊于一九四八年七月出版的《文学杂志》第三卷第二期，这是我的疏忽，本应该注明一九八〇年改定。不过，朱先生提倡对话体的心迹在他为该书所写的序文中已说得再明白不过："对话体便于百家争鸣，似不妨推广开来，对打破'一言堂'或有帮助。"

一九八六年三月

老师的书

杨晦老师逝世后,心里总悬着一种不安。跟随他学习了八九年,称得上是真正的恩师吧!总觉得应该为他身后的扬名做点什么。

他在中国现代文坛上混迹了半个多世纪,也曾获得过不小的名气,但他是对名利看得淡泊的人,近三四十年,他很少写文章,少到他感到多少有点寂寞了,怕被文艺界和读者忘却了。记得川岛老师逝世时,《文艺报》发了一则消息,漏报了他的名字。他居然专为此事给我打了一个电话,表示了极大的不满。他说他特意带病去参加老友的追悼会,怎么会报一二十个名字中竟然没有他。这是我第一次接到他给我打的电话,而且是为这一件小事打的电话,带着那愤愤不平的情绪,给我的印象极深。习惯于寂寞的人,有时也会不甘于寂寞。当他感到、意识到不是甘于而是不公正的寂寞时,甚或会反常地爆发出积压的愤怒。杨晦老师的晚景是很凄凉的,他的离去使人感到过于冷清了。

我从不敢拂拗老师的意愿,做他不愿做不希望做的事。这回做了,而且做了一件他在地下准会责骂我的事。

上海文艺出版社约我编一本杨晦选集,我几乎不作考虑地答应下来了。

面对一大堆文稿,花了近半年时间,我看着,挑选着,结果有三四十万字。由于解放后他没有出过一本集子,许多文章我是初读。不管别人会有怎样的感觉,我以为他的文章在散漫的议论中是藏着真知灼见的。我想让今天的读者了解他的为人和为文,在书的卷首,刊登了冯至先生和臧克家先生写的两篇悼念文章。这两篇文章的作者都是先生的好友,他们都是抱病写下这两篇动情之作的。杨先生的许多美德经他俩朴实的叙说,分外感人。

我最希望有一位合适的人对先生学业成就有恰切的评价。我在心里默念起他,他,他……突然记起曾经听说朱自清先生有过一封信,谈到他的创作和批评。我越想越觉得这封信就是对作为作家和批评家的杨晦最权威的评论,收进选集里并冠之于首最合适。急人的是,一时怎么也找不到这封信。托家属找,家属中有搞文艺的,似乎还不知道有过这封信;托出版社找,回答也使人失望。选集付梓的日子迫近了,我又托人找朱自清先生家属,也渺无结果。最后只好带着这个缺憾付印了。

还是在朱光潜老师健在的时候,我去看望他,天南海北地一聊就是两三个钟头。他问我最近在做什么,我知道他的意思是我在编辑工作之余自己在写点什么编辑点什么。我告诉他我刚刚替杨晦老师编了一本选集。他点点头,说杨晦以前文章写得很有锋芒。他告诉我杨晦原来是学哲学的,是朱自清北大同班同学。在学校时不叫杨晦,朱自清很晚才知道文坛知名的杨晦原来是他那个小个子同学。朱先生说,杨晦五十寿辰时,上海文艺界为他庆祝了一番,当收到朱自清从北平寄来的贺信时,他高兴极了,成为文坛的一段佳话,朱先生问我知道不知道。我急望详细知道,只好摇头说不知道,好引老人讲出有趣的故事。朱先生说,杨晦这个人不大计较别人对他的议论,所以才没有同你们说起这事。他说完这段话,建议换一杯英国白兰地喝。他去酒柜里找出一瓶已经开口的洋酒,又去厨房端出半碟煮花生米,他斟满了两小杯,正叫我喝时,又放下了酒杯,顺手抓起了放在茶几上的烟,趁这个空儿,我告诉他,我为了这封信,费了好大功夫。他放下烟斗,端起酒杯笑着说:"怎么不来问我?这封信还是经我手发出去的呢!"

他放下酒杯,吃力地从沙发上站起来,看着他缓慢迟钝移动的身躯,我忙走上去搀扶他,他含着大烟斗摆手说:用不着,你先坐一会儿。只见他颤巍巍地走出客厅上二楼书房里去了。好一会儿,他又颤巍巍地倚着楼梯栏杆下来了。他手里拿着一本书,说我运气好,一找就找到了。

我回到沙发上,急切地翻看这本旧书,是他四十年前主编的《文学杂志》,扉页上是一幅朱自清先生的木刻遗像,原来是纪念朱自清先生的特辑。目录上尽是当年北大、清华一些名教授的悼念文章:浦江青、朱光潜、冯友兰、俞平伯、川岛、余冠英、李广田、杨振声、林庚、王瑶……其中好几位给我们讲过课。在朱自清先生遗作信札栏内,有"寄杨晦"的字样,我翻到第七十二页:

慧修学兄大鉴:

　　这是您的一个同班老同学在给您写信,庆祝您的五十寿辰,庆祝您的创作和批评的成绩,庆祝您的进步!

　　我知道"杨晦"就是我的同班同学您,远在您成名之后,大概是抗战前的三四年罢,记不清是谁和我说的了。那时我很高兴,高兴的是同班里有了您,您这位同道的人!可惜的是自从毕业就没有见过面,也没有通过信——就是在我的大发现,发现您是我的同班,或我是您的同班之后!但是我直到现在还清清楚楚地记得您的脸,您的小坎肩儿,和您的沉默!

　　我喜欢您的创作,恬静而深刻,喜欢您的批评明确而精细,早就想向您表示我的欣慰和敬佩,又可惜没有找到一个适宜的机会动笔。今天广田兄告诉我,说是您的五十寿辰,我真高兴,我能以赶上给您写这封祝寿的信!

　　敬祝

　　长寿多福!

弟
朱自清,卅七年三月十九日
北平清华园

这三四百字的信,我看了一遍又一遍,这十来个字的评语,我琢磨了一遍又一遍。我想象老师启开展读这封诚挚的贺信时一向严肃的面孔里轻轻荡起的微笑,我又微笑起来了。朱先生瞪着一双大眼,也微笑起来了:"先别看,这本杂志送你,来,干了这杯!"

洋酒比中国酒劲大劲小分不清了。反正我的心头挺热。室外庭院里落叶正漫天飞舞。

一九八六年岁末

吴组缃的《山洪》

我挤进吴组缃教授受业弟子的行列有三十多年了。可以说他是我的"老"老师,我是他的"老"学生。师生之间,本来就有着距离。在课堂上,老师在台上讲,学生在台下边听边记;即便去老师家串门、听辅导,也是在客厅里规矩地坐着对谈。但我记忆中的许多老师都要亲自送到大门口,目送我们远去。我常走了一段回转头去看望,尤其在暮色浓重时老师那模糊的形象给人印象最深。吴先生现在还是这样。他告别了镜春园的四合院,搬进了朗润园的公寓。快八十的人了,自然不可能从三楼送到一楼大门口,但他每次都会站在自己家单元门口,看着我下楼梯,才慢慢轻声关上门。

有一次我刚下二楼,就听到他急促的开门声,和伴随着的咳嗽声,我感到老师有事,又快步返回来,他站在门口望着我笑着说:"有件事忘了说,再坐一会儿吧!"那天本来没有什么事,可以多坐一会儿,怕师母忙着做饭,十一点半我拔腿就走。

我还是坐在沙发上,他坐在书桌旁的一张旧转椅上。

"就在这里吃便饭!菜是现成的。"我才注意到厨房里有人在动作,准是师母。

这是一九八〇年的一个秋日。老师习惯于晚上工作,早上九点钟才起床。上午他的精神最好。那天阳光明朗,书房里流动着欢愉的情绪。

平时多是我回母校办公事匆匆去看望他。今天是专程来看他的。十天前他给我一封信,问我最近来不来北大,若来就弯到家里坐坐。我猜想他一定有什么事要谈。我坐了一个多小时,似乎并没有谈起什么正经事,他给我倒了杯茶,提醒我这是家乡的毛峰,难得喝到的好茶。我突然说走,他也没有特意挽留。

"年纪大了,记性不行了。"他说约我是想说《山洪》(原名《鸭嘴涝》)的事。在此之前,已听他说起《山洪》的改定稿"文革"期间被抄去侥幸退回来了。原来在北大的一位同事现在在香港,最近希望这本小说给他在香港印。他说此事想商量一下。《山洪》是四十年代初较早出现的一部反映山村群众经共产党游击队发动逐步奋起抗战的长篇小说,是吴先生继短篇《一千八百担》(一九三四年)之后又一蜚声文坛的代表作。解放初期,人民文学出版社曾建议作者修改出版。一九五四年修改后一直未能重印。我听现代文学史课时,好不容易从图书馆借阅了这本书。他说,人民文学出版社数次换领导,多年没再联系印这本书,而国内外有人不时来信索讨这本书,于是他想到有必要印这部修订稿。我劝他还是争取先在国内出版,人文社既然没来联系,想快出,不如拿到家乡去出。那时安徽人民出版社正在出我的一本书,常有联系。他想了一下说:"这也好!你代我联系一下。"临走时他将《山洪》的改订本交我,再三说,千万别大意丢了。他嘱我先看看。

不几天我读了这本改订稿。这次读的感受,当然与二十多年前上学时不同。那严谨的写实笔法和亲切的乡土气息最引我喜爱。我觉得这本书仍应由人民文学出版社出版。恰巧那时,老舍的女儿舒济在请吴先生写《老舍幽默文选》序,她请我代催这件事。舒济刚调到人民文学出版社现代部做编辑工作,《山洪》当年发表时老舍给予的帮助最大。一说起,她就表示应力争在人文社出,并答应尽快联系。

安徽方面及时地决定出这部书,我正要把稿子寄去时,舒济回话说,人文社答应出。我即刻把这个消息写信告诉吴先生,他很快回了信。他在信中谈

到《山洪》修改的情况,颇有参考价值,不妨援列部分:

> 人民文学出版社接受重印《山洪》,我当然愿意。在你处的改订本,当初即在人民文学出版社主持工作的一位同志的示意下改订的。删改了三方面:原分上下编,段落有的太长,读着令人闷气,现统改为三十六段,取消上下编;未加精选提炼的土话嫌多,对村民落后写得嫌烦琐,故作了些删削。这三方面都是偏于技术的,其主要内容则未动(也不可能改动)。一九五四年改好后,面临的思潮不允许拿出来重印,故一直搁着。现在还由人民文学出版社重印,这是很合适的。但不知何人做主决定。只要他们决定了,就请你们将稿交去。但还烦补一篇新版序言,说明有关情由。这只好以后补奉。

舒济接手后,经人文社有关领导做主,这本书一九八二年终于出来了。吴先生那两年身体不好,许多文债还不了,故信中所云新版序言未能写出,只见书末有一简短的后记。

家乡出版社自然不高兴,他们希望能出版先生的另一本书。我曾建议先生把解放前后写的散文选一本给他们。我平时看书刊发现先生许多散文不曾入集。先生总说等空闲时再写几篇新的,不要光炒冷饭,就这样拖了下来。

《山洪》出版后,老师签名送了一本给我,舒济也送了一本给我。去年,海外一位研究中国现代文学的青年学者辗转托人请我代找一本《山洪》,我把出版社送我的一本转送出去。又是秋天了。一个晴朗的秋日,我给老师打电话,我想告诉他海外学者在研究他的这部小说,让他高兴。我还没来得及说话,他告诉我师母上个月病故了,怕我们忙,没有通知。我突然忘了劝他多保重,更谈不上告诉这个消息,什么也没说就挂上了电话。

一九八七年二月二十四日

阿英的日记

阿英很爱读古人日记信札。一九三三年他曾以"阮无名"的化名为上海南疆书局编选了一套《日记文学丛选》,仅文言卷,就收宋、明、清三朝文人雅士所写具有较高文学价值的日记十八种,其中有宋范成大的《骖鸾录》、宋陆游的《入蜀记》、明徐霞客的《游庐山日记》、明归庄的《寻花日记》、清薛福成的《出使日记》、清姚鼐的《使鲁日记》、清何绍基的《归湘日记》等。他在序记中说:"记日记或繁或简,固无定例,但其形式,是不外薛氏(薛福成——引者)所说的两种的,一种是'排日纂事'式,一种是'随手札记'式。在两式之中,前式是较普遍的。"阿英本人长期以来注重收集各种日记,尤其是清末大使出访日记的手稿。他常说这是研究国际关系史的第一手资料,也是好读的活泼的文学,可惜他辛勤搜罗的数百种大多是手抄本的这方面的日记,"文革"期间损失不少。

其实,阿英先生不仅爱读、爱收藏古人日记,他本人就长期坚持写日记。他写的时候并没想到日后会出版,更不是把它当作创作来写,但一经出版,往往被视为史料性、文学性较高的文学作品。

可惜由于作者颠沛一生的经历,他的日记保存下来的只是少数。一九二六年上海亚东图书馆印行了他的记录大革命前后实况的日记《流离》(署名寒星),对四一二至七一五武汉当时的形势有着生动细致的记述。比如,一九二八年在上海成立的文学社团太阳社的最初酝酿,从这里就可以见到端倪。也从这本日记里得知,作者的大批日记、文物,从安徽千里徒步逃到武汉时不得不销毁了。这是很可惜的。

三十年代阿英在上海白区从事左翼文艺工作,环境过于险恶,他不大写日记,这个时期保存下来的他的照片最少。我问过他,他说,那时尽量少抛头露面,敌人成天盯着。

抗战爆发,上海淞沪战争后,他积极投身抗日救亡工作,与郭沫若、夏衍等编辑《救亡日报》,他曾说这个时期他不连续地写过日记,一九四一年从上海撤退至苏北根据地时,保存在上海,至今不见下落。

他写日记写得最从容最长久,则是他一九四一年冬到苏北新四军根据地后,数年不辍,结果有七八十万字,这就是现在江苏人民出版社出版的两大册的《敌后日记》。

整理这部日记是阿英已久的心愿。可惜解放后一直没有时间进行这项工作。一九七三年前后,当时他还在接受审查。他闲得慌,想干点事。有次专案组人来,他问起这部日记。其实这部日记一直在专案组被"审查":他们想从中得到些有用的足以定罪的材料。因为这是一部革命者心声的记录,记载的都是华东根据地军民抗敌的英雄业绩,根本找不出什么可作为罪证的只言片语。记得有次专案组一人大声说:你在日记里吹捧刘少奇、陈毅,这还不算问题?阿英听了一言不语,只是冷冷地一笑。一九七五年阿英的审查结束前,我有次去阿英专案组,意外的收获是,他们居然同意先将这部分册装订、用毛笔端正写成的日记退还。我将这厚厚的一包带回家时,阿英高兴异常。他连声说,这下有事可做了。他当时还在看他的长子烈士钱毅的日记,他说,钱毅日记里有些记载不够准确,可以用自己的日记来核对。

于是我有机会先看到了这部日记的原稿。有时边看,边向他询问被记载的一些人和事。这些日记唤起了他极大的生活情趣,使历史的回忆充塞了那十平方米的小屋。连一向不太谈这方面问题的阿英的夫人林莉也不时过来插话。

这部日记原来是没有名字的。当时家里有的人曾经建议用"思毅斋日记",也就是纪念钱毅的意思,阿英是很疼爱、怀念钱毅的,但他不同意用这个名称,他说还是用"敌后日记",概括内容广泛一些。

那时我爱人小云正在准备生孩子,我也正忙着从河北调到北京刚复刊的《人民文学》。晚上和他挤在一间小屋子里住,也就常利用时间读这部日记。我被日记中新奇的世界和活跃的人物所触动,一口气能读几十页。比如新四军军部停翅港,经阿英的描绘,就非常具体、形象,我后来看到一些写新四军军部的电影、剧本,总以为应该参考阿英日记中的一些片段。

阿英从一九七五年冬发现患肺癌,至一九七七年六月十七日病逝,这期间他一直关心这部日记的整理。他精神好些时,叫我到他床边,告诉我日记中记载的某某师长,就是今天的谁。特别是日记中详细记载过他沿途收集到的古书和解放区的铅印油印报刊,他说损失了很使他伤心。他原来一直想写一部解放区报刊史。

他逝世前曾叫我找家里人和几位熟悉当时情况的老朋友,齐力将这部日记整理出来。他去世不到两个月,他的夫人林莉同志也突然去世。林莉同志在病中也多次翻看这部日记,帮助回忆了不少情况,每当看到日记中有关她的记载时她就说,是这样,那时条件真艰苦。

最先公布这部日记片段的是一九七八年《人民日报》文艺部《大地》专刊,是在创刊号上。稍后,当时在上海出版局的王维同志,还有芦芒同志,排印了二三万字,在上海文艺出版社出版的《文艺论丛》上发表了,反映颇好,收到不少读者来信,希望能读到更多部分,特别是当年在华东解放区工作的一些老同志,日记中广泛地涉及他们,他们很关心,很感兴趣,希望早日出书。记得当时叶飞同志夫妇、李一氓同志都看过排印出来的部分日记稿。他们还就其中记载的个别不确处做了改正。北京三联书店、上海文艺出版社都较早来联系出版这部日记,结果后来江苏出版了。一九八二年初版,一九八四年又印刷一次,足见是受读者欢迎的。

应该补充的是,《敌后日记》从一九四二年五月十八日赴苏北始至一九四七年八月在山东止。本来还有部分日记是记载从山东到大连的,可以补充进去,以成完璧。

阿英写的同样有意思的一段日记是一九四九年夏秋,题叫《平津日记》,是记载他从大连到天津,被留下主管天津文艺工作,又来北京筹备召开第一届全国文代会的情景。也许由于忙了,不像敌后日记写得那么从容详尽,但在极简练的文字中,该写该记的都有了。许多文艺界的老朋友分别多年,又聚首在刚刚解放了的北京,那种真挚亲密的氛围弥漫了字里行间。这几个月的日记最初发表在《新文艺史料》上,后来收入我编选的香港三联书店和上海三联书店出版的《阿英文集》中。记得茅盾同志看到这段日记后曾说,阿英的手很勤快,许多事经他的记载,自己才又想起来。

阿英解放后十几年没有怎么认真地写过日记,只在笔记本上有些工作记事,很难看出作者个人的心态抒怀。我曾问过他为何生活比战争年代安定了,反而不写日记了,他笑着说:"用不着我记,历史就明白地摆在那里,活在人们的记忆里。"

一九八七年四月

《诗论》重版漫忆

前年春天，朱光潜老师故去后，我一连写了三篇怀念他的文字，其中稍长的一篇是《听朱光潜先生闲谈》，发表在《文汇月刊》五月号上。这篇七八千字的文章，写得很匆忙，是在上海参加一个座谈会期间偷空赶写出来的。由于朴实地记述了朱先生晚年的一些生活细节和谈艺趣话，尽管结构散漫，发表后竟获得了不少文艺界朋友的嘉许。远在沪上的老作家王西彦特意写信给我，鼓励我多写些这类文章。广州《随笔》杂志的编者指令我再写一个续篇给他们。我知道他们是由于喜爱、欣赏朱先生亲切随和的闲谈。长期以来故作姿态的做作文字，使人读了乏味、反感。自然率真的东西即便不够精美也容易使人感到亲切。

我爱独坐书桌前回想。回忆常常使我忘却生活中的一些烦恼。朱先生晚年留给我的记忆，实在应该趁着大脑还清晰的时候抓紧写出来。

一九八二年春天，我为朱先生编选的《艺文杂谈》一书出版了。我去北京三联书店给当时的经理范用先生送了一本。这是一位爱书入了迷的老出版家。他接过书快速地翻了翻，高兴地说：想不到安徽能出这样雅致的书。他认为封面设计大方，收录的三十八篇许多他不曾读过。我告诉他封面设计和人像速写均出自丁聪之手，所选篇目是朱先生最后阅定的。范先生冲了两杯咖啡，他一边喝，一边在仔细翻书，突然对我说：这里有许多谈诗歌的。我说：

朱先生在文学的各种样式中最推崇诗歌,他一贯认为诗歌充分体现了文学的特性。范用告诉我:朱先生四十年代出版过一本《诗论》,影响大,可惜解放后没有重版,一般读者很难找到。我也告诉他:这本集子里收的两篇有关诗的对话《诗的实质与形式》和《诗与散文》就是《诗论》中的两章,当年因体例不协调,正式出书时没有放进去。朱先生一九八〇年十月二十八日在给笔者的信中说:"两篇'对话体'的论文,本是《诗论》的一部分,因为与《诗论》体例不大合,所以在《诗论》正式出版时我把它们删去了。"这次朱先生在《艺文杂谈》的自序中又公开谈到这点。范用很注意地听了这个情况,当时没有提起三联想印这部书的事。但我从他的表情里,已隐约感到以他的眼力是不会放过这本书的。

果然,不出两天,范用来电话,说三联书店想印《诗论》单行本,他特别强调是全本,希望我尽快代征求一下朱先生的意见。因为太晚了,估计朱先生已入睡,不便去电话,只好连夜写信,转告了他的这番意思。

很快,我收到了朱先生的手书。

泰昌同志:

得手教转达范用同志为拙著《诗论》附两篇对话交三联书店单印出版,我当然不会反对,不过我不了解出版局的章程,已由上海文艺出版社收入选集而且已校过清样的旧书是否合适,这事还请您和范用同志商定,如定再印,尚望劳您任编辑,因为我实在衰弱昏聩,无力校改旧稿了,月初遭凉患腹泻,服药后才好转。《新科学》译稿大致已校改一遍,仍不满意,想再校改一遍。香港中文大学近发来讲座聘书,我尚未复,待上级斟酌决定,如决去,还要准备一篇论文,想以《从维柯的〈新科学〉看中国古代社会文化》为题,请您和范用同志便中代我考虑一下是否宜应聘以及如应聘宜讲些什么。今年暑假我想参加文联组织的庐山的"读书之家"，读书是个借口，想好好地休息一个月左右。勿致敬礼！

光潜一九八二.四.三

我将朱先生关于重印《诗论》单行本的意见在电话里告诉了范用。他说，湖南出的《朱光潜美学论文选》和上海文艺出版社出的《朱光潜美学论文集》虽然收了《诗论》，不妨碍他们再印单行本，何况他们补进了两篇对话，等于是增订本了。他叫我将这个意思告诉朱先生，请朱先生放心。至于朱先生信中叫我做这本书的责编的事，我没有对范用提起，我觉得三联的编辑力量强，出书认真，他们完全会想得周到，考虑仔细的。朱先生听了范用的意见后也就明确表示同意他们印单行本，补进这两篇对话体。朱先生在电话中叫我过些天去他那里一趟，说有些事还要面谈。

这期间，我去南方参加了一个会，四月十七八号回京，即函告朱先生，二十二日收到他二十一日写的信："得来信，知已平安返京，甚慰！二十三或二十四日下午我当在家恭候，借机倾听您这次南方旅行见闻，如果您的时间允许，可在敝寓小饮。我已定于二十七日晨赴承德参加百科大全书编委会议，要到五月十日左右返京。"

据我的日记记载，是二十三日下午去朱先生家的。我两点多钟先去朗润园吴组缃先生家。约四时才到朱先生家。第二体育馆前的球场上开始有人在运动了。朱师母说朱先生早就在等了。他靠在沙发上休息，猜想他午觉准没睡好。我不安地走近他，他突然醒来，高兴地说他想我今天会来。他问我能待多久，我说吃晚饭时，他说，那就边喝边谈吧！他去橱子里拿了一瓶二两五的四川泸州特曲，师母端了一碟煮花生米。朱先生先问了我这次家乡之行的见闻。我说皖南不少县城很美，宁静，休息写作很适宜。朱先生说大城市有大城市的条件，小城市有小城市的方便，空气新鲜，菜蔬新鲜，水也没有漂白粉味，沏的茶好喝。他突然问我："你是安徽人，去过巢湖吧！沿湖有许多小镇，现在比几十年前我去过的时候自然变化多了，有时我真想躲到那里去完成手头的译著,这里干扰太多了。"他可能已觉察出这是不切实际的幻想,又劝我说,也要习惯于闹里取静,忙里偷闲,一天保证有一两个小时写作,若能坚持下去,该写的也就写出来了。我们这样闲聊,又谈到《诗论》的重印。他问我:"范用为什么对这本旧著感起兴趣?"朱先生一向很得意这部著作,自认为是用功写的,有独到见解的,这是我心里清楚的。早在留学英法时,他便草成了《诗论》的提纲。一九三三年回国后,北大文学院院长胡适看过《诗论》的初稿,颇为欣赏,邀请他到中文系讲课。抗战胜利后,他又在武汉大学讲了一年《诗论》。经过十几年的反复修改,一九四三年才定稿出版。朱先生不等我回答他的提问,就说,现在的青年未必爱读这部书。他说,不管现在诗歌流派有多少,他以为哪一派都要讲究诗歌格律,诗歌的音乐美……他说,从这个意义上说,这部书也许对诗歌作者有点益处。他认为没有必要为重印新写序文。他说自己对目前诗歌现状太不了解,多年对诗又未继续深入思考,说不出多少新的见解。他答应,写篇后记,交代一些有关这本书的事实。他叫我抽空帮他看一遍,发现有不妥处向他提出来,叮嘱我错字一定要改正。我说范用会用心把这本书出好,他听了点点头,会心地笑了起来。

朱先生在课堂讲授和在家辅导,都爱向学生提问,在欢愉的交谈中,他也少不了提问。他问我读过几部中国诗歌史。我说在大学,读了冯沅君先生的《中国诗歌史》,还有王瑶先生的《中国诗歌发展简史》。他说,他的《游仙诗》一文,也可以当作一篇中国诗歌简史来读。我在替朱先生编《艺文杂谈》时,发现他对这篇文章很看重。他在该集的序言中说《游仙诗》"代表了我对中国诗史的摸索"。这篇长达万言的论文,最初发表在一九四八年九月出版的《文学杂志》第三卷第四期,是打头的一篇。这次入集时,朱先生亲自作了删改,题目由《游仙诗》改为《楚辞和游仙诗》,并据近年出的版本对文中引诗一一做了校订。我以为,《游仙诗》是我国现代较早一篇用比较文学的方法研究中国诗歌发展的有分量的学术论著。可惜,长期以来,未能引起重视。朱先生提醒我,艾青有本《诗论》,应该好好读。他说艾青是诗人,诗人谈诗,比做学问的人能谈出独到的东西。他承认自己的《诗论》见解上和艾青的《诗论》不一致。他认为，同一个课题应该有不同角度的探讨，都可能有价值。他不大相信在学术上一个人把什么都说全了说准了。他说学术的建树是需要世世代代许许多多的人共同努力的。记得那天告别时，我走出门，又转回来，将书袋中包好的几本朱先生的旧著，请他签名题字。我特别谈到，我在六十年代初读研究生时，好不容易从西单商场一家旧书店买到一本一九四五年开明重版本《文艺心理学》，是草纸本，字迹时有不清。十分有趣的是，在买到这本书许多年之后，突然有次发现扉页钤有"杏邨"的藏书章。我曾拿着这本书去给阿英——钱杏邨先生看，他笑着说：我三四十年代在上海的藏书大多丢失，能被你买到也真巧。朱先生在客厅的沙发上一一翻看这几本旧书。他问我《文艺心理学》上不少工整的钢笔字，是不是我写的，我说是我当时读后随手记下的心得。朱先生说我太认真了。他说这本书缺陷很多，有许多可批判的地方。他将这几本书拿到书桌上，用钢笔有点颤抖地在《文艺心理学》扉页上写道："泰昌同志携示所搜集的解放前的拙著数种，有如老妇人见到嫁衣裳时的欣喜，书此志谢。朱光潜。"其他几本他只签了名。我告诉了范用这段插曲，他说我该写出一篇有趣的书话来。他问我这几本旧书中有没有初版本《诗论》，我点点头。

　　过了几天，收到范用给我的一封短信，专谈《诗论》重版的事。"朱老《诗论》，正中版，湖南所编的那本是否全文？当然还得加上《艺文杂谈》中的两篇。正中版有无序文或后记？很想看一看正中版。将来三联出版，少不了要请朱老写一序文，哪怕是短短的。还得托您一办。"

　　短序的事范用已提过，朱先生也表示了意见。我将自己保存的一本有正书局四十年代刊印的《诗论》初版本给了范用，连同封二朱先生的签名。这本书也许就是三联书店重印时采用的底本。

　　次年夏天，我去看望朱先生，他刚从香港讲学归来，愉愉快快地谈了一下午香港见闻。我正要起身走，朱先生说给我留了一本新书，他扶着楼梯上二楼书房去了。我见他手拿的是一本《诗论》,我说三联已送了一本给我,他说:我给你的是精装本,这本书印得不错,不少友人来信索书,这里有你一份辛劳,留一本给你做纪念。他当场签名,并开玩笑地称我为"老学友"。

一九八八年二月

不该忽略的文坛老人

当今文坛,有人称为"五世同堂",也有人称为"六世同堂"。不管再分几"世",最年长的当推居住北京的叶圣陶老先生了,他早已过了九十,不料竟在春节前夕辞世。复旦大学教授郭绍虞先生不比叶老年轻,前两年也已过世了。上海还有一位九十开外的作家,这就是常被人们誉为"补白大王"的郑逸梅先生。

时下的文学史家、文学评论家往往推崇文学中的某一或某几种样式,如小说、诗歌、戏剧……对常见于报端的随笔小品则过于冷淡,或不屑一顾。这种不公道,落到擅长写历史掌故、随笔小品的郑老身上也就不怎么奇怪了。

郑老笔耕半个世纪以上,曾为十数家报刊长期撰写专栏,出版了《民国文艺报刊史略》《郑逸梅小品集》等几十种著作。

一九八二年中华书局出版了他近三十万言的《艺林散叶》。这本小品集,共四千多则,每则一般数十言,文字极为老到,内容涉及金石书画、版本目录、雕刻塑像、诗文辞翰、能工巧匠、才媛名流、戏剧电影、名胜古迹等等,且多为作者亲眼所见、亲耳所闻,故所叙所议较为准确翔实。这是我国当代文学文库中一部值得珍视的散文集。我读过作者民国初年写的一本类似的册子《慧心集》。相比之下,这本要厚实丰富得多。

这本书得到素来讲究书籍学术价值的中华书局的赏识,这颇使有些人不解。大概是一九七九年,作者将书稿投寄给吉林省一家出版社,搁置两年没有下文。一九八一年我去上海,初识郑老,他便不悦地谈起这件事,希望我帮忙介绍给一家出版社。我答应尽力。这年夏天,他将书稿寄我。我接连几个夜晚紧着读完。文章辞藻隽永、叙事精练,每则寥寥数语,耐人玩味。我平日也留意近代文化故实,拜读之后,收益甚富,知晓了不少不曾听说的趣闻逸事。比如,关于清末著名小说《老残游记》的作者刘鹗,书中写道:"刘铁云初号蝶隐,后乃谐声为铁云。曾在上海铁马路开设慎记书庄,其所著《老残游记》,最早由天津日日新闻社印行,题签出方药雨手笔。"就有作者贡献出来的新史料。又如,关于清末小说理论家夏曾佑,《艺林散叶》说,他是编中国历史教科书的第一人。这更是一般文学史家不曾介绍过的。我认为《艺林散叶》不仅是一部风格独具的小品文集,同时也是一部有价值的文化史料专著,于是我将它推荐给了中华书局。编辑读后,很有同感,当即拍板。叶圣老也看重这部书,特为题签。这部书初版印了两万多册,畅销一时。

五年过去了。前些天突然收到郑老惠赠的《艺林散叶》续编,仍是中华书局所刊。这部书二十万言,是最近两年,也就是郑老九十岁前后写的。郑老记性至今仍好得令人惊异。续编内容仍葆新鲜。如书中说我国近代大画家徐悲鸿绘画,从临摹吴友如人物入手。又说,秦瘦鸥的小说《秋海棠》,初版本书页上之秋海棠,乃出自名画家唐云之手。这些话若不是知情人有心人,是决计写不出来的。

我盼望能读到郑老《艺林散叶》的第三编、第四编……同时,我也希望将要出版的新的中国现当代文学史不要忽略对报章小品的应有评介,不要再遗忘像郑逸梅这样有贡献的老作家的业绩。

一九八八年四月

《李一氓藏画选》跋

将个人藏画整理出版,是一氓老多年的心愿,去年江苏美术出版社拟请我编《李一氓藏画选》,时一氓老正病重住院。我请一氓老夫人王仪同志代为征求意见,他却欣然同意了。十年前,我在编辑《一氓题跋》(北京三联书店出版)时,能随时向他请教。原以为有机会听取他对编选这本画册的设想,万没料到,一个月后他就匆匆地离开了我们。

现受王仪同志的委托,我勉为其难地完成了一氓老生前这个小小的嘱托。

一氓收藏字画的兴趣,始自一九四五年在江苏淮阴、淮安地区工作期间。一九四七年,一氓家属乘坐一艘小船从烟台通过敌人重重封锁和惊涛骇浪撤退至大连,船上除人之外,就是几箱字画。北平解放,他忙里偷闲,常去市摊看字画。据阿英先生一九四九年六月六日记载:午饭后,与一氓兄同约振铎,冒雨去琉璃厂看碑。一氓买得伊秉绶尺牍一。五十年代,他曾在国外任职,工资几乎全用来购买词集、字画。一氓老收藏书画如此痴迷,绝不能简单视为文人的闲情雅趣,他更着眼于在"一场接一场的大风暴"的年代里为国家抢救、保存优秀的文化遗产。他早在文章中公开说过:"余书画收藏,均缴公库。"他起始是这么想的,结果也是这么做的。

著名书画家启功、王世襄先生题签、作序,国务院古籍整理出版规划小组沈锡麟先生、美术史家聂崇正先生、一氓老女儿李薇薇、江苏美术出版社诸位先生对本书的编选、出版给予了多方面的帮助,一并致谢!

一九九七年九月

毛泽东："我们欢迎你们"

"同志们，今天我来欢迎你们。""再讲一声，我们欢迎你们。"这是毛泽东主席一九四九年七月六日亲临第一次全国文代会发表的简短讲话中重复的两句话。

一九四九年三月二十五日，毛泽东主席进入刚解放不久的北平。来自解放区和国统区的文艺工作者也陆续会集北平，参加第一次全国文代会，他们见到正为解放全中国和筹建新中国的成立日夜操劳的毛泽东主席时，心情万分激动。当毛主席出现在大会主席台上时，掌声和欢呼声长时间热烈响起。尤其是听到毛主席在讲话中充分肯定了广大文艺工作者对中国革命和中国人民的贡献后，大家更是心潮澎湃，全场欢声雷动，经久不息。

据《中华全国文学艺术工作者代表大会纪念文集》记载："七月六日七时二十分，伟大的人民领袖毛主席突然亲临中华全国文学艺术工作者代表大会的会场，出现在主席台上。全体代表起立欢迎，热烈地长久地鼓掌，并高呼'毛主席万岁'！会场安静下来后，毛主席向大家说：'同志们，今天我来欢迎你们。你们开的这样的大会是很好的大会，是革命需要的大会，是全国人民所希望的大会。因为你们都是人民所需要的人，你们是人民的文学家、人民的艺术家，或者是人民的文学艺术工作的组织者。你们对于革命有好处，对于人民有好处。因为人民需要你们，我们就有理由欢迎你们。再讲一声，我们欢迎你们。'毛主席讲话毕,全体代表又报以长时间的热烈鼓掌和欢呼。"

为什么说毛主席是"突然"亲临会场?其中缘故据一位与会者当年的日记记载,使我们有所了解。阿英是七月六日下午的大会主席,据他当年七月五日的日记记载:"毛主席允明日来文代会。"六日的日记又载:"七时许,毛主席来——先有一电话,谓昨夜未睡,不来——全场欢动。前后掌声,达半小时之久。"

七月六日下午毛主席突然来到文代会时,周恩来副主席正在大会上做政治报告,所以毛主席先在大会会场中南海怀仁堂的休息厅里休息。难得的是,当时有人举起相机拍下了这一珍贵的历史镜头。一九五一年,为纪念中国共产党成立三十周年,六月二十五日出版的《文艺报》首次发表了这幅照片。

时值中华人民共和国成立前夕,参加文代会的文艺工作者久已渴望见到人民领袖毛泽东。当周恩来副主席做完政治报告时,毛主席突然出人意料地出现在大会主席台上,大家的惊喜和激动是可以想象的,于是出现了上述令人难忘的场面。这是新中国第一代领导人关心文艺的一个具体生动的事例,它将永远铭记在广大文艺工作者的心中,并鼓舞他们投身建设繁荣社会主义文艺事业的伟大洪流中去。

一九九九年九月

《鲁滨孙漂流记》最早的中译本

茅盾在《世界名著杂谈》一书中说,十八世纪英国作家笛福的长篇小说《鲁滨孙漂流记》最早有林纾的文言译本(商务版),其实,先于清末大翻译家林纾《鲁滨孙漂流记》译本问世前三年(一九〇二年),这部世界名著就被介绍到中国来,中译书名叫《绝岛漂流记》。

译者沈祖芬,杭州人,是个残疾青年,故卷首署"钱塘跛少年笔译"。据知,译者三岁染足疾,行走不便,长大益甚,但他意志顽强,不以病废学,日夜自习攻读英文,二十二岁时,已译著多种。《绝岛漂流记》译成于一八九八年,经师长的润饰与资助,一九〇二年始得以刊布,杭州惠兰学堂印刷,上海开明书店发行。定价洋二角。版权页上署"著书者　英国　狄福;翻译者　钱塘沈祖芬"。书名为讴篴题。

跛少年自小喜爱这部小说,并暗中立志要将它翻译介绍给中国同胞。他希望借小说冒险进取之志气"以药吾国人",他在《译者志》中说:"英人狄福,小说名家也,因事系狱,抑郁无聊,差作是以述其不遇之志,原名劳卞生克罗沙,在西书中久已脍炙人口,莫不家置一编,法人卢骚[①]谓教科书中能实施教育者,首推是书,日人译以和文,名《绝岛漂流记》,兹用其名,乃就英文译出,

---

① 今译卢梭。

用以激励少年。"笛福写作《鲁滨孙漂流记》，原是为了歌颂资本主义原始积累时期个人冒险进取精神，赞美个人的智慧与毅力，明显有美化殖民者反动思想的一面，但在十九世纪末，中国伟大的反封建民主革命斗争勃兴时，西学为用，译介传播这本书，多少能起到"激励少年"、唤起民众觉醒的积极作用。

译者的翻译，代表了那一时期的翻译风格，全书以文言文翻译。为使读者有兴味地阅读，译本并未全按原著的章节安排，打破、调整了原书的结构形式，共分二十章。为了营造章回小说"且听下回分解"的效果，译者对整体情节往往分支为两章进行译述。译者用英文直接译出，书名选择了日译本书名《绝岛漂流记》。沈祖芬的这个译本，由于其文言文的限定以及翻译主张的局限，加之该书发行量有限，很快被其他译本所取代。百年来不同年代、不同时期，《鲁滨孙漂流记》译本迭出。但沈祖芬的《绝岛漂流记》是该书的第一部中文译本，作为英国文学最早的汉译本之一，在促进中西文化交流史上和中国文学翻译史上功不可没。

跛少年沈祖芬翻译此书的认真不息精神尤为可嘉，值得后人学习称赞。近代知名学士高凤谦(梦旦)(一八七九——九三六)在序文中称赞译者"不怕呻楚，勤事此书，以觉吾四万万之众"。他感慨地说，一个病废者尚且能"不自暇逸，以无负于其群"，那"四体皆备，俨然为完人者所以自处又当何如也"？他说自己有愧于译者，当然这是一种自谦之词。

高梦旦亦是著名的出版家，早期商务印书馆的元老，曾任国文部部长、编译所所长等职，贡献殊多，平日不喜撰述，所著仅《十三个月历法》《泰西格言集》两书。高氏为《绝岛漂流记》所作序文，具有文献价值，且短小，不妨全文抄录如次：

余友沈胐民，以其弟诵先所译《绝岛漂流记》见示，且谓余曰，吾弟三岁得足疾，不良于行，长而益甚，然不以病废学，日夜治英文，今年二十又二矣，所译著正蕃，此特其一耳，书为英人狄福狱中之作，吾弟私喜之，欲借以药吾国人,越数日又方此书承同志付梓,因督余序之。余惟狄福忘其系囚之身,著为文章,激发其国人冒险进取之志气,说者以谓欧人贤于吾亚人矣,今诵先病足之苦无异于狄福,乃亦不恤呻楚,勤事此书,以觉吾四万万之众夫,诵先固吾亚人也,固吾亚人之病废者也,嗟乎病废者如诵先犹不自暇逸以无负于其群,则凡四体皆备俨然为完人者,所以自处又当何如也,余对跛民余魄诵先矣。

   光绪二十八年五月二十日 长乐高凤谦 梦旦 甫

  过去人们纪念辛亥革命运动,每每谈论,颂扬的多是政坛、文坛上那些风云人物,看来如跛少年这样怀有振兴中华大志和实干精神的小人物也不应该被我们忘记。

二〇一一年三月

由章太炎、邹容想起刘三

章炳麟（一八六九——九三六年，号太炎，浙江杭州人），是辛亥革命时期一位重要人物，资产阶级革命思想家，近代著名学者。

章太炎与辛亥革命时期另一位重要人物邹容（一八八五——一九〇五年，字蔚丹［威丹］，四川巴县人），有着"同志加兄弟"的深厚友谊。一九〇三年三月，章太炎从日本回上海，在蔡元培创办的爱国学社任教，经常参加群众集会，发表革命演说。同年六月，他在《苏报》上发表了《驳康有为论革命书》，系统驳斥康有为的保皇谬论，论证进行革命的必要性，章太炎又为邹容的《革命军》一书作序，并在《苏报》上撰写评介文章。邹容是与秋瑾齐名的著名革命家，一九〇三年在上海组建中国学生同盟会。邹容自称"革命军中马前卒"，他在《革命军》书中提出了"中华共和国"二十五条政纲，系统地阐发孙中山"建立民国"的构想。《革命军》当时影响极大，为而后的辛亥革命做了积极的舆论准备。

章太炎《驳康有为论革命书》和邹容《革命军》的发表，引起了清廷封建统治者的强烈疾愤，清廷勾结上海租界工部局，查封了设在租界的《苏报》并逮捕了章太炎、邹容。这就是当时轰动全国的"《苏报》案"。一九〇五年，邹容备受折磨，在刑期两年将满前二个月死于狱中，年仅二十一岁。章太炎被判刑三年，一九〇六年六月，章出狱，孙中山派人接他到日本，章到日本后即加入孙中山领导的同盟会，任同盟会机关报《民报》主编。

辛亥革命成功后，一九一二年二月，孙中山追赠邹容为"陆军大将军"，修墓表旌，永垂千秋。与邹容曾共患难的章太炎因撰写"邹大将军墓志铭"，多方打探，亲从革命义士刘季平处探得邹容烈士遗骨埋葬之所。章太炎在邹容墓志铭中云：

  邹君讳容，字蔚丹，四川巴县人。以著书称《革命军》，为清廷所讼，与炳麟同囚于上海，岁余瘐死，年二十一，时清光绪三十一年二月二十九日也。上海刘三，葬于华泾。民国兴，赠大将军。于是海内无不知刘三其人。

刘季平（自称刘三或江南刘三，一八九〇——一九三八年，上海华泾人），也是位值得纪念的历史人物。刘三是革命文学团体南社早期的成员。南社创始人陈去病（佩忍）曾寄社友刘三一首七绝：

  生经沧朵求神骏，死为要离脱左骖。莽莽风尘论侠客，大江南北两刘三。

此诗写得悲壮激越。诗的末句所谓"大江南北两刘三"，除了系指寄诗的对象刘季平而外，余则据说系指刘师培（申叔）而言。而申叔行三，故亦号"刘三"。陈去病写作此诗时，在泸的刘季平（刘三）是以侠义见称的革命志士，在北方的刘师培（申叔）当时亦是。

邹容不幸病死狱中，当时邹的友好，均因远避嫌疑，不愿或不敢出面收殓。独刘季平（刘三）不顾这些，暗中买通狱卒，将邹容的遗体运回华泾故里，并为之安葬于宅居黄叶楼畔。此事刘三事前未曾与人相谋，故事后鲜有知者。自章太炎撰邹容墓志铭后，才广为人知。刘季平的革命侠义精神受到世人赞许。时人曾有诗词：

刘三今义士,愧煞读书人。风云衔杯罢,关山拭目行。

英年须阅历,侠骨岂沈托?亦有恩仇论,期君共一身。

一九二四年,于右任偕同章太炎等人至沪凭吊邹大将军之墓,均有诗词以颂扬其事。于右任诗云:

廿载而还事始伸,同来扫墓一沾巾。威丹死后谁收葬,难得刘三作主人!

章太炎诗云:

落魄江湖久不归,故人生死总相违。只今重过威丹墓,尚伴刘三醉一围。

张溥泉诗云:

威丹死后无人葬,只赖刘三记姓名。廿载复仇成大业,敢浇清酒答前盟。

凡此所举,对邹容的怀念和对刘三的推崇,已充分展露。基于革命侠义精神的刘三,在世时亲自守护烈士邹容的陵墓,去世后一家五代恪守刘三的遗训,至今还在义护邹容墓,据二〇一一年四月三日《新民晚报》载,一九八四年,刘三家人曾公开表示:"要世世代代义务照看邹容墓,要对得起祖宗对英烈的承诺。"成就了辛亥革命史上一段感人的佳话。

二〇一一年三月

最早的秋瑾诗词集

在辛亥革命先驱者中,有不少人既是革命家、思想家,又是诗人和作家,秋瑾可以称得上是其中一位重要的诗人。

秋瑾的诗,从内容上看,大致可以划为前后两个阶段。她前期的诗词(尤其是一九〇三年入京之前的作品),比较缺乏现实内容,正是她少女时代闺秀生活的反映。从内容和风格上说,与中国传统的女诗人之作没有太大的差异。一九〇四年,她东渡扶桑直至一九〇七年英勇就义,她的诗词内容和风格有明显的变化,关心祖国的危亡,抒发爱国情怀,表达顽强的反封建制度的革命斗志,是秋瑾后期诗词创作的中心内容。

秋瑾是个文学功底深厚、才华闪耀的诗人。时人称其"读书敏悟,为文章,奇警雄健如其人",陈去病称赞她"工诗文词,著作甚美"。但她毕竟只活了三十岁,后期的主要精力又投放在革命的实际活动中,故创作的数量并不太多,秋瑾平素不太留意保存原稿,"随手散佚"(盟姐吴芝瑛语),她遇难时,家人又"夤夜焚毁",使后人无法见到她全部的作品,这是非常可惜和遗憾的。

《秋瑾诗词》是我们能见到的秋瑾诗词最早的遗集。一九〇七年九月六日在日本东京出版,印刷者署"东京市神田区中猿乐町四番地藤泽外吉",印刷所署"东京市神田区中猿乐町四番地秀光社",刊行者署"王芷馥"。这个集子由《天义报》(东京出版的期刊)主持人何震搜集编排,何震在该集后序中说:"秋瑾罹祸之岁,七月初旬得其诗词若干首,各为一卷",王芷馥女士助资刊印,因此,一般称该集为《花馥本》。本书平装,共五十页,分"秋女士遗诗"和"秋女士词"两部分,共收烈士诗词一二五题。所收诗词均无写作年月日,卷首也无目录。

珍贵的是,书前有章太炎、苏曼殊的两篇序文。何震在"后序"中说:"乞太炎先生及吾师曼殊为序。"章太炎在序中说"瑾死传其诗词百余首,都为一集,余视其语婉瘦"。此序初载《天义报》第五号(一九〇七年八月),题《秋女士诗集序》,后又载《民报》第十七号(一九〇七年十月二十五日),题《秋瑾集序》,可见太炎先生对该序之重视。秋瑾就义后出版的一些介绍烈士的小册子也多收入或附录此序,也可见该文在当时影响之大。

《秋瑾诗词》"排比阅二旬而成",在烈士就义两个月后出版,所收烈士诗词较全,烈士前后期诗词代表作不少在其中,如《杞人忧》《吊屈原》《剑歌》《旧游重过有不胜今昔之感》《秋日独坐》《赠盟姊吴芝瑛》《申江题壁》《菊》《赤壁怀古》等,但缺漏也多,如秋瑾的重要诗作《宝刀歌》《吊吴烈士樾》《绝命词》均未收入,现不妨简略介绍一下。

宝刀歌

汉家宫阙斜阳里,五千余年古国死。一睡沉沉数百年,大家不识做奴耻。忆昔我祖名轩辕,发祥根据在昆仑。辟地黄河及长江,大刀霍霍定中原。痛哭梅山可奈何?帝城荆棘埋铜驼。几番回首京华望,亡国悲歌泪涕多。北上联军八国众,把我江山又赠送。白鬼西来作警钟,汉人惊破奴才梦。主人赠我金错刀,我今得此心雄豪。赤铁主义当今日,百万头颅等一毛。沐日浴月百宝光,轻生七尺何昂藏?誓将死里求生路,世界和平赖武装。不观荆轲作秦客,图穷匕首见盈尺。殿前一击虽不中,已夺专制魔王魄。我欲只手援祖国,奴种流传遍禹域。心死人人奈尔何?援笔作此《宝刀歌》。宝刀之歌壮肝胆,死国灵魂唤起多。宝刀侠骨孰与俦?平生了了旧恩仇。莫嫌尺铁非英物,救国奇功赖尔收。愿从兹以天地为炉、阴阳为炭兮,铁聚六洲。铸造出千柄万柄宝刀兮,澄清神州。上继我祖黄帝赫赫之威名兮,一洗数千数百年国史之奇羞!

这首诗从"几番回首京华望"句看,大约写于一九〇四年(光绪三十年)春末秋瑾离开北京时。诗写祖国的危亡、帝国主义的侵略,并抒发了诗人的政治主张。与《剑歌》《宝剑歌》为同一主题。从这几首写宝剑、宝刀的诗中,可以看出北京之行使秋瑾思想上所产生的巨大变化。这时她的作品已不同于早期在《杞人忧》中对国事所流露的那种忧虑、感伤的情调,而是充满对祖国危亡的热切关注,对清封建王朝媚外辱国的刻骨仇恨,并表露了她准备献身革命的坚强意志。

又如:

吊吴烈士樾

昆仑一脉传骄子,二百余年汉声死。低头异族胡衣冠,腥膻污人祖宗耻。忽地西来送警钟,汉人聚哭昆仑东。方知今日豚尾子,不是当年大汉风。裂眦啮指争传檄,大叫同胞声激烈。积耻从头速洗清,毋令黄胄终沦灭。大江南北群相和,英雄争挽鲁阳戈。卢梭文笔波兰血,拚把头颅换凯歌。年年岁月驹驰隙,有汉光复总无策。志士奋呼东海东,胡儿虎踞北京北。名曰同胞意未同,徒劳流血叹无功。提防家贼计何酷?愤起英雄出皖中。皖中志士名吴樾,百炼刚肠如火热。报仇直以酬祖宗,杀贼计先除羽翼。爆血同拚歼贼臣,男儿爱国已忘身。可怜懵懵天竟瞽,致使英雄志未伸。电传噩耗风潮耸,同志相顾皆色动。打破从前奴隶关,惊回大地繁华梦。死殉同胞剩血痕,我今痛哭为招魂。前仆后继人应在,如君不愧轩辕孙!

诗作于一九〇五年(光绪三十一年)。吴樾(一八七八——九〇五),字孟侠,安徽桐城人,是辛亥革命时期民主革命烈士。一九〇五年,清政府派载泽、戴鸿慈、徐世昌、端方、绍英等五大臣出国考察宪政,想借此缓和当时人民反清的政治斗争。吴樾为了使这一骗局无法实现,便于九月二十四日,乘五大臣坐火车南下时,身怀炸弹入车,但因火车震动,炸弹爆发,载泽、绍英受伤,吴樾被炸身死。这时秋瑾尚在日本,得此不幸消息,悲痛欲绝,长歌当哭,写了这首诗。诗从汉族被清封建朝廷统治写起,旨在唤起人们不要忘记这耻辱的现实。诗人壮志虽在,而报国无路,此时又听到吴樾不幸殉难的消息,悲愤难以言喻,然而秋瑾并没有被悲痛压倒,她从悲痛中抬起头来,继续探索革命的道路,所以诗的基调是高昂悲壮的。诗赞扬了烈士的革命精神,并号召人们继承革命先烈的遗志继续奋斗。

特别是遗漏了《绝命词》尤为遗憾。

绝命词

秋雨秋风愁煞人。

这是秋瑾临刑前的绝命词。一九〇七年(光绪三十三年)七月十三日秋瑾被捕,清吏逼供,诗人仅写此断句作答。绝命词虽七字,但从中我们可以看出诗人对革命形势的忧虑,革命失败的惋惜,以及对反动的清封建王朝和整个黑暗时代的愤怒与控诉,同时也表达了诗人对国家和民族的深情;调子虽悲凉凄切,但字里行间仍洋溢着一种不甘萧瑟沉寂的昂然之气。

《秋瑾诗词》毕竟是流传最早的一本烈士诗词遗集,为后人了解、整理、研究秋瑾的诗词打下了良好的基础,在此基础上继续完善,这本是我们应该做的事。

二〇一一年三月

近代纺织诗歌一瞥

"纺织"在中国诗歌里,是一个重要的题材。这类诗歌年代久远,内容一般是讴歌织工,特别是女织工的勤劳与智慧、贫困和被剥削。直到十九世纪中叶,海禁开,税率为帝国主义所控制,洋货洋布排山倒海似的倾来,薄利倾销,将传统的小手工业纺织摧垮吞没。这个骤起的巨大变化在近代纺织诗歌中有着鲜明的反映。

近代诗歌,如果单以时间论,自一八四〇年鸦片战争始,至一九一一年辛亥革命,前后不过半个世纪光景,在中国漫长的诗歌发展的河流中,只是一朵飞溅的浪花。但由于中国社会经济性质的深刻变化,使这一时期的文学具有许多前所未有的新的内容。近代诗歌的醒目之处在于,许多诗人都力图通过诗歌的标点、行句,摄下眼见的瞬息万变的现实和正在发生的重大历史事件,其宝贵价值,就是它的"诗史"意义。从能够读到的几首近代歌咏纺织的诗歌里,可以清晰地看到,在帝国主义与官僚资本相互勾结的重压下,中国弱小的分散的纺织业,如何衰败的过程。

诗人们在五口通商(一八四二年)不久,就敏感地看到了中国经济的进一步贫困。张子虞的一首绝句:

互市甘松满海滨,青云望气识金银。可怜伎巧开中土,菽粟人间贱

似尘。(《泛海咏史》)

谭莹的诗句说得更简洁明了:

　　互市利既分,濒海力遂困。(《甲寅书事》十五首)

洋货伴着火轮的隆隆声滚滚而来,到处充塞,诗歌里有不少具体生动的记载。蒋师辙过天津紫竹林写了一首《天沼歌》:

　　天沼不溺穷冥开,峨峨夷舶横空来。破浪无劳视飞绽,殷雷激荡双轮催。集贿筐筐累千亿,海滨捆载车轳辘。开场九市竞陈列,蜃气幻作金银台。斑屬流苏混朱绿,绣螺锦贝争奇环……

广东的情况,亦如杨季鸾所咏:

　　重洋破浪浩无垠,粤肆争传百样新。谁道楼台凭蜃气,但夸组织出鲛人。奇珍入境曾闻禁,食货通商竟有神。番舶累累载何物?板天烟焰黑如轮。(《杂感》六首之一)

这两首诗都描绘得细腻逼真,使人读罢,眼前浮现出一幅幅立体的画面。海关进口的大洋货中,以西洋布与洋纱为大宗。悦在田的《西洋布》,形容西洋布运积在"火轮车站"上:

　　机中锦字流费断,天外飞车屈戍哗。

姚莹的《荷兰羽毛歌》嘲讽外国奸商的狡黠与"贵人大贾"奇珍洋货的媚

艺文轶话 | 273

外丑态,语言晓畅泼辣:

> 荷兰羽毛不易得,数金才能买一尺。贵人大贾身服之,意气非常动颜色。吴绫蜀锦皆暗淡,何况寻常布与帛?荷兰小国通西洋,海道至此万里强。往时诸国尽互市,荷兰岁岁来盈筐。红毛恃强作奸黠,劫夺不使来舟航。如今独有红毛种,货远不及价亦重。世人好异亦贵之,坐使蚕家丝积壅。吁嗟乎!食惟饱腹衣被寒,轻纨细縠徒华观。华观不足厌罗绮,纷纷异国求其难。……众商接待皆屏息,一语不合红毛嗔。

西洋布、西洋纱大量倾销,市场被抢掠,致使乡里织机纷纷停息,织工衣食无着,还日夜为官税操急,他们自然要泣诉,要愤怒。邓嘉辑的《秣陵织业行》说素以"织工巧"名震一时的秣陵织业行:

> 承平之日甲天下,水载以舟陆运马。富商大贾工负贩,仰给至无游手者。兵燹以来未复业,湘乡相公发军帖。召集四方织户来,吱吱呀呀机房开。机房开,丝不贱,火船载丝出洋去,富者干没贫不便。今年丝价高于珠,我见童子泣路隅。自言家有织机匠,年年衣食才有余。而今十机不织一身闲,那得摇丝车?我为童子三叹息,长官司机捐设正急。

童子的哭泣接应着织妇的叹息。方濬颐的《织妇叹》,用歌行体,如泣如诉地抒发了"不织之妇"的叹息:

> 呼嗟乎!四方团练农不耕,四海通商妇不织。不织不耕之农何咆哮,不织之妇惟太息。太息未了向客言,掩袂欲语先声吞。妾家珍此一端布,伞将新谷供晨昏。不堪市有波斯胡,西洋价贱难与论。千钱胜穿鹑结衣,三百可裁犊鼻挥……停我九张机,废我五杂俎。藁砧荷戈去不

返,说到征衣泪如雨。

诗人通过"道旁过客"的"噫嘻"来揭示何故"停我九张机":

> 尔作织妇毋乃痴。方今有道宾四夷,火浣之鼠冰蚕丝。香荃石胍咸在兹。不耕而食不织衣,闺中奚用鸣梭为?

这两首诗选择童子、织妇的悲惨遭遇,有相当的典型意义。

近代以纺织为题材的诗歌,所见不多。上述所引几首纺织诗歌,尽管它们艺术上没有多少创新和特色,但从密切诗歌与现实生活的关系,研究近代社会经济变迁,特别是了解与辛亥革命爆发有着诸多深层次的社会原因的意义上说,都值得珍视,值得加以援引、介绍。

二〇一一年五月

柳亚子的诗词

辛亥革命时期的革命诗人中,柳亚子(一八八七——一九五八年,原名慰高,字安如,更名人权,字亚卢,再更为弃疾,字亚子,后遂以亚子行,江苏吴江县人)是其中最重要的一位。郭沫若在《柳亚子诗词选》序文中说:

"亚子先生是一位典型的诗人。他有热烈的感情、豪华的才气、卓越的器识。他的精神是随着时代的进步而进步的……他以他的诗词鼓吹过旧民主主义革命,颂扬过新民主主义革命。意气风发,声调激扬,中国的文学语言,无论雅言或常语,在他的笔下就像是雕塑家手里的软泥,真是得心应手。"

柳亚子最初受康梁维新思想影响,后来转向革命。一九〇三年参加中国教育会,后进入上海爱国学社,同蔡元培、章太炎、邹容等人接触,革命思想从此确立。一九〇六年参加同盟会。一九〇七年在上海与陈去病、高旭等酝酿组织南社。一九〇九年南社成立后,先后担任过书记、编辑和主任等重要职务。曾写过大量的诗文,宣传革命。辛亥革命失败后,他在上海担任《天铎》《民声》《太平洋》等报的主笔和编辑,继续以诗文反对民贼袁世凯。后来,柳亚子坚持革命的立场,拥护共产党和毛泽东同志领导的新民主主义革命。全国解放后,他又热情歌颂社会主义的新中国,为人民做了不少有益的工作。

柳亚子是革命文学团体南社主要发起、创办人之一。南社是辛亥革命前成立的一个革命文学团体。发起人为陈去病(一八七四——一九三三年)、高旭

(一八七七——一九二五年)和柳亚子。一九〇七年筹备,一九〇九年十一月十三日正式成立。活动中心在上海。

南社酝酿和成立的时候,也是孙中山领导的资产阶级民主革命运动逐渐高涨之际。南社,正是在这一形势中逐渐酝酿、组织并发展起来的。柳亚子说:

> 这个时候,孙中山先生和同志们,在海外创设中国同盟会,以三民主义相号召,正在十七次革命失败奋斗的过程中间,而内地所号称知识阶级的人,还是昏昏沉沉,做那"天王圣明,臣罪当诛"的好梦。我们发起的南社,是想和中国同盟会做犄角的。(《新南社成立布告》,《南社纪略》)

高旭也说:"于同盟会后更倡设南社,固以文字革命为职志,而意实不在文字间也。"(《元尽庵遗集序》)可见,它是个文学团体,但其目的又不止于文学。

柳亚子从文起步早,辛亥革命时期的柳亚子,是个"年少气锐"的诗人。对祖国命运的关怀和对革命的向往,使他写下了很多激情洋溢、"虽触时忌勿顾"(柳亚子:《变雅楼三十年诗征叙》)的诗,这些诗主要是围绕着鞭挞清朝封建反动统治、鼓吹资产阶级民主革命这一主题展开的。

"伤心民族两重奴",早在一九〇三年的《放歌》中,诗人就"泪下淋浪"地描绘了在帝国主义、封建主义双重压迫下中国社会的悲惨图景:

> 上言专制酷,罗网重重强。人权既蹂躏,天演终沦亡。众生尚酣睡,民气苦不扬。豺狼方当道,燕雀犹处堂。天骄阗然入,踞我卧榻旁。瓜分与豆剖,横议声洋洋。世界大风潮,鬼泣神亦瞠。盘涡日以急,欲渡河无梁。沉沉四百州,尸冢遥相望。他人殖民地,何处为故乡?

这里,洋溢着诗人对祖国的关怀,也充满了对帝国主义侵略者,清廷封建专制统治的切齿痛恨。

在有些诗中,作者并不仅仅从狭隘的种族主义观点出发,而是体现了一定的民主主义精神。他在诗中高唱平等自由,呼唤民主权利,召唤着人们向封建制度去作英勇冲击。

> 一室难春我亦愁,萧条四海尽悲秋。献身应作苏菲亚,夺取民权与自由。
> ——《读山阴何孟厂得韩平卿女士为义女诗和其原韵》

当时,许多革命党人是以走法国革命的路为理想的,柳亚子也是如此。他在《元旦感怀》一诗中写道:

> 希望前途竟若何?天荒地老感情多。三河侠少谁相识,一掬雄心总不磨。理想飞腾新世界,年华辜负好头颅。椒花柏酒无情绪,自唱巴黎革命歌。

国家垂危,民族垂危,诗人热望着去创建新世界,去建功立业,去流血牺牲,因而,流行在法国资产阶级革命时期的那首战歌《马赛曲》,得到诗人的强烈爱好。

柳亚子热情讴歌反清的革命武装起义,对起义的失败感到沉痛和惋惜;然而这往往又更加激发了他对清封建统治者的仇恨和继续奋斗的决心。这在他写的许多悼念烈士的诗中表现得尤为集中而典型。他为邹容、徐锡麟、秋瑾、刘道一、熊成基、赵声、杨笃生、周实、宋教仁、宁调元等人都写过悼念的诗。痛惜他们的牺牲:"白虹贯日英雄死,如此河山失霸才。不唱铙歌唱薤露,胡儿歌舞汉儿哀。"(《哭威丹烈士》)歌颂他们的慷慨赴义:"长啸赴东市,剖心奚足辞。"(《有悼二首为徐伯荪烈士作》)其中写得最为悲壮激越的是

《吊鉴湖秋女士》。

《吊鉴湖秋女士》共四首,写于一九〇七年秋瑾遇难后不久。诗人对这位"红颜是党魁"的女革命家秋瑾,表示了深切的哀思和敬意。第三、第四两首尤为动人:

钦刃匆匆别鉴湖,秋风秋雨血模糊。填平沧海怜精卫,啼断空山泣鹧鸪。马革裹尸原不负,蛾眉短命竟何如!凭君莫把沉冤说,十日扬州抵得无?

漫说天飞六月霜,珠沉玉碎不须伤。已拼侠骨成孤注,赢得英名震万方。碧血摧残酬祖国,怒潮呜咽怨钱塘。于祠岳庙中间路,留取荒坟葬女郎。

前一首对秋瑾在"秋风秋雨"的愁人气氛中,血肉模糊地牺牲在绍兴鉴湖畔,表示沉痛的哀悼;赞扬她像精卫填海一样有着坚强的革命意志,实现了战死沙场、"马革裹尸"的崇高志愿。后一首转进一层,认为秋瑾虽然死了,却也不需悲伤,因为她已把自己的生命贡献给祖国的革命事业,博得了人们普遍的景仰。这两首诗感情非常深挚,它用了"啼断空山泣鹧鸪"等表现强烈哀思的句子,调子却不低沉。"马革裹尸原不负","赢得英名震万方",这是多么豪壮的、鼓舞人们斗志的语言!"碧血摧残酬祖国,怒潮呜咽怨钱塘"两句,想象为国捐躯的秋瑾的英灵,化作钱塘江的怒潮,奔腾呜咽。这种浪漫主义的手法,使秋瑾的形象显得更加高大,诗的意境更为悲壮。

表现了柳亚子民主主义思想的另一类诗是他的关于妇女问题的诗。这在南社诗人中,是最为突出的。诗人深深同情妇女所受的压迫,"自从伏羲创婚制,强权举世归男子",这里,作者批判了男尊女卑的封建婚姻制度。"无才便是德,忍令群雌盲!"这里,作者又批判了封建阶级对妇女所实行的愚昧政策。诗人激烈地反对以妇女为玩物,提倡男女平权、妇女解放,而尤其希望妇女能参加政治斗争。如：

　　他年亚陆风云起,兰因絮果从头理。素手抟成民族魂,红颜夺尽男儿气。

　　　　——《题留溪钦明女校写真为高天梅作》

　　辛亥革命后,柳亚子怀着沉重的心情,批判了这次革命的不彻底,并向封建地主阶级的复辟展开了斗争。

　　一九一三年,革命党人宋教仁被刺,是反革命复辟的一声警号。诗人敏锐地意识到这一事迹的严重性。在《哭宋遯初烈士》中写道：

　　不用吾谋恨,当年计岂迂？掺刀悭一割,滋蔓已难图。小丑空婴槛,元凶尚负隅。伤心邦国瘁,不独痛黄垆！

　　"掺刀悭一割",正是痛定思痛,对辛亥革命不彻底性的批判。"汉贼宁容并立时,和戎误国至今悲。"诗人激烈地反对过南北议和,在这期间,诗人写了许多追悼被害革命友人、声讨革命敌人、抒发革命失败后的哀痛的诗篇。此后,他就以诗歌为武器投入反对袁世凯称帝,保卫革命成果的斗争。

　　正如郭沫若所说,柳亚子的"精神是随着时代进步而进步的"。五四运动后,柳亚子的创作揭开了新的一页。他歌颂十月革命,歌颂马克思主义。如：

　　十年三乱究何成？喜见南天壁垒更。率土自应尊国父,斯人不出奈苍生。白宫北美推华盏,赤帜西俄拥列宁。我亦雄心犹健在,梦中无路请长缨。

　　　　——《五月五日纪事》

一九二一年五月五日,孙中山在广州就任非常大总统,广州数十万市民举行大会,热烈庆祝,并结彩游行。本诗即写于此时,它开始表现了诗人对列宁所举起的"赤帜"的向往。一九二四年,诗人又有《空言》一首:

孔佛耶回付一嗤,空言淑世总非宜。能持主义融科学,独拜弥天马克思。

孔学、佛教、耶稣等都在"一嗤"之列,只有马克思主义才是真正可以救世的科学,柳亚子在经过多年痛苦的探索之后,终于得出了这一结论。

一九二九年,毛泽东同志在福建红四军工作,当时机会主义路线在党中央居于统治地位,柳亚子怀着浓厚的革命情谊,写了一首怀念毛泽东同志的诗。那时,诗人在上海,误听毛泽东同志遭到不幸,饮痛写下了这首七律:

神烈峰头墓草青,湘南赤帜正纵横。
人间毁誉原休问,并世支那两列宁。

神烈峰即南京紫金山,孙中山先生陵墓所在地。作者曾自注:两列宁是指孙中山先生、毛润之同志。他认为孙中山和毛泽东是中国现代革命史上的两个伟人,但他们又是性质不同的两位伟大的革命家,所以他又用"先生"与"同志"加以鲜明的区分。一九三二年,他写了《怀人三截》,第一首又是写毛泽东同志的:

平原门下亦寻常,脱颖如何竟处囊?
十万大军凭掌握,登坛旗鼓看毛郎。

"毛郎",诗人自注即"润之"。亚子先生以后还有不少颂扬毛主席的诗。一九五〇年他填的那阕《浣溪沙》,更是传诵一时。但是,我以为,上面引述的那两首,更是难得又难得,因为它们诞生于毛泽东同志成为我们党的领袖之前,而诗中又对他所从事的革命事业做了高度的评价与热烈的赞称,这在文人的诗作中,大概也是硕果仅存的吧。

诗人对我党早期牺牲了的几位领导人的悼念也是动人的。一九三一年他写了《哭恽代英五首》。一九三〇年作《题张应春女士遗像》一首。张应春是共产党员,"四·一二"反革命政变后被蒋介石杀害于南京。读着这些感情真挚的作品,使人感到,在白色恐怖极其残酷、片纸只字都足以致人死命的日子里,诗人谊重如此,实在令人感奋。

一九三一年,"左联"成立后的第二年,他写了《新文坛杂咏》十首,用诗的形式对鲁迅、郭沫若、沈雁冰、蒋光慈、叶绍钧、田汉、华汉(阳翰笙)等作家的创作及其对新文学发展的贡献做了评价。例如,咏鲁迅的一首:

逐臭趋炎苦未休,能标叛帜即千秋。
稽山一老终堪念,牛酪何人为汝谋?

咏郭沫若的一首:

太原公子自无双,戎马经年气未降。
甲骨青铜余事耳,惊看造诣敌罗王。

他在《读文艺新闻追悼号感赋》中,对与"左联"五烈士同时牺牲于武汉的张彩真也表示了悼念之情,足见他的心与革命贴得是多么近。

作为诗人,柳亚子的诗有鲜明的风格。他的诗流畅清新、慷慨淋漓,与同时期形式主义诗人堆砌典故、板滞晦涩的风格大有不同。他最擅长写七言律诗和七言绝句,艺术上受龚自珍的影响很深,他的词则受辛弃疾的影响,豪放激越,很有气势。

柳亚子喜爱并擅长写作旧体诗词。五四新文化运动初期对新诗曾持怀疑的态度,经过几年的思考和观察,他转而成为新诗的积极赞同者。一九二四年,南社的老社员吕天民写信给柳亚子,反对新诗。吕和柳亚子私交不错,但柳亚子仍决定公开反驳。他在《给吕天民底信》中说:"文学是善于变化的东西,中国诗歌既然由四言变为五、七言,由古体变为律诗、词,再变而为曲,那么,现在的变化自然也是可以的。"他谆谆劝诫老朋友说:"二十年前,我们是骂人家老顽固的;二十年后,我们不要做新顽固才好。"(《新黎里》,一九二四年八月一日)他赞美郭沫若的《女神》,尤其是其中的六首《匪徒颂》,认为它描写了古往今来形形色色的革命英雄,"那热烈和伟大的感情,足以激动青年们底心弦而使之共鸣"。唐代的李商隐在赞美韩愈的《平淮西碑》时曾表示"愿书万本诵万遍";柳亚子声称:对于《匪徒颂》,他也有这种"极端崇拜的感情"(《新黎里》,一九二四年七月十六日)。

柳亚子逝世有半个多世纪了。今天,我们纪念辛亥革命百年之际,更加淡忘不了他在革命文学实际活动和诗作等方面的业绩。尤其是他创作的大量的诗词更值得珍视、研究。毛泽东称赞柳诗"慨当以慷,鄙视陈亮、陆游,读之使之感奋兴起"。郭沫若曾把柳亚子比作当今的屈原,他说:"把我的诗和亚子先生的次韵比较一下吧。拿诗来说,那真算是小巫见大巫,拿诗中的情趣来说,亚子先生所表现的就比我积极得多了。"茅盾一九七九年在第四次全国文代上将柳亚子的诗称作"史诗",他说,"柳亚子是前清末到解放后这一长时期内在旧体诗词方面最卓越的革命诗人","柳亚子的诗词反映了前清末年直到新中国成立后这一长时期的历史——从旧民主主义革命到社会主义革命的历史,如果称它为史诗,我以为是名副其实的。"

二〇一一年七月

徐锡麟和吴禄贞的诗

辛亥先烈中,除秋瑾,有些烈士也爱诗,写诗,数量多少不一,但多是慷慨悲壮的战歌,艺术风格也有个性特色。

徐锡麟(一八七三——一九〇七年),字伯荪,浙江绍兴人。一九〇四年到上海访问蔡元培加入光复会,以后成为该会的领导人之一。一九〇六年,他出钱向清政府捐得了道员,打进清政府内部,在安徽任巡警处会办兼巡警学堂监督,进行秘密的革命活动。一九〇七年,他和秋瑾约定七月八日在安徽、浙江两地同时起义,后因风声日紧,恐怕事情泄露,准备七月六日在安庆枪杀巡抚恩铭,率众起义,不幸失败被捕,壮烈牺牲。

徐锡麟诗不多,但他的《出塞》却是一首气魄雄浑的作品:

军歌应唱大刀环,誓灭胡奴出玉关。只解沙场为国死,何须马革裹尸还!

一九〇五年,徐锡麟曾北游京师及辽、吉、察等地,察看形势。这首诗就是那次壮游时写的。诗一开头就表现出非凡的气概:要直出塞外,把"胡奴"(主要指清廷封建统治者)消灭干净,让军队唱着凯歌归来。接着两句,表达了自己在这一战斗中不怕牺牲、舍身为国的壮志豪情。这首诗在艺术上继承了唐代边塞诗的风格,具有豪迈雄浑的特色。

吴禄贞(一八八〇—一九一一年),宇绥卿,湖北云梦人。他出身贫苦,由当兵被选派入湖北武备学堂学习,后来又被派到日本学习陆军。他在横滨曾会见过孙中山,受到很多启发。一九〇一年毕业回国,在武昌训练新军,秘密开展革命工作。最后出任保定第六镇统制,从此直接掌握军队,成为北京重要的革命力量。一九一一年十月武昌新军起义,吴禄贞积极筹划,在北方响应,十一月七日被袁世凯派人杀害。

吴禄贞是一位热情的革命军人,军旅生活助长了他的豪气。在西北和延吉的两次壮游中,他写了不少诗。

如《步王梧生先生己酉守岁十首原韵》其四:

壮年跃马赋西征,仗剑思吞海底鲸。葱岭万重轻举足,秦关百二惯宵行。霸图凭吊班都护,飞将长怀李北平。几辈雄兵谈纸上,扶桑日丽说东瀛。

全诗通过几个色彩浓烈的豪壮生活的画面和生活细节,突现了主人公的勇武、爱国形象,艺术上也颇感人、动人。

吴禄贞的诗,数量较多,写得老练、深厚,气势雄浑,形象鲜明。生前编有《两征草》和《戍延草》集子,后被人合编为《吴绥卿先生遗诗》刊印。

二〇一一年六月

《越社丛刊》第一期

越社是南社在浙江的一个分支机构,《越社第二次修改章程》(辛亥十一月十二日)中明确表明:"本社由南社分设于越,故以越名。"活动中心在绍兴。越社在绍兴光复前后相当活跃,是当地革命力量中的急进派。一九一一年三月,南社主要发起人陈去病在《越社叙》中号召社员们以天下事为己任,努力担负至艰极巨的革命任务,把祖国从危难中解救出来。越社除组织实际革命活动外,还编辑出版《越社丛刊》。

《越社丛刊》第一期出版于辛亥革命次年(一九一二年)二月,版权页上标明:"编辑者越社""总发行所越铎日报社""分发行所南社",印刷所"绍兴清风弄内浙东印书局","寄售处各大书局","每本定价英洋二角",这本丛刊,除分送社员外,还销售部分。

《越社丛刊》第一期卷首有陈去病的《越社叙》和《越社第二次修改章程》(一九一一年十一月十二日),内容目次分"文录""诗录"两部分,"文录"作者有六位,"诗录"有作者十四位。"文录"中有鲁迅(周树人)的《古小说拘沈序》(即《古小说钩沉序》)。一九一二年一月,南京临时政府成立;二月鲁迅应教育总长蔡元培之邀,从绍兴到南京,任教育部部员。同月,鲁迅将在家乡着手辑录的《古小说钩沉》编次完稿,并写了序文。鲁迅的这篇"序"当时发表时署"会稽周作人起孟",周作人是鲁迅的大弟,起孟是周作人当年常用的一个笔名。但这篇序确为鲁迅所作,这已是不争的事实,现已收入《鲁迅全集补遗》里。鲁迅的小弟周建人的《辛亥游录》也同出现在这期"文录"中。周建人的文章署名"会稽周建人,乔峰"。乔峰是周建人的字。一九一二年,周建人在绍兴教书之余,经常和大哥鲁迅到塔山、府山、蕺山、禹陵、兰亭、东湖等地采集标本,后来写成《会稽山采物记》和《镇塘前观潮记》,发表时合称《辛亥游录》。《辛亥游录》短小,是用文言文写的,发表时未标明两篇细题,只分两大段用了总题《辛亥游录》。周建人后来不似他两位哥哥专攻文学、以文学成就闻名于世,他的兴趣和精力主要在生物学的研究上,成为我国现代早期一位著名的生物学家。透过《辛亥游录》的描述,也多少可以了解周建人从青少年时代起就对植物观察、标本采集,有着浓厚的兴趣。

在《越社丛刊》第一期"诗录"部分,有柳亚子的诗三首,也有周作人诗三首(作者署"会稽周作人起孟"):《秋草园》《乙己除日》《寒食》。

二〇一一年七月

且说东京版《域外小说集》

《域外小说集》分两册,一九〇九年先后出版于东京。第一册"己酉二月十一日印成",第二册"己酉六月十一日印成"。鲁迅(周树人)与周作人合译,第一册、第二册扉页均标明"会稽周氏兄弟纂译"。发行者署名"周树人"。

一九〇六年初,鲁迅从仙台回到东京,由于现实的教训和认识的改变,决计弃医从文,从事有助于改变国民精神面貌之文艺活动,开始翻译、介绍外国文学作品。当时曾计划出版文艺杂志《新生》,未成。由于友人蒋抑卮的资助,和东京神田印刷所的通融,鲁迅和周作人自费印了《域外小说集》。

《域外小说集》初版,据鲁迅回忆,第一册在东京只卖去二十一部,第二册卖出二十部。在上海售出也不过二十部左右。在上海总寄售存放的又遭火焚。鲁迅、周作人曾持赠过一些亲友,蒋抑卮回国后也曾有过捐赠。即便如此,这两册书在世间流传至今的也极稀少。据周作人的追记:"译印《域外小说集》也是不意的由于一个朋友的帮助。这人叫蒋抑卮,原是秀才,家里开着绸缎庄,又是银行家,可是人很开通;他来东京医病,寄住在我们和许寿裳的寓里,听了鲁迅介绍外国文艺的话,大为赞成,愿意借钱印行。结果是借了他一百五十元,印了初集一千册,二集五百册,但是因为收不回本钱来印第三集,于是只好中止。"(曹聚仁著《鲁迅年谱》)

两册译文共十六篇。第一册七篇,第二册九篇。篇末注明译者"作人"或"树人"。鲁迅译了三篇,第一册的《谩》《默》(作者皆俄国安特来夫),第二册的《四日》(俄国迦尔洵)。序言写于"己酉正月十五日",未署名,为鲁迅所写。一、二册扉页上都刊登了序言,"序言"后有"略例"五则,也未署名,仍出自鲁迅手笔,一、二集也均刊载。每册终结处,有"杂识",逐一简介所译作品作者生平和创作特色。每则亦未标明何人所写。鲁迅写了《安特来夫》一则(第一册)和《迦尔洵》一则(分两节,第一册一节,第二册一节)。第一册"杂识"后有"域外小说集第一册以后译文"预告:

    英国淮尔特   黄离
    匈加利育坷   怨家   伽萧太安
    瑙威毕伦存   父   人生闷事
    丹麦安兑然   寥天声绘
    芬兰哀禾   先驱
    波兰显克微支   镫台守
    俄国都介纳夫   毕旬大野   犹太人
    俄国迦尔洵   四日   绛华
    其他法人福勒特尔美人亚伦坡新希腊人
    比该罗斯及南欧名人小品

第二册正式目录却是:

    先驱   芬兰   哀木
    默   美国   亚伦坡
    月夜   法国   摩波商
    不辰   皮思尼亚 穆拉淑微支

摩诃末翁	前人	
天使	皮兰	显克微支
镫台守	前人	
四日	俄国	迦尔洵
一文钱	俄国	斯谛普虐克

可见,篇目与次序略有变异。第二册末页又登有"第二册以后译文":

英国淮尔特	杜鹃	
匈加利育诃	伽萧太守	
俄国都介纳夫	犹太人	苺泉
俄国凯罗连坷	海	林籁
璐威毕伦存	父	人生间阔事
丹麦安兑然	和美洛斯垄上之华	
芬兰丕复林多	荒地	术人
及其他欧美名家小品		

这大概就是后来夭折的第三册所拟篇目。

很难见到《域外小说集》东京版,故录引了以上资料,想关心这部书的人会乐于知道的。"序言"和"略例""杂识"虽重要,《鲁迅全集》中已收,易寻觅,不再援引。还可以一记的是,一、二册末页还有"新译预告,第一册:

赤咲记	俄安特来夫
并世英雄传	俄来尔孟多夫
神记	匈密克札忒

第二册:

波兰显克微支	粉本（原名炭画）
匈加利密克札忒	神记
法国摩波商	人生
俄国安特来夫	赤咲记
俄国来尔孟多夫	并世英雄传

可以了解他们当时的翻译打算。

书在日本印刷（印刷者长谷川辰二郎），总寄售处为上海广昌隆绸庄，定价每册"小银圆三角正"。印刷装帧算是讲究的。封面用一种蓝色的"罗纱纸"，上边印着德国的图案画，书的正文用的是上等洋纸，扉页有数面。如第一册在扉页第五页右上方，铅字分二行直排："域外小说集第一册　会稽周氏兄弟纂译。"

封面上端在图案画下横排五个篆字：域外小说集。题签者是谁？过去人们曾以为是章太炎，结果不是。阿英（钱杏邨，一九〇〇——一九七七年）在一九三七年十月十九日发表于上海《救亡日报》上的《鲁迅书话》——为鲁迅先生逝世周年作之二《域外小说集》中说：

>……一九三五年，余得第一册（指《域外小说集》——引者）于邑庙冷摊，惟封面已失，后郑伯奇兄与先生（即鲁迅——引者）谈起，先生非常惊奇，并谓自己并无藏本。伯奇归而告我，乃寄赠先生。先生当于二月十二日复函云："此书原本还要阔大一点，是毛边的，已经旧主人切小。"并述及当时发售情形。因知已非原来形式。大约后来我又有一信给先生，说及此书封面为章太炎题，故先生于四月三十日复函，于再述流传不广如前函外；并告我："至于书面篆字，实非太炎先生作，而是陈师曾所书，他名衡恪，义宁人，陈三立先生之子，后以画名，今已去世了。"因此而

更得知此书之题签人(《阿英全集》第 2 卷第 806 页,安徽教育出版社版)。

查《鲁迅日记》一九三五年二月十二日载:"得钱杏邨信并借《新青年》《新潮》等一包,即复。"又同月十七日日记:"得赵家璧信并杂志一包,附杏邨笺。"以资印证。阿英文中所引鲁迅给他的信的片断,现已收入一九七六年版《鲁迅书信集》。

鲁迅请陈师曾题签不无原因。他们是早年的好友。鲁迅曾对人谈起,说他"是一位艺术家,为人诚恳"。关于陈师曾(一八七六——一九二三年)可再补说几句。他是陈三立之长子,陈寅恪之兄,是清末吴昌硕之后革新文人画的重要代表,善诗文、书法,尤长于绘画、篆刻。陈师曾早在青年时代就与鲁迅在矿务铁路学堂同窗,之后同在日本留学,鲁迅在东京筹办《新生》杂志,师曾是积极的支持者和赞助者。回国后又一起共事,对新知识、新思想的追求是他们一生友谊的基础。他们交往密切,一起逛市场,收购古籍和金石拓片。陈师曾向鲁迅赠画多幅,为之刻印多枚,并请鲁迅鉴赏他的书画作品。而鲁迅收藏的中国现代国画家的作品也以陈师曾的为最多(鲁迅日记中有十处提到陈师曾赠画,现北京鲁迅纪念馆存十幅赠画中之九幅)。梁启超在悼念陈师曾所致的悼词中称:"师曾之死,其影响于中国艺术界者,殆甚于日本之大地震。地震之所损失,不过物质,而吾人之损失,乃为精神。"吴昌硕的题字是"朽者不朽",这是对陈师曾艺术人生的极高评价。陈师曾生前刊行的著作不太多,有数种。一九三四年为了纪念他,天津苏吉亨据陈师曾的以往讲述出版了《中国绘画史》(天津百城书局出版)。

但是,周作人对《域外小说集》题签有另一种说法。他在《知堂回想录》中说:"题字是许季茀依照《说文》所写的五个篆文。"周作人写作此文时,可能没有见到鲁迅给阿英的这封信。凭记忆,即使当事人也会有失误。如东京版《域外小说集》第一、二册版权页上明明注着"定价小银圆三角正",而周作人在刚才提到的他的那本书中却说"小银圆二角,即是小洋两角"。

《域外小说集》内容侧重俄国文学与弱小民族文学(内尚收英法作品),在当时林译小说盛行时给人以新的气息。夏丏尊回忆说,鲁迅送给他一本《域外小说集》,对他接近新文学有启蒙意义。由于该书流传过少,又是用高雅的古文译的,不似林纾用桐城派古文译的《说部丛刊》来得通俗,影响广泛。但对鲁迅后来的创作,翻译的兴趣,有直接关系,一九二一年《小说月报》革新,着重俄国文学和弱小民族文学作品的翻译介绍也得益于此。

他们的艰辛劳动虽以不如愿告终。但其影响仍然不容忽视,全部两册小说集中收有十六篇作品,尽管没有完成他们的全部计划,但表现出一种明显的趋向,就是偏重对东欧的弱小民族文学的介绍,计英、法、美小说各一篇,俄国七篇,波兰三篇,波斯尼亚两篇,芬兰一篇,捷克两篇。俄国不能算是弱小。但他的人民也受着专制政治的压迫,一样地苦大仇深。所谓弱小民族,其实应该说是抵抗压迫、追求自由解放的民族,只不过当时他们这么称呼,就沿用下来。到五四以后的文学研究会时代,人们还是照着周氏兄弟这个思路介绍外国文学,例如《小说月报》就推出过"弱小民族文学专号"。

虽然两本小说集销售的情况很不如意,但它们并不是毫无声息的。当时日本文坛上就有人发表过评论,如一九〇九年五月一日出版的《日本及日本人》杂志第508期上刊登了一则消息说:"在日本等地,欧洲小说是大量被人们购买的。中国人好像并不受此影响,但在青年中还是常常有人在读着。住在本乡的周某,年仅二十五六岁的中国人兄弟俩,大量地阅读英、德两国语言的欧洲作品。而且他们计划在东京完成一本名叫《域外小说集》、约卖三十钱的书,寄回本国出售。现已出版了第一册,当然,译文是汉语。一般留学生爱读的是俄国的革命虚无主义的作品,其次是德国、波兰那里的作品,单纯的法国作品之类好像不太受欢迎。"

二〇一一年七月